察知されない[illegible]強職（ルール・ブレイカー）

『……中に誰か……い[illegible]

葉月に、ラヴィアは
人差し指を立てた。

三上康明
Yasuaki Mikami
植田亮
illustration

ヒカルとポーラがやってきたのを確認すると、
扉を開いた――。

「ッ！」

そこは洞窟のようなものだった。
だが洞窟と言うには広すぎた。
天井は巨大なドームになっており、
いくつもの強烈な光の筋が降っていて
空間内を明るくしている。

「後ろががら空きだぞ」
背後へと突風のように迫ったのは
ジルアーテだった。

「…ありがとう、
恩に着る」
ソリューズは赤い剣を握りしめた。

「うわあ!?」

「きゃあああ!?」

「!?」

傾いたせいで、ジルアーテと
ポーラがバランスを崩して
ヒカルの体に倒れかかってきたのだ。

INTRODUCTION

13 大迷宮が空中に!?

「ルネイアース大迷宮」に大きな動きがあった。
ソアールルネイ＝サークによって
大迷宮が周囲の魔力を莫大に消費し始めたのだ。
これは「ソウル」の真理を追究するマンノームも
感知するところとなり、大騒ぎになる。
このまま魔力消費が続くと世界のバランスが
崩れるといい、その「ソウル」と「魔力」の争いこそが
マンノームとサーク家との争いの歴史でもあった。
ヒカルは状況を確認するべく、
マンノームの里を抜け出して迷宮のある
聖都アギアポールへと向かう。
そこで見たのは、宙に浮かぶ巨大な島……
「大迷宮」が空中に浮かんでいたのだった。
「ルネイアース大迷宮」が「世界を渡る術」の発動を
妨害しているのならば、
ヒカルはなんとしてでもソアールルネイに会って、
妨害を阻止しなければならない。
そしてラヴィアとの再会を果たすのだ。
ヒカルは教皇ルヴァインやアインビスト軍副盟主の
ジルアーテと協力しつつ浮遊島となった
大迷宮へと渡る手段を探すのだが……。

察知されない最強職（ルール・ブレイカー） 13

三上康明

ヒーロー文庫

察知されない、最強職
ルール・ブレイカー
13
illustration 植田 亮

CONTENTS

イラスト／植田 亮
装丁・本文デザイン／5GAS DESIGN STUDIO
校正／福島典子（東京出版サービスセンター）
DTP／伊大知桂子（主婦の友社）

この物語は、小説投稿サイト「小説家になろう」で
発表された同名作品に、書籍化にあたって
大幅に加筆修正を加えたフィクションです。
実在の人物・団体等とは関係ありません。

プロローグ　歴史の陰にあり、歴史を動かしてきた者たち

灰色の巨大な建造物が林立しており、つるりとした表面は、まるでそれらが「墓石」のようにヒカルには見えた。

ああ――この光景をどこかで見たことがある、でもあのときは白い甚兵衛(じんべえ)のような服を着た、黒髪黒目の人々が歩いていたような……でも、ここには誰もいないよな……。

考えがまとまらない。

はっきりと思い出せない。

確か、そこで大事な出会いがあった。

暴力を振るわれていた青年を助け……助けたんだっけ？

なにかをもらったような……。

そしてその後に会ったのが腹から血を流している少年で、彼が言ったんだ……「これより世界を渡る術を行う」と……。

「――着いたぞ」

その声にはっとすると同時に、空気が肺に流れ込んで来た。

酸素が血管を通って脳に行き渡るような感覚とともに、ヒカルの身体は隅々まで生き返るように感じられた。

「………」

両手を見つめる。

ぐっ、ぐっ、と握りしめ、開くと、確かにそこに神経は通っていた。

振り返るとそこにあるのは、あらゆる光を吸い尽くすような漆黒の枠でできた門(ゲート)だ。幅は人ひとりが通れるくらいで、空港にある金属探知ゲートのようなサイズだからゲートとしか呼びようがない。

だけれど不思議なことには、ゲートで区切られた空間はぼんやりと滲(にじ)んでおり、たゆたうような光がある。自分が今、そこを通り抜けたことは間違いないのだが、通り抜ける前と今では明らかに違っていた——気温が。

はっきりと、暖かい。

ヒカルがいたポーンソニア王国の王都には冬が訪れており、今日明日にもちらちらと雪が降りそうだったというのに、ここは暖かかった。夏のそれというわけではないけれど、それでも吐く息が白いなんてことはなく、快適な気温だった。

「……大丈夫か、フラワーフェイス」

「は、はい」

ヒカルの横でうつむき加減に額に手を当てているのは、仮面を着けたポーラだった。彼女も、つい今のヒカルと同じようにしんどそうに呼吸していた。

「我らとてこの『黒楔の門』は、何度使っても慣れん。むしろ初めてなのによく吐かずに済んだな」

そう言ったのは、くすんだ金髪を後ろになでつけ、襟元で切りそろえている老人だった。目はしょぼしょぼとしており、鷲鼻は垂れ下がっている。この小柄な老人はヒカルよりも先にこの門——黒楔の門を通っていた。見た目は60から70くらいの老人だがその実年齢は200歳前後であることをヒカルは知っている。彼らはヒト種族の3倍の寿命を持つマンノームなのだ。

王都ギィ＝ボーンソニアにあるアパートメントに、マンノームたちがやってきたのはおよそ1時間前。そのアパートメントは冒険者パーティー「東方四星」の持ち物であり、せっかく掃除したというのにまたセリカたちに汚されていて、ヒカルがキレちらかしそうになった場所である。

高級住宅だから、ふつうならば不審者が侵入できるような場所ではない。

だが、彼らはやってきた。

というのもヒカルが「世界を渡る術」を実行したのを感知したから——正確には「実行

しようとして失敗した」のだけれど。

「世界を渡る術」。

魔法やモンスターが存在するこの世界と、日本とをつなぐ魔術。

思い起こせば、欠陥だらけだったこの魔術を、ローランド＝ヌィ＝ザラシャという少年が完成に近づけ、ヒカルが最後の1ピースを埋めた。

ローランドに思いを馳せたとき、ヒカルは先ほどのことを思い出した。

（ああ、そうか……さっきの風景は初めてローランドに会った、死後の世界……）

ヒカルも一度交通事故で死んだが、ローランドの魂に出会い、ヒカルの魂だけがこちらの世界にやってきた。この身体はローランドから借り受けたものだけれど、今は完全にヒカルの魂に染まり、生前のヒカルの肉体が定着している。

「世界を渡る術」を使ってこちらと日本とを行き来していたヒカルだったが、その術の実行をマンノームたちは感知した。なぜ「失敗」したのかの原因もわかると言っている。ヒカルとしてはいまだ日本に残してきたままのラヴィアが心配ではあり――マンノームたちについてくるしかなかった。

（……だけどまさか、王都の地下にこんな場所があったなんて）

ヒカルが改めて黒楔の門を見やると、続いてふたりのマンノームが門を通り抜けて、この小部屋にやってきた。ふたりとも老人のような見た目……だと最初は思っていたが、よく見ると片方はヒト種族なら40がらみに見えた。また、みんなと同じように顔色が悪かった。

王都ギィ＝ポーンソニアの、ある屋敷の地下にこの黒楔の門はあった。マンノームの所有している屋敷らしい。

ヒカルからすると、東方四星のアパートメントからその屋敷の地下に移動して、黒楔の門をくぐっただけ――なのだが。

なんなのか、この気温の変化は。

「さあ、いつまでもここにいてもしようがない。出るぞ」

マンノームが小部屋の扉を開いた――とそこには、

「……また扉？　いや、なんだこの扉の数は」

円形の部屋に出たが、同じような扉が壁に並んでいて、一箇所だけ扉ではなく廊下につながっていた。マンノームの持っている魔導ランプだけが光源で、くっきりはっきり見えるわけではなかったけれど、それでも扉しかないのは間違いない。

「いいからついてきなさい」

「………」

言いたいことはいくつもある。「世界を渡る術」の話はどうなったのか、とか、黒楔の門とやらはなんなのか、とか。

でもそれよりも——ここはどこなんだ？

マンノームに連れられ、廊下を通って真っ直ぐ進む。つるりとした壁に床に天井に、およそ内装なんて言葉を知らない人が作ったかのような、何もない廊下だった。すると螺旋（らせん）階段があって、一同はぐるぐると上っていく。

「湿っている……」

「なんだか洞窟の内部にいるような感じですね」

ヒカルのつぶやきにポーラが答えた。壁には水滴が垂れており、湿度は100パーセント間違いないというくらいに空気が湿っている。

おかしいと思う。屋敷の地下にこんな……まるで自然のままのような気候の洞窟があるのか？　階段の長さもおかしい。屋敷の地下室にいたはずなのに、今ヒカルとポーラは5階層分は上っている。

「もうすぐそこだ」

とマンノームに言われ、顔を上げると確かに階段は終わり、小さな部屋に出た。そこには両開きの扉があった。少し息が上がったヒカルだったが、身体は温まったかもしれない。マンノームはヒカルとポーラがやってきたのを確認すると、両手に力を込めて扉を開いた——。

「ッ！」

むわっとした暖かな空気が流れてきた。

「────」

言葉を失うというのはまさにこのことだろう。

洞窟──そう言ったポーラの指摘は当たっていた。

そこは洞窟のようなものだった。だが洞窟と言うには広すぎた。天井は巨大なドームになっており、いくつもの強烈な光の筋が降っていて空間内を明るくしている。

ヒカルたちが出てきた場所はその空間のいちばん端、つまり岩壁にめり込んだ部屋ということになる。

空間ははるか遠くまで広がっており、果てが見えない。

眼下にはいくつもの建物がある。

どう見ても、ポーンソニアの王都ではない。

この巨大な空間には、集落ができあがっている──。

「一度体験して、わかっただろう？」

マンノームは言った。

「ここがマンノームの隠れ里だ。場所はクインブランド皇国とフォレスティア連合国の間に位置するチョール山脈のはるか北方、その山中だと思っておけばよい。今、貴様たちは黒楔（こくせつ）の門（もん）によってポーンソニアの王都からこの里まで距離を詰めたのだ」

ヒカルとて、理解しないわけにはいかなかった。

黒楔の門は――マンノームの所有するあのゲートは、ワープ装置なのだと。

(これが……魂――ソウルを使った技術なのか)

魔法を使った技術は今までいくつも見てきたけれど、ソウルを使うものはほとんど見ていなかった。

知っているものといえば、神殿やギルドが与えるソウルカードやギルドカード。

モンスターなどを倒すことで上昇する「魂の位階」。

それに「世界を渡る術」によって魂と魂が引き寄せられるという現象。

さらにはヒカルの「ソウルボード」。

ソウルが、魔法とは違う力であることはわかっていたが、その技術をはっきりと目の当たりにしたのだから驚きは大きい。

このマンノームは、ヒカルにこう言った。

――聞いた以上はどちらかの陣営についてもらう必要があるということだ。我らマンノーム……ソウルの真理を追究する陣営か、あるいはサーク家のように魔法と魔術により世界を管理しようとする者か。

そう。

ヒカルはその話を聞いたからこそ、このマンノームの里に来るべきだと思った。それほどの歴史と知識の積み重ねがあるのなら「世界を渡る術」が使えない原因を知ることもできるのではないか。

ヒカルは語られた話を思い返す――。

第51章　世界の変動を告げる天秤

この世界は「一度滅んだ後」なのだとマンノームは言った。

なにをバカな、滅んだのならどうして人や動物が現在も存在しているのかという話なのだが、正確に言うと「太古に、この世界の存亡に関わるような大戦があった」ということらしい。

大戦の結果、ヒト種族やマンノーム、エルフやドワーフといったその他の種族も、動植物もモンスターも、わずかながら生き延びた。そうして長い年月をかけ、今の繁栄に至ったのだと。

その大戦がどれほど昔のことなのかもわからない。

当時を知るための資料も残っていない。大戦によってすべてが破壊され、また長い年月で風化してしまった。だけれど、今に残るものもごくわずかにあった。

黒楔の門だ。

それに、聖ビオス教導国の地下の「大穴」にあった巨大な封印などもそうだろう。

マンノームは大戦の記憶を受け継ぐ数少ない種族であり、彼らはあのような大戦が二度と起きない、起こさないことを第一に考えているという。

大戦で争ったのは、ソウルによる発展を望む陣営と、魔法による発展を望む陣営だった。

マンノームたちはソウルを扱っており、魔法の使いすぎは世界のバランスを崩すと考えている。なぜかと言えば、魔法とは精霊や聖邪のあり方を決めるものなのだが、魔法を発動することで純粋な魔力に火や水、聖や邪などの色がついてしまう。そしてそれを環流するシステムがこの世界にはない。色のついた魔力はソウルにも影響し、世界の均衡を徐々に崩していく……というのだ。

ヒカルにはそれを確認する術はないが、思い当たるところはあった。

「世界を渡る術」を実行するときには、魔力を供給する精霊魔法石などを使う必要があった。

これが単一の属性を持っているために、「世界を渡る術」は不完全なものとなってしまった。どう不完全なのかというと、一方通行なのだ。

こちらから日本には渡れるが、日本からこちらには戻ることができない。魂と魂が引き合う力を利用した「世界を渡る術」に、単一の属性を持った精霊魔法石がいびつな影響を与えていると推測できる。

魔力は空気中にも流れているものなのだが、太古にはもっと豊富にあったとマンノームは言う。それが、長い年月をかけて魔法や魔術を使うことで消費し、今の量になっている、と。

マンノームはこの魔力を使いすぎないようにコントロールすることが重要だと考えている。そしてソウルへの影響を最小限にすることで世界の均衡を保とうとしている。

(まるで地球の石油資源だな)

とヒカルは思った。

一方で、敵勢力は「魔法こそ至上」と考えている。

サーク家——不世出の天才魔法使いであるルネイアース＝オ＝サークの一家などがそうだ。サーク家は魔法と魔術の研究によって、色のついた魔力を再利用すること、ソウルすらも管理することを考えている。

マンノームとサーク家は互いに敵対し、長い年月を過ごしてきた。マンノームは隠れ里でサーク家の監視の目から逃れ、サーク家はルネイアース大迷宮を根城にしており、マンノームの手が届かない。

冒険者たちには「おとぎ話」のような存在だったルネイアース大迷宮も、マンノームにとっては「現実的な恐怖」だった。

だが、ルネイアース大迷宮はあるときを境にその姿を消すことになる。「おとぎ話」にますます磨きが掛かってしまった。

それだけではなく、大陸各地のダンジョンが——大魔術によって稼働しているダンジョンが姿を消した。その入口や存在が外部から見えなくなってしまったのだ。

サーク家が表舞台から姿を消すと、マンノームの敵はいなくなった。マンノームはソウルによって魔力を管理しようとし、そのためには大陸全土への影響力を持つことが不可欠なので国家を掌握しようとした。クインブランド皇国の皇帝をマンノーム種族から出しているのもこのためだ。

サーク家がいなくなったことで、マンノームたちは平和に過ごしてきた。

だがここにきて危機的状況に陥る——そう、ルネイアース大迷宮と同時に、世界各地のダンジョンが復活し、ダンジョンが大量の魔力を使うようになったのだ。マンノームは由々しき事態だと考え、まずダンジョン復活の原因調査を行うことにする。

彼らは、聖都アギアポールの地下の「大穴」の封印解除になにかがありそうだとすぐに気がついた。詳しく調べるには当事者に聞くしかない。

白銀の貌（シルバーフェイス）こそが当事者である——。

彼らはシルバーフェイスを捜していたが神出鬼没なのでなかなか見つからない。そんな折、ポーンソニアの王都で強い魔術反応を感知した。彼らが向かったそこには、やはりシルバーフェイスがいた……。

この里に名前はなかった。ただ彼らは「里」とか「隠れ里」とだけ呼んだ。マンノームという少数種族の本拠地にして唯一無二の場所なのだ。

そんなマンノームがワープ装置なんていうオーバーテクノロジーを持っていることをにわかには信じられなかったが、納得できるところもあった。

歴史の陰で動いているのがマンノームだ。クインブランド皇国皇帝カグライもマンノームであるし、ポーンソニア王国王都の衛星都市ポーンドにいるウンケンもマンノームだ。ウンケンは冒険者ギルドマスターという肩書きだけでなく、自身もスパイのように立ち回ることもあり、聖ビオス教導国の動乱においてもクインブランド皇国のマンノームたちと連携していた。

一度皇国に集められた情報は隠れ里に伝えられるのだろう。黒楔の門があればそれを駆使して情報収集をすることはたやすい……。

はるか千年の昔に隠れ里から出て旅をしたフナイもそうだ。彼の遺した発明は——特にソウルカードなんかが最たるものだけれど、この世界のあり方を一変させるような代物だった。

フナイ自身が天才だったのは間違いないが、こんなオーバーテクノロジーがある里で育ったというバックグラウンドが影響していることも、また間違いないとヒカルは思った。

長きにわたって歴史の表舞台には出ず、ひっそりと隠れ続けていたそのマンノームの里……そこに今自分がいるのだと思うと、歴史の重みのようなものを感じないわけにはいかなかった。

里、と呼ぶべきなのだろう。街と呼ぶには小さい。

建物は、見たことのない形状のものばかりだ。円柱形であったり直方体であったりさまざまだが、高さはどれも2階ほどまでしかなく、塗り固められた外壁の素材はみな同じで、パッと見はよく似ている。緑色に茶色と灰色を混ぜたような不思議な色だ。だけれど重苦しく感じないのは、扉も、窓も、すべて開け放たれているからだろう。

（屋根がないのか？）

窓から透かして見える室内に天井部分はなく、この大空間へとこぼれ落ちる光の筋が見えた。

（ここには雨が降らないから屋根が要らないのか。風も吹かないし……巨大な家の中で、パーテーションで区切って生活しているようなものかもしれない）

壁面には、非常に凝った紋様が彫り込まれており、そのモチーフには杖を手にしたマンノームや、動植物もあった。すさまじく丁寧なできだったけれども、それらはあちらこちらの壁に無造作に彫られていた。道ばたにすら精巧な石像が立っていた。ほんとうに、いくらでもあった。

十分明るさが確保されているのも不思議だった。何本もの光の筋が降りてきているが、その角度はさまざまで、あちこちに反射してこの里を余すところなく照らしている。

さすがにこの光量ではあまり大きな植物は育たないだろうけれど、それでも至る所に植え込みがあり、外壁と同じ素材で造られた歩道以外はコケがびっしりと生えていた。

「⁉　スライム⁉」

建物と建物の隙間に、ねっとりとしたゼリー状の物体があり、そいつは緩慢ではあったけれど確かに動いていた。

こんな、剣と魔法の世界にならば存在するだろうとヒカルは思っていたが、なかなか遭遇しなかったスライムだ。ヒト種族の街の地下にはいるらしいが。

「そうだ。それより、次の道を曲がるぞ」

スライムが街中にいるのは当然だろうとでもいうふうにマンノームは言うと、中央広場らしきところで右に曲がっていった。

今、ヒカルたちを先導しているのは40がらみに見えるマンノームだった。見た目年齢はいちばん若いのに、行動を見ていると彼がリーダーのようだ。

「…………」

「…………」

ヒカルはポーラと顔を見合わせたが、ここで戸惑っていても仕方がない。後に続いた。

広場の中心には巨大な水晶が柱のようにそそり立っており、柔らかな虹色の光を周囲に投げかけていた。

それにしても——人がいない。誰とも出会わない。廃村ということではなさそうで、家々の2階や裏手に洗濯物が干してある。

ヒカルは「魔力探知」をたびたび展開しているのだが、上手く機能していない感じがあった。「無人」という反応ならばそれで構わないのだが、本来大気中には魔素という魔力の最小単位のものが流れている。それすらも感じ取れないので、自分の「魔力探知」が使えなくなったのではと思ってしまうほどだった。

「ここに住んでいる人たちは？」

ヒカルがたずねると、

「ふむ？　ああ……みんな働きに出ておる。すべての者に役割が与えられ、それを遂行することがマンノームの義務だからな」

働きに出ている……ということは里の外にいるのか？　だとすれば「無人」であるというのもわかるのだが——。

静かだ。

あまりにも静かで、やはりここが廃村のように感じられてしまうヒカルである。

広場から進んだところに、円形の建物が現れた。両開きの出入り口は開放されており、屋根がないので内部は明るくてよく見える。

中央に円卓があって、何人ものマンノームが立ち働いているようだった。ここにきてようやく人々の声や物音が聞こえてきて、ヒカルはなぜだかほっとした。

ヒカルたちの接近に気づいたのか、彼らは驚いたように動きを止めた。中のひとりが——見た目は40代といったところだが、実年齢は100歳を超えているだろう——小走りにやってきた。

両手に書類を抱えている姿は文官と言えなくもないが、着ている服は羽織と袴のように見えた。布地はごわごわした茶渋色で、柄はシンプルなものが袖と裾に少し入っている程度だが。

「ライガ!? お前たち『遠環』はポーンソニアの王都にいたはずでは……それにそいつらは」

マンノームではないヒカルとポーラがいるので、ぎょっとした顔で立ちすくむ。

「大長老からのご命令だ。シルバーフェイスを見つけ次第ここへ連れてくるようにと」

「それは……わかっているが、まさかほんとうに連れてくるとは。黒楔の門を使ってはいないだろうな」

「使ったに決まっているだろう。でなければこんなに早く連れてこられるわけがない」

「ッ!? お前、黒楔の門は我らがマンノームの秘伝で——」

「もうよい、退け」

ライガ、と呼ばれたマンノーム――ヒカルを先導してきた40がらみのマンノームは、文官らしきマンノームをドンと突き飛ばした。よろめいた文官は手に持っていた紙を数枚落としたが、横に退いた。

驚きと怒りに染まったような顔でこちらをにらみつけてくるが、その文官には目もくれずライガが進むので、ヒカルもそれについていくしかなかった。

「――いいのか？」

とライガの背中にたずねる。

「なにがだ？」

「黒楔の門。部外者のおれたちに教えてしまって」

「ふん……どうせお前には扱うことはできん」

「まあね」

ヒカルはあの門を使うときに、ライガが懐からなにかを取り出して、それをかざしたのを見た。ちらりとしか見えなかったが、魔術の類ではなかったようで、その証拠にヒカルの「魔力探知」を使ってもわからなかった。

魔術でなければいったいなんなのか。

（カギのようなものなんだろうな。門のシステムを起動するための……）

ポーンソニア側から黒楔の門を見たときには、黒い枠だけがあって、向こう側が丸見えだった。ライガがなんらかのアイテムを使ったあとにあのたゆたうような光が出現したので、起動のためのアイテムということで間違いないだろう。

あのアイテムがなければ黒楔の門を使えない。だから秘密がバレても大丈夫——逆に言えばヒカルとポーラが里を出るにしてもあの門を使う必要がある。

ライガはここを北方の山の中だと言った。ということは人里からは相当離れていることになる。地図がない状態で——あるいは地図があったとしても、ヒカルたちだけでは無事に帰ることはできない。

「——大長老！　ライガ、ライクン、ライジの3名がシルバーフェイスと同行1名を連れてただいま戻りました！」

建物に入る前に大きな声でライガが言うと、再度内部ではざわつきが強まった。ライガの行動に違和感を覚えている者がそれだけ多いということだろう。

ヒカルから見ても彼の行動は少々強引に感じられたのだ、当事者であるマンノームからするとさらにだろう。

(だけどまぁ、マンノームの事情なんてどうでもいい)

ヒカルは思う。

(僕は「世界を渡る術」がちゃんと使えるようになり、ラヴィアをこっちに呼び戻せればそれでいいんだ)

厄介ごとにはこれ以上首を突っ込むつもりはない。

マンノームの里で揉めているのなら当事者だけで十分に揉めてくれればいい。

（それにしても、ライガにライクンにライジって、この人たち家族なのかな。あんまり似てないけど）

どうでもいいことを思っていると、

「……入れ。長老以外は元の仕事に戻るように」

しゃがれた老女の声が聞こえてきた。多くのマンノームがぞろぞろと中央の部屋から出て行き、そこからつながっている別室に入っていった。扉が閉じられないところを見るに、話が聞こえても問題ないと思っているのだ。

「行くぞ」

建物に入るところに段差があり、それを上がるとすぐに内部の空間に出た。

足元は道の舗装と同じ素材であり、室内はやはり屋根がなく吹き抜けになっていた。部屋——天井のない空間を部屋と呼んでいいのかどうかわからないが、ともかく——の壁際には複数の花瓶が置かれており、青色の花が飾られていた。ガラスのように半透明な花弁は見たこともないもので、しかも造花ではなく、生きているものであることがヒカルの「生命探知」でわかった。

円卓に残った7人がマンノームの「長老」ということなのだろうか。今まで見たどのマンノームよりもしわくちゃで、小さかった。彼らはイスにちょこんと座っており、杖がイスや円卓に立て掛けてある。肉体は弱っているのかもしれないが、眼はぎらぎらとしていた。

共通しているのは紫のフード付きマントを羽織っているところだろう。フードをかぶっていたりいなかったり。男女比は女性が4人と多い。

いや、もしかしたら違うかもしれないが、少なくともヒカルから「女性」だと見えたのは4人だった。

先ほどまで会議をしていたのか、円卓には書類が散らばっていたが、彼らの全員がヒカルとポーラに視線を注いでいた。

「ライガ、ご苦労じゃったの。そしてお前がシルバーフェイスかえ」

「ああ」

油断なく、観察するような大長老にヒカルは答えた。

「カグライとウンケンが世話になっているようじゃな？」

「利害が一致したときには共に行動するくらいだ。世話をしたりされたりする間柄じゃない」

おそらくヒカルと彼らの接触はここにも伝えられているのだろうから、否定することもあるまい。だが、ヒカルの返答が気にくわないのか、ひそひそとなにかを耳打ちしている長老もいた。

「大長老、早速ですがあの話を……」

とライガが言いかけたとき、

「ちょっと待て。おれはこのライガってヤツに言われてここまで来たんだが、それは『世界を渡る術』が妨害されていることについて、マンノームがなんらかの情報を持っているというからだ。まずはその話を先にしてもらおう」

すると、しんと静まり返った。隣室に去ったはずのマンノームたちもじろりとヒカルを見ている。

「……ふむ」

すると大長老が小さくうなずいた。

「シルバーフェイスよ、我らはまず、お前が信頼に足る者かどうかを見定めねばならぬようだの。ライガ、この客人を集会所に連れて行くがよい」

「おい、こっちは来たくもないマンノームの里にまで来ているんだぞ。信頼がどうのとか知ったことじゃ——」

「——大長老の決定は絶対だ」

横にいたライガが刺すような目でヒカルを見た。振り返ると5人のマンノームが追加されており、彼らはがっしりとした体つきで、全員が金属の甲冑(かっちゅう)で武装していた。

「…………シルバーフェイス様」

「こいつらの言うとおりにするしかないみたいだな」

ヒカルはポーラとともに、甲冑の男たちに囲まれて集会所というところに連れて行かれた。

そこは打ちっぱなしの土間に壁と屋根があるだけのシンプルな造りで、広々としていた。広い屋根を支えるのに支柱が9本立っている。

採光の窓が壁の上部の高いところについているきりなので薄暗く、建物内部はひんやりとしていた。

「おとなしくここにいるのだ。また来る」

「…………」

「シルバーフェイス、貴様はなぜ大長老に……いや、なんでもない」

言いかけたライガは言葉を切ると、スライド式の戸を閉めて外から鍵を掛けた。この里では珍しく、屋根も外との仕切りの戸も機能している。

ぞろぞろとマンノームたちの離れていく足音が聞こえた。

「シルバーフェイス様～！　こっちにテーブルとイスがありますよぉ」

奥から声が聞こえる。一箇所だけ採光窓が大きくとられていて、ポーラの言うとおりテーブルにイスが6脚置かれていた。

「なんだかぴりぴりしてましたねぇ」

座るなりテーブルにぺたっと上半身を投げ出して、ポーラが言う。

「………………」

「……どうしました、シルバーフェイス様？」

「いや、ポーラって、僕がなんのつもりであんな横柄な態度を取ったのかとか全然聞いてこないよね、って思って。あ、この周囲にマンノームはいないから仮面を取っても大丈夫だよ」

ヒカルの「魔力探知」は相変わらず反応が微妙だが、この里にはあまり住人の気配がないのは間違いない。

「えっと……ヒカル様になにかお考えがあることはわかっているので、私はただそれについていくだけです」

どうやらなにも考えていなかったらしい。

「……なるほど。ポーラはその考えなしのところをちょっと直したほうがいいかもね」

「え!?　私って考えなしですか!?」

「そりゃ、2週間ほど目を離した隙に、『彷徨える光の会』なんていう怪しげな宗教団体を作り上げて教祖に収まってるんだから、考えなしと言われてもしょうがないのでは？」

ヒカルは日本に渡り、あちらで佐々鞍綾乃、つまりソアールネイ＝サークと出会い、藤野多町という地方都市の土地買収を巡るいざこざを全世界にライブ配信してから、こちらの世界に戻ってきた。

ルネイアース大迷宮を脱出して、なんとかかんとかポーンソニアの王都まで戻ってきたら、ポーラが教祖になっていたのだからヒカルもめちゃくちゃ驚いた。

「あ、あれはしょうがなかったんですよぉ……なりゆきで……」

「わかってる。ポーラに自分の判断で魔法を使っていいと言ったのは僕だし、それは今後も変わらない。だけど、周囲の人間に流されるのはダメだし、たまには自分からはっきりと強く言わなきゃいけないこともあるよ」

「そ、それは……はい。そのとおりです……あ、もしかしてさっきのヒカル様の態度は、強く言うところを私に見せてくださったんですか!?　そ、そんなぁ、私のために」

「…………」

仮面を外したポーラは赤く染まった頬に両手を当ててくねくねしているが、なんだかうれしそうなので今さら「いや、あれは全然関係ないから」とも言いづらいヒカルである。

「……ええと、まぁ、ともかく、彼らのスタンスが少しわかったかな」

「スタンス？」

「僕らはここに来たけれど、マンノームが何者で、なにをしたいのかよくわからない。だからこっちの情報を出す前に向こうの情報を仕入れなきゃなって思ったんだ。この里そのものも知らないし、黒楔（こくせつ）の門（もん）とかいうワープ装置もどういうふうになってるのか見当もつかないし」

「なるほどぉ……？」

ポーラはなるほどと言いながら、さっぱりわかっていないように首をひねる。

ヒカルの目的はただひとつ「世界を渡る術」をもう一度使えるようにすることだ。彼らは魔術反応を感知してヒカルの居場所を探り当てたのだけれど、それが「世界を渡る」ことにつながっていることもまた見通しているようだった。

（技術的なアドバンテージが向こうにあることがわかっただけでも収穫だ。「世界を渡る術」の情報を得るには、できる限り彼らの情報を入手してからでも遅くない）

横柄な態度を取ったのは、彼らの本性を見定めるためだった。カグライやウンケンという知り合いの人たちの出身地ではあるけれど、それだけですべてを信じるほどヒカルも純真ではない。

「僕が見ていたのは、7人もいる長老って人たちが一枚岩かどうかなんだ」

「長老さんたちはみんな仲間ですよね?」

「表向きはね。でもさ、人は3人集まれば派閥ができるなんて言うくらいだから、7人いれば当然ふたつや3つの派閥ができていると僕は思う。実際、僕の失礼な物言いを聞いても反応はそれぞれだったし」

「ほぇ～……」

ポーラは素直に感心しているが、ヒカルはこのマンノームの里に乗り込むと決めたときから戦いが始まっているという心構えだった。

「ヒカル様はこれからどうするんですか⁉」

わくわくして前のめりになるポーラに、

「最初の目的は『世界を渡る術』がどうして使えなくなったのかを確認することだね。後は……できれば黒楔（こくせつ）の門（もん）を自由に使える権利」

「えっ……あの気持ち悪くなるやつ」

「吐きそうになるけど、一瞬で長距離移動ができるワープ装置はめちゃくちゃ便利じゃない？」

「でもほんとに長距離移動なんてできるんですかねぇ……？」

「まあ、彼らは、ここがクインブランド皇国とフォレスティア連合国に挟まれた、はるか北方の山中だって言うけど、事実かどうかはわからないからね」

事実かどうかはわからないが、少なくともポーンソニアの王都の近郊ではないだろう。王都近郊にこんな大空洞があるとは思えないし、あったらとっくにバレている。人里離れた場所であることは確定だ。どれくらいの距離を飛べるのかはわからないにせよ、ワープ装置であることは間違いない。

（それにあの扉の数……）

黒楔の門を出てすぐの広い部屋にはずらりと扉が並んでいた。あの扉のうち、黒楔の門につながっているのがたったひとつで他の扉はただの部屋――なんてことはないだろう。ふつうに考えれば、他の扉は他の黒楔の門につながっているのだ。

（つまり、大陸各地にワープ移動できる中継地点！）

これがあれば行商で大金を稼ぐことも、安全に機密情報を運ぶことも、秘密裏に敵国に兵力を運ぶこともできてしまう。いや実際、マンノームはこの装置を運用して陰ながら世界に影響力を行使してきたのだろう。彼らは世界のバランスを保つことに徹しているので、目立たなかっただけで。

（いくつか気になることはあるけどね）

黒楔の門の使用に制限はないのか？　たとえば一度使ったらしばらくダメとか、一度に何人までとか。

さらに、黒楔の門を起動させるあのアイテムはいくつあるのか？　ライガの手元にちらりと見えたアイテムは、木片のようだった。

その中央になんらかの鉱石がはめ込まれている――鉱石、と感じたのは「魔力探知」になんの反応もなく、宝石のように透明ではなかったからだ。その木片は非常に古びており、角が丸くなっていた。

「おや……誰か来るね」

相変わらず「魔力探知」の反応は微妙だったが、それでも足音が聞こえたので、誰かが接近していることに気づけた。

ヒカルが仮面を着けると、ポーラもそれに倣った。スライドの戸がノックされてからカギが開く音がする。そこに現れたのはカートを運んできたひとりの少女だった。

ピンクブロンドのショートヘアは、脇の髪が長くてヘアバンドが房をまとめている。前髪は左側に厚く流されていて広めの額が見えた。

パチリとした薄桃色の瞳はいたずらっ子のようで、頬はふっくらとしている——つまるところ小学生女子くらいの見た目だった。ボーイッシュではあったけれど可愛らしい少女だ。

着ている服も子どもっぽかった。半袖の甚兵衛の下に黒のインナーを着込んでおり、それは手首と足首までの長さだ。足元は革の靴なので、体操教室でレッスンを受けてきた帰り、みたいな出で立ちだった。

「うわあ、ほんとにヒト種族じゃん！」

声も小さい子のそれで、少々甲高い。

「こんにちは、初めまして。あたしはレンカだよ。君たちの名前は？」

「可愛らしい子ですねえ。私はポ……フラワーフェイスです！」

今ポーラって言おうとしたな？

ポーラはすでにレンカのすぐ近くまで行って、腰をかがめて目の高さを合わせている。

「フラワーフェイス？　面白い名前！　何歳なの？」

「私ですか⁉　私は17歳です」

「そうなんだ！　レンカより7歳下だね！」

「はい、そうですねぇ、7歳下……ん？　上、ではなくてですか？」

「下だよ？」

「うふふ、そうなるとレンカちゃんは24歳ということになってしまいますね」

計算を間違ったのだろうとポーラがにこにこすると、

「そそ！　レンカは先月24歳になったから！」

「……え？」

ポーラが表情を凍らせて振り向いた。

「いや、こっち見ても事実は変わらないから。マンノーム種族の寿命はヒト種族の3倍で、肉体の発育も3倍遅いんだよ」

「よく知ってるねえ、そっちの少年は」

「そんなことよりなにか運んできたんじゃないのか？」

「あ、そうそう！　お茶を淹れてこいってお父さんが」

レンカがカートを押してテーブルまでやってくる。いまだに信じられないという顔でポーラもついてくる。

「お父さんって誰？」

「お父さんはお父さんだよ。レンカの父親……よいしょっと」

カートに載っていたポットを重そうに下ろすのを見て、ポーラが手伝う。

「17歳なのに力持ちだねえ！」

「あ、えっと、はい、ありがとうございます……？」

「いや、だから首をかしげながらこっちを見てもどうしようもないから」

ヒカルは言って、

「聞きたいのはレンカの父親の名前だ」

「ライガだよ」

「ああ、あの人か。強そうだよな」

「うん！　里の外に出てるくらいだしね！」

「里の外に出るのはやっぱり強い人なんだな。里の中にも強そうな人がいたけど。武器持ってる人とかいたし」

「ああ、お父さんに比べれば弱いよ」

「ふーん」

「はい、お茶」

「ありがとう」

出されたお茶はふだんヒカルが飲んでいるものと同じ、この大陸のどの街でも簡単に手に入る安いものだった。この里に茶畑があるわけもないから、外で仕入れてくるのだろう
——それこそライガとかが。

（黒楔の門を使って外に出る人材は、よほどの腕利きに限定されるってことなんだろうな。マンノームの秘密がバレたら困るし）

そう考えていると、レンカがビスケットによく似た小粒の焼き菓子を山ほど出してくれた。

「へへ……それじゃあたしもお相伴にあずかろうかな」

子どもらしくない言葉を使って——まあ中身は24歳なのだけれど——レンカもイスに座って焼き菓子をひとつつまんだ。

「ん〜、やっぱりお菓子は美味しいよねえ」

ほっぺたに両手を当てて、心底幸せそうにレンカが言った。

「ほう」

その姿に興味を引かれたのでヒカルもひとつ食べてみると、サクッとした歯ごたえに素

朴な甘みが広がった。ナッツの香りもするので、生地に混ぜ込んでいるのだろう。

　美味しいは美味しいが、レンカみたいに幸せたっぷりとはならない。

「……はぁ、やっぱりね」

　ヒカルの様子をうかがっていたレンカは不意にしょんぼりとしてうなだれた。

「やっぱり里の外は美味しいものがいっぱいあるんでしょ……あたしからしたら、このお菓子ってめっちゃ美味しいのに、当たり前みたいな顔で食べてるもん……」

「あ、あ～……いや、これは十分美味しいよ」

「ほら！　そうやって哀れむような目をするじゃん！　里の外に出てるお父さんと同じ反応じゃん……絶対お父さんは美味しいものを外でいっぱい食べてるんだ。あたしは確信したね」

「まあ、美味しいものはいっぱいあるけどマズいものもいっぱいあるよ。それこそこんなお茶を楽しむ余裕がないほどのつましい暮らしをしている人たちもいっぱいいる」

「え、そうなの？」

「もちろん」

「里の外って美味しいものがいっぱいあって、刺激が盛りだくさんで、楽しくって、毎日騒がしくて、美味しいものがいっぱいあるんじゃないの⁉」

　美味しいものって、2回言ったたな。

「そういう面もあるけど、逆もある」

「ねぇねぇ、里の外のこと教えてよ！　お父さんってば、自分は外に行きまくってるくせに全然教えてくれないのよ？『必要があれば知ることになる』とか言っちゃってさあ」

マンノームの中でも若い世代は、やはり閉鎖的な里を出たいと思う者もいるのだろう。

とは言え、悠久の長い年月をここでひっそりと暮らしてきたマンノームたちは大半が閉鎖的な里に滞在することに納得している……それは慣れやあきらめなのか、あるいは徐々にマンノームの価値観を刷り込まれるからか……。

「構わない。幸いおれはマンノームとは関係ないからね。わかる範囲で教えよう」

「マジ⁉　やった～！　たまたまあたししかいなかったからお茶を出す仕事を任されたけど、受けてよかった！」

両手を上げてバンザイして大喜びしているレンカは子どもらしさたっぷりだったが、中身は24歳である。

ヒト種族よりも振る舞いが明らかに幼いのは肉体に引っ張られているのだろうか、なんて思ってしまう。

「逆に里のことを教えてくれないか？　おれも来たばかりだから」

「いいよ！　と言ってもあたしも知らないこといっぱいあるけどね～」

「やっぱりおれたちみたいな外部からの客は少ないのか？」

「うんうん！　もう何年もなかったよ。前回のお客さんは確か……」

レンカはいろいろと教えてくれた。

この里にいるマンノームはおよそ千人で、ライガのように里の外で活動している者は戦闘能力が高い精鋭で、「遠環（とおたまき）」と呼ばれ、100人いるかいないかというところ。

ライガの仕事内容はよくわからないが「きっと外で面白おかしいことをしている」とレンカは信じていた。

外の物品を運び込むのも彼らの仕事なので、里でまかなえないものの「購買」「運搬」、それに「情報伝達」「諜報活動（ちょうほう）」あたりが主な仕事だろうとヒカルは目星をつけた。

長老とともに働いている文官らしきマンノームは「侍錐（はべるきり）」と呼ばれ、50人ほどが「わけわかんない書類といつも格闘している」という。やはり文官だろう。

あとは技術職の「匠角（たくみすみ）」はあちこちを修理したり、壁面の像を彫ったり。製造職の「轆点（くるまたつ）」は服、家具、食器など生活用品を造っているという。

研究職の「究曇（きわむるくもり）」と、農業を行っている「肥星（こゆるほし）」まで全部合わせると900人で、あとはレンカたちのような子ども——肉体的に成熟していないマンノームであるという。

「ま、あたしたち『蜂（はち）』はこうして大人のお使いをさせられるってわけよ～。今日はそのおかげでお菓子にありつけたし、シルバーフェイスの話も聞けたんだけどね！」

「『蜂』？」

ヒカルはそこに引っかかった。

仕事に応じて呼び名が変わるのは理解できるし、呼び名に特徴があるのも面白いと感じた——なにか法則性がありそうで、なさそうだが。これらは大陸共通語の古語にあたるもので、ふだん使われない言い回しだった。

「『蜂』は『蜂』なのよ。なんか大昔には『蜂』の前になにか言葉があったみたいだけど、どっかいっちゃったんだって。誰も気にしてないよ」

「へぇ……」

ということは「●蜂」という呼び名だったのだろう。

(「蜜蜂」……いや、そんなわけないか)

「蜂」も含めると全部で7種の呼び名があり、マンノームの里のほぼ全員をカバーすることになる。残りは大長老を含む長老が7人。

(7種の役割に7人の長老……7に、なにか意味があるのかな?)

まあ、意味があったところで自分には関係ないか。

「ねね、シルバーフェイス！　外のこと教えてよ！」

「ああ。なにが聞きたい？」

いろいろ教えてもらったので、次はこちらが教える番だろう。

「外の人って、みんなそういう仮面を着けてるの⁉　前とか見づらくない⁉」

「………」

最初から難しい質問が来たぞ、とヒカルは思った。

◇

「聞いたか、ヨシノ」

と「究曇（きわむくもり）」の仲間である男が部屋に入ってくるなり言ったので、女は書き物をしている手を止めた。

「『遠環（とおたまき）』のライガさんがヒト種族を連れてきたそうだぞ。ふたりも」

ふたりの衣服はよく似ている。うっすら黄色がかった白いツナギを着ており、どちらも眼鏡を掛けていた。里では珍しく屋根のあるこの部屋には、天井に届くかどうかという書棚があって多くの書物が乱雑に詰め込まれている。明かりこそないが隣の部屋の扉は開かれており、そちらは暗がりの中に書棚が林立していた——巨大な書庫なのだ。

石材のテーブルには紙片が散らばっており、女——ヨシノはペンをテーブルに置く。

見た目は20代のふたりだが、彼らは優に半世紀以上を生きている。

「それって長老たちが大騒ぎしてるアレと関係ある話？」

「そりゃそうだ。長老たちの言ってることが正しいなら、今は世界に大きな変化が訪れてるってことになるし、ライガさんが連れてきたヒト種族がなにか重要な情報を持っている」

「ほんとうなのかしら……魔力の消費が進んでるっていうのは」

「『魂魔天秤(バランサー)』がそう指しているんだからそうなんだろ」

男はくいっと親指で、自分が今やって来た部屋の外を指差した。

そこは「究曇(きわむるくもり)」の研究施設においてもいちばん大きな部屋で、中央には巨大な日時計のような装置がある。

半径2メートルほどの鈍い金色の金属の円盤があって、目盛りが刻まれている。この金属は誰も手入れをしたことがないというのに錆(さび)や腐食が一切なかった。「究曇」の研究員であるこの男女が生まれる前、いや、この建物ができる前からここにあるというのに、造られた当時のままの姿だった。

これこそが「魂魔天秤」であり、研究員たちは「バランサー」と呼んでいる。

円の中央には同じ金属でできた針があり、それは目盛りのひとつを指して止まっている。

「バランサーの針が振れれば振れるほど、世界の魔力の総量が減っている……らしいけどね」

ヨシノは半信半疑だ。

「装置のメカニズムが理解できない俺たちは、ご先祖様たちが言い残してくれたことを信じるしかないだろ」

「こうして研究をして数百年経ってても、まったく解明できない装置ってなんなのって思わない？」

「おいおい……。里の批判をするなよ。俺を巻き込むな」

「なによ。ランナみたくなるって言いたいの？」

「さすがにああはならないだろうが……。え、お前も里を出たいのか？」

「ううん。そうじゃないけど」

マッドサイエンティストのランナのことを知らない者はいない。何度も禁止されたにもかかわらず禁忌の研究を続けたせいで、里を追放されたのだ。

「俺はライガさんたちがちょっとうらやましいけどな。里の外なら酒も肉も自由だし」

この里では、飲んでいい酒量は1日コップ1杯で、肉食は3日に1回とも決められている。食事のレパートリーも多くない。それなのに、ライガたち「遠環」は里の外でいくらでも飲み食いできるということになる。

「あんたねえ……。『遠環』になれるのは、ライガさんみたいに仕事に真面目に取り組む人だけなのよ？」

「まぁなぁ。ライガさんが里の外で酒を飲みまくってる姿は想像できんわ。だけどさ、それでもライガさんは『いつでも酒を飲める』っていう自由を手に入れたんだぜ」

「自由ねえ……ランナは自由だったのかしらね」

ヨシノはぽつりと言った。ランナは里を追放されたが、本人は大喜びで出て行ったところもあった。里の秘密をいろいろと漏らしたらしいが、ほんとうに重要な秘密は彼女は知らなかったはずだ。「究曇（きわむるくもり）」になってからさほど時間も経（た）っておらず、危険思想を持つランナを所長は警戒していたからだ。

「ランナが今でもこの里にいたら、きっとバランサーを分解していたでしょうね」

「だろうな。俺たちだって分解どころか手入れすら許されてないってのに……」

「私たちだけでなくて、誰も分解なんかしたことがないわ。そりゃ何百年研究しても、あの装置のメカニズムがわからないのも当然よ」

「ていうか、ほんとに針が動いたのを俺は生まれて初めて見たもん」

針が動いたと報告されると、長老たちが大慌てでやってきた。それは何か月も前の出来事だったが、変化の乏しい里においてはまるで昨日のことのように思い出される。きっと、ライガが連れてきたヒト種族についてもあっという間にウワサは広まり、そのヒト種族をひと目でも見ようとみんな集まるだろう。

それを思うと、ライガが日中にヒト種族を連れてきたのは正解だった——日中は、「蜂（はち）」も含めてマンノームたちはそれぞれの仕事場におり、居住区はすっからかんになるのだ。

「それほど重要なことなのかしら、魔力が消費されているというのは」

ヨシノが言うと、

「おい、それこそ『究曇』が持つ知識の初歩中の初歩だろ。『魔力の消費は魔力に色をつけることと同じ。色のついた魔力は純粋な魔力に戻すことができない』」

あのバランサーは、魔力の総量が「少々減っている」ことを示していたが、今は「さらに減り始めている」ことを示している――らしい。彼らもバランサーの使い方については「大昔からそう言われている」という範囲でしか知らない。

「でも、私たちだって魔道具を利用することがあるわ。それによってあの針が動くことはないでしょう？」

「俺たちの使用量なんて大河の一滴みたいなものだよ。クインブランド皇国の皇都にでも行ってみろ。町中に魔導ランプがあって、バカスカ魔力を食ってるぞ」

男は一度だけ、仕事で皇都に行ったことがあった。

「でもそれくらいでは針は動かない」

「いや、そうじゃない。皇都でバカスカ魔力を使っている状態が、今までの目盛りだったんだ。そこからさらに針が動いたのが問題なんだろう」

「皇都並みの都市が出現したとでも言いたいわけ？　あんたがたった1泊してきただけで全部を知った気になってる皇都が？」

「まさか。違うよ……って俺は別に全部を知った気になってるなんてことはない。あの大きさは想像を絶するんだよ。いいか？　まず皇都には端から端が見えないほどの大通りがあって……」

「あーあーその話はもう100回は聞いたわ」

「そんなに話してない！」

「それで？　なにが言いたいのよ。目盛りがひとつ増えて、長老があわてて、私たちの生活になんの変化がある？」

「ふう、これだから結論を急ぐ『究曇（きわむるくもり）』の研究員はイヤなんだ」

やれやれとばかりに肩をすくめる男を見て、ヨシノはイラついた。この男は自分の知らない情報をなにか握っていて、それをひけらかす瞬間を心待ちにしているのだ。許されるなら、彼女の知らない情報を自分は知っているというこの優越感を感じる時間を引き延ばしさえするだろう。

「わかった。それじゃ私は所長に聞きに行って……」

「わー、待て、待て！　所長はマズいって！」

所長と書いて「オニ」と読んでいる彼からすると、それは最悪の選択だった。まあ、オニとはいっても仕事をさぼって怒られ、研究レポートを書き上げる締め切りを3回破って怒られ、寝坊して（ほぼ毎日）怒られ、全部自分のせいなのだが。

「所長にチクられたくなかったら言いなさい」

「わ、わかった……なんでお前そんなに偉そうなんだよ。いいか？　俺だってたまたま文書を運んでた『侍錐』の連中が話してるのを聞いただけなんだぞ。アイツらは長老に取り入って次の長老を目指すことだけが生きがいの連中ではあるが、それでも里の機密の中枢にいるから……おそらく、その、情報精度は高いんだと思う」

この男にしてはずいぶん思わせぶりな前振りをするじゃない——とヨシノは思ったが、ただ「それで？」と先を促すだけにした。

「……サーク家の遺物が復活したんじゃないかって話だ」

「!?」

サーク家——その言葉を耳にした瞬間、ヨシノの身体は硬直したように動かなくなった。次には高熱でも発したかのように身体が震え、目の焦点が合わなくなった。

「……おい……落ち着け……」

男の声が遠くに聞こえ、身体はそのまま横倒しに——、

「——おい！」

「ッ!?」

両腕をつかまれ、揺すぶられるとヨシノの感覚は元に戻ってきた。

「ご……ごめん。ちょっと……驚いて……」

「……だよな」

「痛い……」

「あ、悪い」

腕をつかまれていた力が緩むと、彼女はホッと息を吐いた。

サーク家。

その名を知らぬマンノームはいない。そしてその名が語られるときには、「恐るべきサーク家の陰謀」とセットになる。

マンノームは子どものときからサーク家の恐ろしさについて聞かされる。不倶戴天の仇敵であり、マンノームに敵対し、何度も――そう、何百回も戦いを繰り広げてきた相手だと。

隠れ里に住むマンノームたちにとってサーク家の名は、耳にするとぎょっとするほどに重い。

「……つまり、あんたが言いたいのは『ルネイアース大迷宮』が復活したっていうこと？」

「そうだ」

「長老たちが大騒ぎしたのはそれが原因なのね……。でも、この大陸は大きく変わったわ。ヒト種族も、亜人種も、エルフだって増えた。テクノロジーは進歩したし、それこそ魔道具だって変わったじゃない。今さらサーク家になにができるの？」

「そうは言っても、サーク家と俺たちが争っていたのはたかだか数百年前だぞ」

マンノームの寿命は200年から300年あるので、彼らの曾祖父母（そうそふぼ）やその上の世代はサーク家と争っていたということになる。

「……私たちが争わなくなった結果、他の種族が隆盛したってことはないの？」

「わからん……長老含め、老人連中はサーク家との戦いについて具体的には語りたがらんからな……よっぽどつらい体験だったんだろうけどさ」

「語ってくれなきゃ困るでしょうが。復活したんでしょ？」

「ああ。いや、まぁ、たぶんだけど」

「情報がなければなんの対策もできないのに、サーク家の復活について私たちに公開しないのはなんでなの？」

「そんなの俺に聞いてもわからんって。ただ思うんだけど、『ルネイアース大迷宮』が復活しているとして、その善後策を練るために事情を知っていそうなヒト種族を呼んだってことじゃないかな。あわよくば、もう一度サーク家を……ルネイアース大迷宮を、大地の下に封印したいんだよ」

「……それで、なにもなかったことにすると？」

不服そうにヨシノが言うと、

「長老や『侍錐』たちの考えそうなことじゃないか」

男はまた肩をすくめるのだった。

レンカとの会話を通してヒカルは多くのことを知った。

マンノームは、ライガのような「遠環」たち以外は外界と接点を持つことはほぼない。

また、「遠環」以外のマンノームも仕事で里から出ることがあるようだが、それもめったにないことだという。

隠れ里はこの大空洞が生活圏で、壁面に沿って衣服を造る工場や、鍛冶場などがある。

壁面の洞窟の奥には農場もあって穀物や野菜を栽培しているのだとか。

まったく獲れないのは動物であり、肉や魚は「遠環」が毎日運んでくるということだった。

マンノームたちは皆、仕事を与えられ、それを全うすることが求められている。不自由や変化のなさはいつしか慣れるものらしい。

（エルフ種族なんてもっと寿命が長いというし、日々がめまぐるしく変化するのを好まないとか聞いたことがある。毎日毎日あくせくしていたら、何百年も生きていられないってことか……）

それはそれで不自由そうだなと思うのだが、マンノームはヒト種族とエルフの中間くらいなので、ヒト種族のような生き方もエルフのような世捨て人のような生き方もできるということかもしれない。

「レンカ、まだここにいたのか」

「あー。お父さん」

ヒカルのいる集会所へやってきたライガは、談笑しているレンカを見て眉をひそめる。どうやらお茶だけ淹れてさっさと帰ってきてほしかったようだ。

ヒカルたちをまだ信用していないし、外の世界のことを吹き込まないでほしいのだろう。

「シルバーフェイス、長老が会われる。ついてくるように」

「……ああ」

ヒカルは立ち上がり、レンカと別れた。

連れて行かれたのは長老たちが集合していた場所ではなく別の建物——誰かの住まいだった。

他の建物よりは大きく、壁一面にびっしりと凝った彫り物があった。這っているツタを表現しているのだった。地上の家ならば放っておけばツタは勝手に這うが、この地中の里ではそうはいかない。

「『遠環(とおたまき)』ライガ、参りました」

「おお、入れ」

戸が開いているので中は丸見えだったが、開け閉めできないわけではない。実際、ヒカルとポーラが中に入るとライガが戸を閉めた——大きな引き戸だった。

天井があり、窓も閉められているので室内の明かりはロウソクだけだった——そう、ロウソクだ。魔導ランプではなくロウソクである。

入ってすぐ居住空間となっていて大きなテーブルがあり、その先には絨毯(じゅうたん)と長椅子が置かれていた。壁面には棚が据え付けられていて見事な細工の器や何羽かの鳥の像が飾られている。鳥はさまざまに色がついて、ロウソクの光に鮮やかに浮かび上がっていた。

「ワシはの、鳥の像を集めるのが趣味なんじゃ。お前さん方が鳥の像を持っておればぜひとも譲り受けたいものだが」

ロウソクを片手にやってきたのは、フードをかぶった長老のひとりだった。

先ほどライガは「長老が会われる」と言い、「大長老」でも「長老がた」でもなかったので、ここにいるのは特定の長老だろうとは思っていたが——まさかひとりだけとは。

この長老は男だった。7人の長老のうち大長老など女が4人、男は3人だったはずだ。

「あいにくだけど、おれはそんな優雅な置物を持ち歩いてはいないよ」

「そうかね。大きなリュックを背負っているからなにかあるんじゃないかと思ったんだけどね……」

「これに入っているのは旅に必要なものばかりさ」

ヒカルが背負っているリュックは、ずっしりと重たい。これには今言ったとおり旅に必要な着替えや毛布といったものが入っているのだが、それだけではなかった。武器類である。見た目よりも奥行きがあるこの不思議なリュックは、ヒカルが「ルネイアース大迷宮」で手に入れたもので、他のアイテムもこの中に入っている。

鳥の像は、さすがに入っていない。

「ま、かけなされ」

ロウソクの明かりで見える長老は、他の長老たちより若く感じられた。もちろん老人という枠内ではあるのだけれど。

ヒカルとポーラはテーブルの前のイスに腰を下ろし、その対面に長老が座ったが、ライガは家の入口に立っていた。

「まずはわざわざ来てもらって悪かったの。話を聞きに行きたいのはやまやまじゃったが、ワシらの脚ではなかなかに難しい」

「ふうん、ライガみたいなヤツを寄越しておいてアンタたち長老はふんぞり返っているだけかと思っていたが、意外にも殊勝な物言いじゃないか」

「シルバーフェイス。言葉には気をつけろ」

「よい、ライガ」

気色ばんだライガを、長老は一言で抑える。

「……ライガはなにか不調法でも働いたのかね」

「人の家に勝手に踏み込んできたくらいさ。この里には扉も窓もあってないようなものらしいし、彼の常識と、おれの常識とが合わなかったということだろう」

「ほう」

長老はライガをちらりと見た。ライガはなにか言いたげな顔をしていたものの、沈黙を保っていた。

「さて、そろそろ教えてくれるんだろう？『世界を渡る術』についてアンタたちの知っていることを」

「ふーむ、お前さんがその情報を得るために我らが里にやってきたということは聞いておるが、まずはその『世界を渡る術』についてお前さんの語れる範囲で教えてはくれぬか？でなければマンノームの持っている情報を出しても的外れになるやもしれぬ」

「……まあ、いいだろう」

この長老はヒカルがどれほど居丈高に話しても気にしていないし、気を遣ってくれているる――あくまでも「気を遣うそぶり」かもしれないが、それにしたところで徹底している。そちらがそういうスタンスならば、手の込んだ駆け引きをせず、さっさと話を進めたほうがよさそうだ。

ヒカルは「世界を渡る術」について話した。この技術の大枠は大昔にソアールネイ＝サークが発表しているものであり、それを実用化したということくらいだが。

「！」

だが、それでも長老は明らかに驚いたようだった。

「サーク家の者が未完成として公表したものを、お前さんが成功させたと……？」

正確に言うと、ヒカルの身体の前の持ち主であるローランド＝ヌィ＝ザラシャと、ポーンソニア女王クジャストリアのふたりなのだが、そこまで説明する必要はないだろう。さらには完全に成功させ、人間を異世界へ送り込めるなんてことは。

「まあね。サーク家の論文が未完成だったとは言っても、完成の数歩手前くらいまで仕上がっていたから」

「お前さんはワシらが想定していた以上に、魔術寄りの考え方を持っているんじゃの……」

「マンノームとサーク家の勢力争いについてはおれの知ったことじゃない。おれの望みはひっそりと平和に暮らすことだから、巻き込まないでほしい」

「カグライもそう言っておったよ。『シルバーフェイスは欲がない』と」

「皇国皇帝を呼び捨てか？」

「こうも言っておったな。『その欲のなさがくせ者で、権威や金に媚びることもない。こちらの望むように行動させることは誰にもできないだろう』とな」

「…………」

なかなか的を射ている。

「それはそうと、『ルネイアース大迷宮』が復活したということは知っておるかえ？」

「おれが知りたいのは、アンタたちが『世界を渡る術』をもう一度使えるようにするために、手助けする気があるかってことだけだ」

「ライガがお前さんを見つけたのは、この世界の……そうじゃな、壁のようなものを越えようとした者がいたことに気づいたからじゃ。それを感知する装置を我々は持っている。まあ、特殊かつ強力な魔力反応を感知するような装置ではあるがな」

「ほう？」

「となると、我々の情報に信憑性があるじゃろう？　こちらが知りたいのは『ルネイアース大迷宮』についてである。前提情報としても知っておきたいのじゃ」

「……知ってるよ。あれは復活したと言っていいだろう」

うんうん、と長老はうなずいた。里でも大迷宮の復活を把握していたということだろう。

「復活した理由について知っておるかえ？」

「さあ？　おれはサーク家の専門家じゃないんでね。ただ……迷宮を動かしているのはソアールネイ＝サークだろう」

「それは……ほんとうにソアールネイ＝サークなのか？」

「どういう意味だ」

「いや……」

「おい。こちらは先に情報を出したぞ。だがそちらは出し惜しみをするというんだな？」

「そういうわけではない」

「じゃあ――なんなんだ？」

「ッ!?」

長老の目が見開かれた。

正面にいる、仮面の少年が長老を見つめている。

話し方は穏やかで静かだというのに、瞳から発せられる気配に長老は身動きが取れなくなる。

この少年を相手にするにあたって油断はしていなかった。というのも、カグライからの情報では、聖ビオス教導国の教皇をクインブランドの皇都に連れてきて、皇都の貴族がばらまいていた麻薬の証拠をあぶり出し、ビオスとクインブランドの2国間停戦協定を結ぶのに尽力したのがこの少年だというのだ。

隠密(おんみつ)能力と大胆な決断力を持ち、いくつもの修羅場をくぐってもいる。

　長老は、カグライからもたらされた、このヒカルについての情報にはかなりの誇張があるだろうと思っていた。少年を持ち上げることで、カグライ自身にとって不都合な情報を隠そうと意図しているのだろうと。そう考えてしまうほどにマンノームは老獪（ろうかい）であり、長寿なのだ。

　長老たちの集まる会議場に現れたこの少年は、横柄な態度こそ目立つものの、取るに足らないヒト種族という印象であり、正直に言えば「たいしたことはない」とこの長老は考えた。

　だというのに、今のこの少年の迫力はなんだ。

　少年の迫力に、2世紀を越えて生きてきたこのマンノームは震え上がったのだ。

「ソ、ソアールネイのことは先にライガから報告を受けて知っていたが……ソアールネイ＝サークはヒト種族じゃ。ヤツが消えたのは少なくともワシが生まれる前……ヤツが今、生きているはずはない」

「不死化（アンデッド）したということもあるだろう」

「アンデッドモンスターになれば使用できる魔法の種類が限られてしまう。それはサーク家にとっては死ぬこと以上に屈辱だろうて」

　なるほど、と妙に納得できる理屈だった。

「ヤツの広域魔術実験によってクインブランド南方の平原が焼け野原と化したが、それを最後にヤツの消息も、大迷宮の所在もわからなくなった」

　実験——大事故。

　それがソアールネイの命を奪い、魂が世界を越えて佐々鞍綾乃の肉体に宿ったきっかけなのだ。どこまでも迷惑なヤツだ。

「ちょ、長老、よろしいのですか。それは里の者もほとんど知らない秘中の秘。シルバーフェイスに開示してしまって……」

「構わぬ。シルバーフェイスには我らの味方になってもらいたい」

「むう……」

　ライガには構わずヒカルは言う。

「ソアールネイは、おれも見たことがなかったような特殊な魔術を使っていたよ。魔術式を用意せずに魔術を発動した」

「それは魔法ではなく、魔術なのかえ？」

「おそらく。精霊魔法や聖邪に属さない魔法だったからな」

「ほう……」

「いい加減に本題に入りたい。『世界を渡る術』が使えない理由はなんだ」

　今度は長老はすんなりと答えた。

「『ルネイアース大迷宮』の再起動が理由じゃろうな」

「うむ。あの迷宮そのものがサーク家の魔術の真髄とも言える。ヤツらは魔術を通じてこの世界を網羅しようとしておる。そうしてソウルの流れを管理しようとしているのだ」

あまりにスケールの大きい話だった。

魔術で世界を網羅……把握する?

それはある種、万有引力や分子構造といった、世界の成立要件に関わるような「神の所業」なのではないか――。

「そんなことが……可能なのか?」

「わからぬ。じゃが、それを目指しているだろうことは間違いない。そのせいで膨大な量の魔力が消費されても、ヤツらは知らぬ顔じゃ」

「………………」

ヒカルは考える。

あの、どこか抜けているソアールネイがそんな大それたことをやっているのか?

いや、抜けていることと魔術の知識は別物か。確かに彼女はヒカルも知らない魔術を使えたし、それによってヒカルも苦しめられた。

「つまり、大迷宮をもう一度止めれば……」

「それは難しかろう。大迷宮は巨大すぎる」

「なぜだ。一度止まったんだろう、大迷宮は」

「もう一度、平原をまるごと焼け野原に変えるような魔術事故でもあれば止まるかもしれんが……」

「む」

同じ規模の事故を起こさせるとしたら、間違いなくヒカルも巻き込まれて死ぬ。

ではソアールネイに頼んで止めてもらうか。

（それも無理だろうな）

ヒカルはソアールネイと交わした言葉を思い返す。

――御土璃山で魔力を得られたのは、おれが堂山老人のために動いたからだ。そうだろ？　であれば礼をしてくれてもいいじゃないか。

――……できないわ。

――できない？

――さあ、話は終わりよ。

その後ソアールネイは話を変えたが、「できない」というのは二通りの意味が考えられる。

ひとつは、「実現が不可能である」ということ。ソアールネイの力をもってしても、どうしてもできない。

もうひとつは、「やろうと思えばできるが、やらない」という意味の「できない」。

過去の事故による大迷宮の停止、それにソアールネイが話をすぐに変えたことを思えば、後者であるような気がした。

ソアールネイ、あるいはサーク家にとって甚大な被害が出るから「できない」という意味合いのように感じる。

「大迷宮が魔術の発信源であり、それを止めるしか方法がないということか？　あるいはなにか別の抜け道みたいなものはないのか？」

「詳しくは『究曇（きわむるくもり）』に聞くがよい。手配しよう」

「ありがたい」

「では、行くとするか」

「『究曇』に会いにか？」

「いや」

長老は首を横に振った。

「これから里の全員を集めての集会が行われる。そこで『ルネイアース大迷宮』の復活が正式に発表されるので、里の全員がその対策に追われることになろう。『究曇』と話をするならばその後のほうがよい……わかるだろう？　そのころにはおそらく全員が協力的になっておる」

長老は薄く笑った——このときヒカルは初めてこの老人を警戒した。

その笑顔の裏でなにを考えているのかが一切読めず、ヒカルの10倍以上の年月を生きてきたことをうかがわせる深みが確かにあったからだ。

そのとき遠くから、カラーンカラーンと乾いた鐘の音が聞こえた。

「……長老、召集の鐘です」

「そのようだ。行こうか、シルバーフェイス」

「………」

ヒカルはポーラにうなずきかけ、立ち上がった。

さてこれからどんな騒ぎになるのか……。

天井から射し込む光は茜色になっていて、この大空洞全体が柔らかなオレンジ色に染まっていく。それはどこか神秘的な光景ですらあった。

なにもなかった中央広場に、今までまったく見えなかった人影がどんどん集まってくる。

着ている服はまちまちで、ツナギを着ている者、冬だというのに（この空間内は暖かいが）半袖の者、それに「蜂」の子どもたち。

中央広場に面した邸宅のひとつに、2階の部分に前へとせり出た大型のバルコニーがあって、大長老がそこにいるのが見えた。他の長老もいるようで、ヒカルもそちらに連れて行かれる。

マンノームたちが、この里にいるべきでないヒト種族のふたり——しかも両方とも仮面なんて身に着けている——に気づくと、大きなどよめきが起きた。

ヒカルを連れた男の長老は、数百という視線を無視して歩いていく。バルコニーからは他の長老たちの視線まで降ってきているが、それも無視して涼しい顔だ。明らかに、ヒカルと行動をともにしていることに彼らは驚いているようで、ヒカルに個別のコンタクトを取ったのはこの長老の独断だったことがわかる。

やれやれとため息をついてヒカルが見上げると、さっきは気づかなかったがこの邸宅の後ろに櫓（やぐら）のように高い建物があって、鐘が設置されていた。

バルコニーがある邸宅の中はだだっ広くて家具らしい家具もなかった。階段で2階に上がると他の長老たちの視線が——今度ははっきりと敵意を持って、男の長老に突き刺さる。

「……『七の長老』よ、客人とともに登場とはどういうことじゃ？」

女の長老のひとりが言う。

ヒカルは自分を連れてきたこの長老が「七の長老」というのだと初めて知った。そういえば名前なんて聞かなかったし、興味もなかった。

「外の珍しい話を聞かせてくれるかと思ってのぉ」

七の長老はすっとぼける。

「ふざけるな。話し合いの途中で腹が痛いなどと吐かして退出してまで、ヒト種族と話さねばならなかったのかえ。いったいなにを企んでおる」

「企むなどとは物騒なことを……ワシは諸先輩方よりも経験が足りん。ゆえに話を聞いておこうと思ったまで」

「ライガ。お前が七の長老の手先になるとは思わなかったぞ」

七の長老がすっとぼけ続けるので、イラついた長老は矛先をライガに向けた。ライガは顔をしかめて、「それは、ご命令なので……」とかなんとかもごもご言っている。

この姿をレンカが見たらがっかりするだろうなぁとヒカルは思った。父親は外の世界で好き勝手やってると怒りつつも、父親の話を聞くのを楽しみにしているふうだった。そんな父親も社会の上下関係には逆らえないのだよ……。

「もうよい。『三の長老』も落ち着け。ライガを責めるのは筋違いじゃて……それよりも、里の者たちへの説明を始める」

大長老が言ったので、三の長老——七の長老に絡んできた老女——は、はっきりそれとわかる舌打ちをしてバルコニーの外へと向いた。七の長老も平気な顔で大長老の近くへと歩み寄る。

「皆の者、マンノームの責務である里の使命を遂行中によくぞ集まってくれた」

里の使命、とはふだんの仕事のことだろう。

大長老が話を始めると広場は静まり返った。

拡声器のようなものを使っているのか——そんなアイテムは見えなかったが——大長老の声は朗々と響いた。

「先日以来騒がしくしている長老たちを見て、さまざまな憶測をしている者もあったじゃろうが、ここで今はっきりと告げる」

大長老は一息に言った。

「『ルネイアース大迷宮』が、宿敵ソアールルネイ＝サークとともに復活した」

その途端、小さな悲鳴のようなものがいくつか上がり、驚きのあまりその場に座り込む者まで出てきた。

なんだって、と声を荒らげる者もいれば、隣の者と言葉を交わす者もいる。一言で言えば中央広場は大混乱に陥った。

武装をした者たち——「遠環（とおたまき）」の予備軍らしい彼らが、沈静化するべく動く。だがなかなか収まらない……ヒカルがざっと数えただけでも、ここには５００人以上が集まっていて、沈静化のために動いているのはいいところ20人だ。

これは時間がかかるぞ……と思っていると、

「お前たち！　大長老の話の途中だぞ!!」

バルコニーから見て中央広場の反対側から歩いてきた男が声を上げた。

マンノームにしては背が高く、身長はヒカルと同じくらい。そして「遠環」の一員なのだろうか、里のマンノームとは違ってマントを羽織った旅装束であり――なにより金髪を短く整えたイケメンだった。

彼の後ろには5人のマンノームがいる。

「『遠環』筆頭グランリユーク、ただいま戻りました」

グランリユークと名乗るマンノームが歩いてくると、集まっていたマンノームたちは彼のために道を空けた。マンノームらしくない名前だなとヒカルが思っていると、グランリユークはじろりとバルコニーの大長老を見上げた。

「大長老。我ら『遠環』全員を招集することもなく話を進めようというのは、いささか性急ではありませんか」

「……性急でよいのだ。急がねばならぬ」

「サーク家の復活についての初報が入ったのは何日も前だと聞いておりますぞ。にもかかわらず、この数日はじっとしておられた。今から急ぐとおっしゃっても、説得力はありますまい」

「…………」

大長老は背後にいる長老や「侍錐（はべるきり）」たちをじろりと見やった。「誰がこやつに情報を漏らしたのだ？」とでも言わんばかりの視線だった。

「この数日は、確証を得るための時間じゃった。今日、こうして確証を得たから公表しようとしている……『遠環（とおたまき）』にも情報が正確に伝わるよう手配はする」

「ほう？　その確証とやらはそこにいるヒト種族から得たものですか。ヒト種族の言葉を鵜呑（うの）みになさるとは……大長老も変わられた」

「なにが言いたい？　リキドーよ」

そのとき初めてグランリュークはあわてたように、

「リ、リキドーではございません、グランリュークです！」

「それはお前が勝手に名乗っている名前であろうが。マンノームの里においてはお前はリキドーじゃ」

マンノームらしくない名前だと思っていたら、やはり違うようだ。

「そんな……リキドーなんて名前……グランリュークのほうがカッコイイでしょう⁉　い、いや、そんなことはどうでもいいのです。そのヒト種族の情報は信じられるものなのかということです」

「くだらぬ。『遠環』の仕事は他ならぬヒト種族から情報を得ることであろうが。大陸全土で最も繁栄しているのがヒト種族だ」

「ほう？　これまでヒト種族の行動を懐疑的に見守ってきた方々のお言葉とは思えませんな。まさか……ライガが連れてきたから無条件で信用しているなどということはないでしょうな？」

矛先が自分に向いたぞ、とヒカルは思っていたが、それは自分の後ろにいるライガへと向けられていたようだった。ライガは平気な顔をしていたが、グランリュークの近くにいるマンノームたちはざわざわした。

「ふう……」

大長老は長々とため息をつくと片手を上げた。それを見てマンノームたちは徐々に静かになっていく。

「呼集の鐘を鳴らし、皆の時間を削ってまでこうして集まってもらったというのに、お前は子どものように駄々をこねるだけなのか？」

「子ども⁉　私は、『遠環』筆頭にして、外の情報を多く持っており――」

「筆頭などと、笑わせるな。役職に上下などない。我らマンノームの基本的な教えであるというのに、それすら守れぬのか。『遠環』を辞めたいのであればいつでも……」

その瞬間、背中を見ているヒカルですら、大長老の身体が一回り大きくなったように感じられた――。

「――辞めさせてやるぞ」

威圧。大長老を名乗るからにはただ者ではないのだろうと思っていたが、老女が持つ迫力はヒカルの予想とは全然違う武器だった。

「ぐっ……」

真正面からそれを食らったグランリュークは押し黙った。

数秒の沈黙。

淡々と、大長老は話し始める。

「……『ルネイアース大迷宮』の復活により、この世界の魔力消費量が著しく増えた。無論、サーク家の迷宮だけでなく他のダンジョンの復活も大いに影響している。じゃが、目下の問題はソアールルネイ＝サークの復活である」

みんな真剣に聞いている。

「対策は大きく分けてふたつ。ひとつは、これらダンジョン群の復活の原因を明らかにし、できることなら再度封印すること。もうひとつは、『ルネイアース大迷宮』の調査である。調査結果次第ではソアールルネイ＝サークと直接戦うこともありうる」

オオッ、という声があちこちから上がった。

「永きにわたった平和の時代は終わるかもしれぬが、この世界の安寧のためにマンノームは行動せねばならぬ。今日これより、『遠環（とおたまき）』と『究曇（きわむるくもり）』の2職を最大限バックアップする態勢へと移行する。『遠環』は二の長老、『究曇』は三の長老の指示を仰ぐように」

大長老の左右に、ふたりの老女が立った。

「他の長老と『侍錐（はべるきり）』は議場に籠もることになろう。皆の者、不測の事態に備え、いつでも、どんな行動でも取れるよう心構えせよ」

こうして大長老の演説は終わった。


日は沈んだのだろう、星も月もない漆黒の夜において、このマンノームの里の明るさは、ぼんやりと自然発光する道路と建物によるものだった。魔力の反応はないので、蓄光の機能があるのか、あるいは別の力で光らせているということになる。とことん独自に進化した里だった。

ワシらはこれから会議だから、明日にでも「究曇」に会いに行こう――と七の長老は言った。

ヒカルとポーラはまたも集会所という名のただの広間に連れて行かれたが、さっきと違ったのはそこに食事が用意されていたことだった。オイルランプが点（とも）った食卓には、パンにシチュー、チーズというオーソドックスな料理が載っていた。

「意外とふつうだね」

「そうですね。ありがたいです」

ピッチャーの中身は水だった。

パンは焼きたてだったので美味しかったし、シチューもしっかりした味付けとなっている。ここでの生活は退屈だとレンカは言っていたけれど、食事が満足に取れないなんてことはないようだ。

「……肉がないんだな」

シチューの具は野菜と茸だった。これも美味しいが、育ち盛りの子には物足りないのだろうか——そんなことをヒカルは思った。

そのときコン、コン、と戸がノックされた。ヒカルとポーラは視線をかわしてから、「どうぞ」と声を掛けると、「では失礼……んっ⁉ なんだこれは、カギが掛かっているぞ。おーい、開けてくれないか！」なんていう声が聞こえてくる。ヒカルとポーラはもう一度視線をかわしてから、

「カギは外から掛けるヤツだぞ」

「なにをバカな……カギは内側から掛けるものと決まってい——ほ、ほんとうだ。なぜ外側にカギがある！」

ガチャガチャと音がして戸が開くと、そこにはひとりのマンノームが立っていた。この里ではほとんど見かけない魔導ランプを手にしており、その冷たくもまばゆい光が顔を照らしていた。

「ええと、アンタは確かグラン……リキドーだっけ？」

「グランリュークだ！　なぜ言い直した？」

「それで、リキドーさんがなんの用だ？」

「グランリューク！　グラン、リュー、ク！」

リューとクの間で切るのか？　なんてどうでもいいことを思うヒカルである。

「いやほんと、なにをしに来た？」

先ほどのやりとりを思えばシルバーフェイスに対していい感情を持っていそうにはないのだが。

グランリュークは後ろ手で戸を閉め、いや、少しだけ開けると――まるでカギが掛かったら怖いからとでもいうような様子だ――コホンと咳払いして入ってきた。

「む、食事中であったか」

「もうほとんど終わったから構わないけど。それで、なんの用だ？」

「……シルバーフェイス、だな？」

「ああ」

ポーラには見向きもせず、イスに座ったヒカルの全身を見やる。ヒカルは腰の短刀をいつでも抜けるように油断なく構えた。

「…………」

「…………」

数秒の沈黙の後、

グランリュークは言った。

「あ、握手してくれないか？」

「…………」

なんだって？

「そ、その、ずっと興味があったんだ。人を滅多に褒めないカグライさんが君をべた褒めするし、もう里とは縁が切れていたはずのウンケンさんまで君に助けられたという。一度会いたかったんだ！」

まるで交際の申し込みのように90度に腰を折り、グランリュークは右手を差し出した。

ヒカルとポーラは視線を交わして——今はふたりともぽかんと口を開けて——今度はヒカルが咳払いをした。

「あ、えーっと……はい」

イスから立って手を握ると、グランリュークは伏せていた顔を上げ、ぱぁぁっと満面の笑みを見せた。イケメンが笑うと、同じ男の僕でもほっこりするんだな、なんてことに気づいてしまうヒカルである。ちなみに、握手を装って攻撃してくるのではないかと最大限警戒して左手はフリーにしておいたのだが、完全に杞憂だった。

「あー……ていうか、なんで？」

握手が終わってヒカルが聞くと、握ってもらった右手を見てニヨニヨしているグランリユークは、

「ん？　なんの話だ？」

「いやさ。さっきはおれを信用できないみたいに、全員の前で糾弾してただろ？」

「糾弾なんて！　そんな……。あれは当てつけさ。最初に君のことを信用できないと言ったのは長老たちなのだから」

「？」

ヒカルは首をかしげた。

信用できないならなぜここに呼んだのか。

話し出そうとするグランリユークにヒカルはイスを勧めたが、彼は「立ったままで……シルバーフェイスと同じテーブルを囲んだら緊張してしまうから」とか言い出す始末。

「君が盗み出してくれたんだろう、『呪蝕ノ秘毒』の特効薬は」

「クインブランド皇国のスパイたちに渡したヤツのことだな？　そうだよ」

「私はその話を聞いてめちゃくちゃシビれたのだよ！　あの伝説のスパイ、『皇国の漆黒刃』ウンケン殿でさえ手を出せなかった『塔』に忍び込んで特効薬を盗み出すなんて！　あぁ、私はどうしてビオスの担当じゃなかったんだろうなぁ……フォレスティア連合国も面白いのだが、どうしてもレベルが低くて……」

「リキ――グランリューク、話がズレてる」

「おっと、失礼。……ともかく、長老たちは最初シルバーフェイスの手柄を信用しなかった。クインブランドに駐在している『遠環(とおたまき)』たちが入手できなかった特効薬をシルバーフェイスが手に入れられるはずがないと」

「まあ、信じられない気持ちはわかるけどな。おれが敵と結託してニセモノを持って来たと疑うのはふつうだ」

「そ、そんな……!?」

マンノームのグランリュークのほうが絶望したような顔をしている。

「いや、あくまでも『疑ってかかるのは当然』という話で、問題は現物を確認すればそれが本物かどうかわかるだろってことだ」

「だよな!? だが……」

グランリュークは眉間にシワを寄せて、肩を落とした。

「ん、どうした？ おれが聞いた範囲だと特効薬はクインブランドに運ばれてちゃんと使われたじゃないか」

ちらりとポーラを見ると、彼女はうなずいた。

あのときポーラはシュフィやサーラとともにクインブランド皇国の皇都にいて、治療に奔走していたのだ。

「……黒楔の門を使えばもっと早かった」

「！」

ヒカルはハッとした。確かにそうだ。黒楔の門なんていう物流革命装置があれば、ビオスからクインブランドまで一瞬で特効薬を運べる。

だけど実際は、そうはならなかった。

陸路で、必死で、運んだはずだ。

「……『呪蝕ノ秘毒』についてすべて明らかになっていなかったから、長老たちはクインブランドとつながっている門を一時的に封鎖したんだ。里のマンノームに伝染しないようにと。だから黒楔の門を使って特効薬を運ぶことができなかった」

痛いほどの沈黙が訪れた。

グランリュークの無念が伝わってくる。

原因不明の疫病を前に感染予防をするのは理に適っていると言える。だが、目の前に特効薬があってそれを運ぶことすら拒否してしまえばどうなるか——その数日でどれほどの命が失われたことだろうか。

ほんの少しでもシルバーフェイスを信じてみよう、せめてその効果を確認してみよう、という気持ちさえあれば、特効薬は黒楔の門を通ってクインブランド皇国に運ばれ、より多くの人々が救われたはずだった。

「…………」

ポーラが膝の上で手を握りしめている。

あの混乱のさなかで治療の最前線にいたのはポーラだ。

「すまない、シルバーフェイス」

「いや……おれではなく謝るべきは彼女に、だな」

「ええと、こちらはシルバーフェイスの連れか？」

「知らないのか」

ヒカルがポーラこそ皇国で治療に当たっていた回復魔法使いだと説明すると、グランリユークはもう一度頭を垂れた。どうやらフラワーフェイスの活動については知られていないらしい。

「ありがとう……。あなたのおかげで多くの命が救われたということだな」

「いえ……」

ポーラの歯切れが悪いのは、特効薬の到着が遅れたことに納得できないからだろう。あのときは最善の手を尽くせたと思っていたのに、裏側では足を引っ張るマンノームがいたのだ。

「グランリユーク、アンタはマンノーム至上主義者じゃないのか？　ヒト種族の命が失われることに心を痛めるのか？」

「私はそんなに薄情ではないよ」

「さっきは『筆頭』だとアピールしていたから、てっきり上下にこだわるのかと」

「ははは……」

　グランリュークは苦笑した。

「おかしいと思わないか、シルバーフェイス。マンノームに上下はないと大長老は言うけれど、実際は長老たちが権力を握っている。マンノームとヒト種族と、きっちり分けて考えている。私は……まあ、さまざまな人種のいる町で長く過ごしたからふつうのマンノームとは違う考え方をしているかもしれない。少なくとも大長老や、典型的なマンノームのそれではない」

　さっきの中央広場でのやりとりは、今こうして聞いてみると全然違った意味合いを持つことがヒカルにはわかった。

　グランリュークは大長老にヒカルたちを信じるのか、と詰問したが、それは「マンノームをさしおいて」という意味かと思ったが、実際には「以前は信じないと言ったくせに」という意味だったのだ。

（わからんって、そんなの）

　ヒカルの無言をどう受け取ったのか、少しあわてたように、

「た、頼むシルバーフェイス。大長老たちを殺すのは待ってくれないか。あれでもこの里

の歴史を知っている数少ない人材なんだ」

「いや、おれをなんだと思ってるんだ？　ちょっとムカついたら殺すようなシリアルキラーだとでも？」

「君の実力なら……できるだろう？」

「そりゃ、できないとは言わないが」

　ヒュッ、とグランリュークは息を呑んだ。

「……だけどな、『遠環』の『筆頭』を名乗るアンタも相当のものだろ？　ライガよりは強いって伝わってくるものな」

　これはお世辞抜きにそうだった。ライガも腕利きであることは間違いなかったが、ヒカルは戦って負ける気はしなかった。すでに彼の「ソウルボード」はチェック済みだし。

　グランリュークの「ソウルボード」も実は確認済みなのだが、ライガより全般的に少しずつ高い能力を持っている。

「そ、そうか？　ありがとう……これでも日々の鍛錬は怠っていないからな」

「だけどまあ、ウンケンのジイさんには負けるな」

「うぐっ。やはりそうか……ウンケン殿はそれほどの使い手であるか」

　以前のヒカルだったらウンケン相手には手も出なかったが、それは「隠密」を使わない前提だった。今ならスキルなしで真正面から戦ってもトントンか、少し分が悪いくらいだが、「隠密」を使えば確実に勝てる。

ヒカルは「ルネイアース大迷宮」で「魂の位階」が上がった。そのポイントを使って「筋力量」などの基礎的なステータスを底上げし、さらに「瞬発力」などの機動力に大幅にポイントを振った。結果として高速戦闘スタイルに移行しつつある。

「それで……アンタはどうしてここに戻ってきたんだ？『遠環』は里の外で活動するものだろ。帰ってきたらたまたまおれがいて、大長老が演説しようとしていた、っていう偶然はふつうは考えにくい」

「……その話の前に、実は私の派遣先であるフォレスティア連合国はダンジョンの出現が少ないのだ」

「ん？　そうなのか？」

「他の国の『遠環』よりはヒマだったというのもあって、ダンジョンの出現ポイントを確認していたのだ。これを見てくれ」

食器をどけたスペースに、グランリュークはA3サイズほどの簡易世界地図を広げた。赤いバツ印がダンジョンの出現地点らしい。

こうして見ると北方に広がるフォレスティア連合国は広大だが、バツは少ない。

北方から中央にかけて広がる大きなクインブランド皇国は、南部にバツが多めである。

クインブランドに接するポーンソニア王国は、国土全体にバツがある。

王国の東、海に面している海洋国家ヴィレオセアンは海に近づくにつれてバッが少ない。

聖ビオス教導国はバッがとても多い。

西に広がる広大な中央連合アインビストにはバッがほとんどない——これは発見されていないだけかもしれない。

「ふむ……。聖ビオス教導国から離れるとバッの密度が下がるようだな」

「その通りだ。そこへきて世界の魔力消費量に変動があったという報せだ。私はこの法則も報告すべきだろうと思って急いで戻ったら……」

「演説中だったと」

「そのとおり。だから先ほどのシルバーフェイスの質問には『偶然だった』という答えになる。いや、あのときの私の驚きといったら！　大長老の奥に、見慣れぬヒト種族がいて、銀の仮面を着けていたのだよ！　だけれどこうも思った……あんなに『シルバーフェイスを信用しない』と言っていたくせに、私がいない間に呼び寄せるなんて！」

「……で、突っかかったと？」

「ま、まあ、そうだね……。ああ、名残惜しいがそろそろ行かねばならない。我が名グランリュークを君に何度も呼んでもらって非常に光栄だった」

「お、おう」

「私はこのダンジョン出現地点の話を長老たちにするつもりなんだ。その後は、なるべく早めにフォレスティア連合国に戻らなければならない」

「マンノームにしては忙しいことだ」

「ふふふ。ヒト種族の3倍生きるといっても、ヒト種族の社会に生きている身であれば忙しさは変わらないよ」

それはそのとおりかもしれないとヒカルは思った。

だからこそマンノームよりさらに長寿のエルフなどは森の奥に住み、自分たちだけでのんびりと暮らすのだろう。

「ちなみにシルバーフェイスはこの里にしばらくいるのか？」

「いや……やらなきゃいけないことがあって、『究曇』たちに話を聞こうと思っている」

「ほう。ソウル絡みの研究か」

「正確には魔術なんだけど」

ヒカルは軽く、「世界を渡る術」が不発であることを話した。すると、グランリュークは目を瞬かせた。

「それは、残念だけど無駄足に終わると思う」

「……なんだって？」

ふっ、とグランリュークは小さく笑った。

「ここに残っているテクノロジーは大昔に作られたものばかりで、それからずっと……ずっとずっと時間をかけて研究してきたが、成果ははかばかしくない。黒楔の門を開くのに使う『割り符』ですら複製にも成功していないのだから」

「それは……ほんとうか？」

「ああ」

ポケットの道具袋からグランリュークは割り符を取り出した。それは古びた木材でできており、中央に石が埋め込まれている。角は丸みを帯びていて、年輪に沿ってデコボコになっていた。グランリュークは無造作にヒカルにそれを手渡した。

「い、いいのか？　おれが手を触れても」

「もちろん。シルバーフェイスに触ってもらえたら割り符だって喜ぶ」

絶対そんなはずはないし喜ぶのはグランリュークの方だろうとは思ったのだが、ありがたく触れさせていただく。

持ってみると軽い。ライガはヒモのようなものを通していたが、グランリュークはこのまま持ち歩いているようだ。

（木と石でできているだけだ……。じゃあ特殊なのはこの石か）

ヒカルがためつすがめつしていると、

「……『究曇』の連中が無能っていうことはないんだ。むしろ彼らはこの里でもトップクラスの頭脳を持っている。だけど、研究のルールが良くない」

「ルール？」

「分解することは禁止。新たな実験を行うには過去の文献を元に、その安全性が確実に立証されているものだけ、ときてる」

「……なんだそれは？　それじゃ過去に判明したものを追試することしかできないじゃないか」

「そのとおりだ。ほんの薄皮1枚めくるのに10年をかけるような研究さ。それでは研究なんて進まないし、知識だって積み重ならない」

「…………」

　確か、マッドサイエンティストだったランナはマンノームの里で禁忌に触れる研究をした結果、里を出たということだった。きっと彼女はこの保守的な――「超」がつくほど保守的な研究スタイルに嫌気が差したのだろう。

　そんなヒカルの思いに気づいたわけではないだろうが、グランリュークは言った。

「『究曇』を里の外に出すと、外だとなんでも自由に研究できることを知ってしまい、外に出たがってしまうんだ。だから私たちは『究曇』を仕事で連れ出すのにも長老たちの許可を取らねばならず一苦労さ」

「なるほど……。これ、ありがとう」

「ああ、いや」

ヒカルが割り符を差し出すと、ありがとうと言われたことに照れたのか、グランリュークはまたニヨニヨしながらそれを受け取って道具袋にしまった。

「でも、なんで『割り符』っていうんだ？　割り符ってのは本来、ふたつあるものをくっつけて、ひとつにすることで証明とするものだよな」

「……『常にソウルは流れている。ソウルが見えぬのは我らが欠けているからである。この割り符により我らは欠損を補い、門を通れるようになる』……ということだ」

「ん？」

「つまり黒楔の門を起動しているというより、この割り符を使うことで我々を起動して、門を通れるようにしているという意味らしい」

「ほう……おもしろいな」

「私にはよくわからないのだが、シルバーフェイスにはわかるのか？」

「まあ」

つまるところ、この世界には魔力があふれているのだがそれはふだんは見えず、「魔力探知」のようなものを噛ませることでそれが見えるようになる。ソウルも魔力と同じだとすると、もしや「ソウル探知」のスキルもあったりするのか？

いずれにせよ、黒楔の門は「ソウルボード」と同じ、ソウルを利用した装置であることがわかった。

「すごいな、シルバーフェイスは……」

目をキラキラさせてグランリュークが見てくる。

「……いや、おれが言ったからってアンタも簡単に信じるなよ？」

「ウソなのか!?」

「ウソではないが」

「ではやはりすごい！」

「わかった、もういい」

そんなやりとりを最後に、グランリュークは出て行った。

「……はぁ、見た目はイケメンなのに中身は残念だったね」

「ヒカル様と比べればみんな残念です！」

「…………」

ここにも残念なヤツがいたなとヒカルは思い直した。

そのころ——遠く離れた聖ビオス教導国、聖都アギアポール郊外。

天幕内にはいくつもの魔導ランプがあって、真昼のような明るさだった。長机を囲んでいる面々は、さまざまな獣人たちで——豹や狼はもちろん、爬虫類の亀、鳥と、多種多彩だ。

「——以上をもって、先遣隊において犠牲となった者の補償とする。異議のある者は？」

沈黙が下りる。

「いないな？」

重ねてたずねたのは、ここにいるただひとりのヒト種族だ。

「ええ、これでよろしかろうと思います……むしろ、会議の長さのほうがイヤでイヤでたまらぬという者ばかりでしょう」

「おいおい、カメのジイさんよ！ 俺らはジルアーテちゃんががんばってっから欠伸をかみ殺してがんばってたってのに、それをバラすんじゃあねえよ」

「かみ殺せてねえよ。お前大あくびしてたよ」

「あ？ してねえけど？ やんのか豹ヅラ野郎」

「やだやだ、狼はすーぐケンカしようとする」

「てめーにゃ言ってねーよ鳥頭！」

亀人族の長老、人狼族、豹人族、鳥人族のそれぞれ代表があーだこーだ話し出すと、フッ、とヒト種族——ジルアーテは小さく笑った。

中央連合アインビストは大陸の中央に広がる荒野を領土としている少数民族——その多くが亜人種——による、緩やかな多種族連合である。この連合のトップである「盟主」の座に就くにはなにより「腕っ節」が求められ、「選王武会」という大会によってそれが決まる。

現在のトップは獅子の獣人であるゲルハルト＝ヴァテクス＝アンカーだが、ヒト種族ながら「選王武会」で善戦したジルアーテは、副盟主に抜擢されている。

「すまなかったな、長い会議になって。だけど『ルネイアース大迷宮』に、勇敢にも真っ先に乗り込んでいった先遣隊の犠牲者にはしっかりと報いてあげないといけないから……」

「わ、わーってるよ……遺族へ金を渡さなきゃいけねーってのは。まあ、好きで乗り込んでったんだし、別にやらなくてもいいんじゃねーかって気も……ちょっとだけするけど」

人狼族の代表は言ったが、それは一般的な獣人の感覚ではあった。好きで戦い、好きで死ぬ。それは幸せなことであり、名誉でもある。

だけれど現実問題として遺族がいるので、遺族が生きていけるシステム作りが重要なのだ。今までのアインビストだったら「後は種族内でうまいことやれ」という感じで終わりだったろうが、そこから進んで今回は補償金を支払う形で収まっている。

「では、これで会議は終わりとする。参加してくれてありがとう」

ジルアーテが言うと、各代表はホッとしたようにぞろぞろと天幕を出て行った。

その背中を見送りながらジルアーテは思う。

(アインビストは変わろうとしている……これから多くのことを考えなきゃいけないと思うと頭が痛いわね……)

中央連合アインビストは、国家のような体裁を持ちながらも実際には国家としての機能はほぼなかった。そのせいで隣国である聖ビオス教導国によって多くの獣人が攫われ、奴隷として扱われてきた過去がある。

これを解放するべく、行動を起こして軍隊を組織することになり、今や聖都アギアポールの目と鼻の先に駐屯するまでになった。

ビオスとは停戦したことになっているが、奴隷の解放と賠償金を獲得したので、実質的にはアインビストの大勝利だ。

奴隷の解放作業のまっただ中で「ルネイアース大迷宮」が忽然と現れ、そこから大量のモンスターが出てきたためにジルアーテたちはモンスターとの戦いを余儀なくされた。ビオスには戦う力が残されていなかったからだ。

際限なくモンスターが湧き出てくる可能性があったので「大迷宮」へと先遣隊を送り込むことになり、盟主ゲルハルトも意気揚々と出かけていったのだが、彼の消息が途絶えてから10日近く経って——ようやく帰ってきた。ボロボロの身体で。経緯は不明だが、なぜかシルバーフェイスも大迷宮で戦っていたらしい。

ゲルハルトの治療は終わっているが「回復魔法」だけでは回復しきれない部分も多く、ジルアーテは向こう1か月は休養させる気だった。ゲルハルトが死んでしまったのではないかと、気が気ではなかった——それは副盟主としてアインビストの未来を占ううえでも、そばで戦ってきた仲間としても当然だ。

「はぁ……とにかく、良かった。盟主が生きてさえいればあとはなんとでもなる……」

国家としての体制を整えていくにあたっては、ゲルハルトのような「強さ」の象徴がいるのはとてもありがたいしやりやすい。

かつては自身も盟主を目指したジルアーテではあったけれど、ゲルハルトにはカリスマ性があるのは否定できない事実だし、これまでの獣人の価値観を考えても、ゲルハルトが盟主であるときに新しい制度を導入したほうがいろいろうまくいくだろうという予想もあった。

「副盟主の気苦労は絶えませんな」

「！」

全員いなくなったと思って油断していたら、亀人族(タートリアン)の長老だけがまだいた。というより歩くのが遅くてまだ天幕内にいただけではあった。

「いや……それが仕事ですから」

「歳を食っただけが能のこのワシが言うても慰めにもなりはしませんじゃろうが、それでも副盟主はよう働いてくださっていると思いますぞ」

「ありがとう」

この長老はジルアーテの相談相手としていろいろと話を聞いてくれるし、的確な意見もくれるので助かっている。

「それはそうと副盟主、『大迷宮』によって延期になってしまいましたが、これで落ち着けばアインビストへの帰還が再始動するのでしょうな？」

「ああ、もちろん。ある程度の人数はここに残す必要があるけれど……完全な奴隷解放までは道のりがまだまだ遠いからね」

聖ビオス教導国内での獣人の扱いはさまざまで、中には奴隷ながらある程度の富を築いた者もいて、そういった者はビオスに残りたがっている。

それにビオスの国土は広く、獣人の所在地確認に時間がかかっている——奴隷を所有していることを隠している者も数多くいるのだ。

ビオスのトップである教皇ルヴァインは全力で亜人種解放をしようと約束してくれているのだが、彼もまた教皇に就任したばかりで、権力の掌握に時間がかかっている。

といったさまざまな事情の結果、アインビストに帰国したがっている亜人種たちの把握と救援には何年も必要であることが見えていた。

ゆえに、大多数は先に帰国することになっていた——矢先の「大迷宮」出現だ。

「……それでよろしいので？」

亀人族（タートリアン）の長老は、真っ白な長い眉毛で隠れた目を、きらんと輝かせた。

「ん？　どういう意味ですか？」

「副盟主には心残りがあるのではなかろうかと思うてのお……」

「心残り——」

言われて真っ先に思い出したのはシルバーフェイスの存在だった。彼も戦っていたことを聞いたものの、ジルアーテは会えなかった。目にしていたら絶対に声を掛けたし、全力で駆け寄っただろう自信がある。

シルバーフェイスは単独で行動していたらしく、すでにポーンソニア王都へと向かったと聞いていた。

「いえ……心残りはありません」

尊敬し、憧れ、さらには想いを寄せる相手。

シルバーフェイスの——ヒカルのことを思い出すと、それだけで心の中心が温かくなる。

そりゃ、「どうして一言も声を掛けずに行っちゃったの!?」とは思うが、彼には彼の事情があるのだろうと思えるくらいの分別はある。

「そうですか」

長老は当てが外れたというように、それだけを言った。ジルアーテの密かな想いに見当をつけており、シルバーフェイスを捜しに行く時間くらい作ってやろうと思っていたのだが。

「さて、明日からは帰国の準備をしましょう――」

とジルアーテが言いかけたときだった。

「ん？」

ぐらり、と足元が揺れた気がした。

「……長老、今のは」

「ええ、地揺れですな……小さかったが」

そのときジルアーテが思い出したのは、「ルネイアース大迷宮」が出現したときの大地震だ。あの地震で多くの天幕が倒れたり獣人がケガをしたりしたが――それが収まったときには、すぐ近くに巨大な山が出現していたのだった。

まさか今回も、と思って天幕の外へと出たが、同じく大地の揺れを感じ取ったのであろう兵士たちがきょろきょろしているだけであり、それ以外はなにも変わらない夜が広がっていた。

冬の冷たい風が吹き抜ける。

結局その日は大長老の演説の後も、どれほど遅くなっても長老からの呼び出しはかからなかった。あまりに放置されすぎるので、

「面倒だからこっちから行ってやろうか。大体トイレとかどうすんだよ」

とヒカルがイライラしていると、世話役のレンカがやってきて組み立て式のベッドやタオルなどを用意してくれ、トイレや手洗い場にも案内してくれた。

「ごめんねえ、マンノームのおじいちゃんたちって数日は平気で待たせるのよね……」

と申し訳なさそうに言われてしまうと怒るに怒れない。

まあ、明日ダメなら放っておこうとヒカルは思い直した。グランリュークは「究曇（きわむるくもり）」には期待できないと言ったが、今のヒカルはどんな些細（ささい）な情報だって欲しい。なんだかんだヒト種族よりはるかに長い歴史を有している（はずの）マンノームの研究者ならば、なにか知っているかもしれない。

いずれにせよ、ヒカルとポーラは集会所で眠ることになった。

薄くて硬い布団だったけれど、冒険者にとっては寝床があるだけでも上等だ。しかも暑くも寒くもない気温なので寝苦しくもなさそうだ。

「おやすみなさい、ポーラ」

ベッドの間には衝立（ついたて）を置いてもらって、プライバシーが確保できるようになっている。

レンカは見た目は子どもだけれど、とても気が利く。

テーブルに置かれたランプを消すと、高いところにある採光窓から、ほんのかすかな光が入ってくるだけになった。漆黒の闇と言ってもいいくらいだ。

「あの……ヒカル様」

するとポーラが言った。

「衝立をどかしてもいいでしょうか……？」

「え？」

ベッドに身を起こすと、ヒカルの「魔力探知」には同じように身体を起こしているポーラが感じ取れた。

「あ、すみません、やっぱりイヤですよね!?」

「いやむしろ、これってポーラを気遣ってのことなんだけど……」

「私は、そのぉ……」

ポーラは言い淀んでいる。まさか暗くて怖いとかいうことはないと思う――冒険者として活動してきたポーラなのだから。

「……ヒカル様が、またどこかに行ってしまうような気がして」

ぽつりと言われて、ハッとした。

「世界を渡る術」を使って、ヒカルとラヴィアのふたりだけが日本へと渡った。

その後、「世界を渡る術」を実行するときに利用していた古びた倉庫が取り壊されていてポーラは途方に暮れ、ヒカルとラヴィアにはもう二度と会えないのではないかと思ったはずだ。

「ポーラともちゃんと話さなきゃいけないことがいっぱいあったね……」

日本でのこと、ソアールネイ＝サークとなにがあったのか。

ざっくりとは話してあったけれど、細かい話は全然していない。

ヒカルはベッドから下りると衝立（ついたて）をどけた。真っ暗なのでそれによってなにかが変わるとはあまり思えないのだけれど、これは気持ち……いや、思いやりの問題だ。

「僕はここにいるから」

自分のベッドに腰を下ろして、ヒカルは言った。

「……ヒカル様。ありがとうございます」

するとポーラはもそもそとベッドに横たわったようだ。でも身体をこちらに向けているのを感じる。

「僕はここにいるから……」

「……はい」

「ポーラが眠るまで、日本でなにがあったか話すよ」

彼女の身体がピクリと起き上がったように感じられた。

「はいっ！」

うれしそうな声が闇の中を返ってきた。

それからヒカルは日本であったことを話した。

佐々鞍綾乃にスクープ写真を撮られたこと。日本で行動するために洋服を買ったこと。ラヴィアが写真をいっぱい撮っているので今度見せてあげたいこと。

藤野多町でのことは簡単に。ソアールネイ＝サークにつながっていることだけポーラが理解してくれればいい。むしろ温泉宿のことをたっぷりと話した。今は、ポーラに安心していてほしい。

「ヒカル様もラヴィアちゃんも、楽しんで過ごせたんですね――」

「僕とラヴィアが回ったお寺は古びていてね、境内(けいだい)につながる山道はあじさいで埋め尽くされているんだ。冬に行ったから寂しい雰囲気だったけれど、6月に行けばきっとすごいんだろうな……」

「うんうん」

「……って全然眠くならない？」

「あははは。楽しくなっちゃって」

「ポーラ……それじゃ次は君の番だね」

「え⁉ わ、私ですか……？」

「うん。『彷徨える光の会』でどんな治療をしたのか教えてほしいんだ」

「……え？」

「ひょっとしたらポーラの『回復魔法』の新しい使い方とか思いつくかもしれないし。あと『支援魔法』についても知りたい。僕は聖職者の魔法について無知だったし、ポーラに任せっぱなしだったからね。少しでも戦力アップできることならやっておいたほうがいいと思って」

「……ヒカル様、もしかしてそれくらい、激しい戦いがありそうなのでしょうか」

「…………」

こういうときのポーラは勘が鋭いと思う。

「ルネイアース大迷宮」の「第7層」にいたような竜やゴーレムを思えば、

「うん」

ポーラの指摘は、正しい。

「わかりました。ではお話しします」

それからポーラは少しずつ話し始め、ふたりで多くのことを検討したり魔法を確認したりという時間を持てた。

「なるほどね……いや、すごく勉強になったよ、ありがとう」

「…………」

「ポーラ？」

ヒカルがたずねると、闇から返ってくるのは寝息だけだった。

「……おやすみ、ポーラ」

ヒカルもまたベッドに横たわったけれど眠気はなかった。

「…………」

闇の虚空を見つめながら考える。

以前——しばらく休暇を取ろうなんて思っていたことがあった。だけれど、そんな思いとは裏腹にこの世界ではどんどん問題が起きて、ヒカルはそれに巻き込まれて、今ではラヴィアとも離ればなれになった。

世間のあらゆることから隔絶して生きていけば巻き込まれることもなくなるのだろうが、ずいぶんと多くのしがらみができてしまった今、もうそれはできない。

ラヴィアとポーラはもちろん、日本と行き来している「東方四星」に、ヒカルがこちらの世界にやってきて以来ずっとお世話になった、衛星都市ポーンドのギルド受付嬢フレア。「世界を渡る術」を完成させてくれたクジャストリア女王に、中央連合アインビストでがんばっているジルアーテ。

ギルドマスターのウンケンに、多くの冒険者たち。ポーンドにいる鍛冶屋のエルフのレニウッドに、ファッションマスターのドワーフであるドドロノ、それに盗賊ギルドのケルベック。

ポーラの実家のメンエルカには彼女の父や村の人たちが今もトマトとともに生きているだろう。ジルアーテといっしょに活動していた元竜人族たちは元気だろうか。

関わり合いたくはないが聖ビオス教導国の教皇ルヴァインとも浅からぬ関係になってしまった。

ポーンソニアの王都には魔術研究者のアイザック（ヒカルはまだアイビーが男だと信じている）がいるし、絡みのあったバラスト一家も活動している。マンノームの中でも、皇帝カグライと接点ができた。

あまりに多くのしがらみだ。

ポーンドで営業していたあのホットドッグの店主ですら、困っていたら自分は放っておくことはできないだろうとヒカルは思う。

この世界のあらゆるもめ事に首を突っ込んでいくことなんてできるはずもないし、したくもない。

（でも、どうやったら僕は解放される？）

暗闇に手を伸ばすが、この暗さでは自分の指先すらぼんやりとしか見えない。

(いや……そうじゃない)

ヒカルは考え直した。

(どうやったらこの世界が、愚かな方向に向かわずにすむんだ?)

神になりたいとは思わない。

だけれど、ヒカルの力を——掟破り(ルール・ブレイカー)の能力を権力者たちが頼ってしまうのも無理はない。

ヒカルは闇に問い続けた。

ヒカルは考え続けた。

だけれどそう簡単に答えは見つからないのだった。

◇

気づけば眠っていたらしい——ヒカルがベッドに身を起こしたときには、集会所の採光窓から朝の光が柔らかく射し込んでいた。

「おはようございます！　ヒカ——シルバーフェイス様！」

ポーラがそう言い直したのは、

「おはよ〜。お寝坊さんだねえ」

レンカもいっしょだったからだ。ふたりは集会所の外からやってきて、湯気の立つタライをテーブルに置いた。わざわざお湯を運んできてくれたようだ。

「……おはよう」

自分でもいつ眠ったのか覚えていないヒカルだったが、思いがけず声はガラガラだった。

お湯を使って身体を清め、身だしなみを整えているとレンカが食事を運んできてくれた。山羊（やぎ）の乳で淹（い）れたお茶は甘く、たっぷりと蜂蜜が入っているようだ。この大空洞のどこぞで牧畜と養蜂でもしているのだろうか。それにパンも焼きたてはやはり美味しい。それに加えてリンゴがひとつ、というシンプルな朝食だった。

「さーて、ご飯食べたら里を案内するよ〜！」

朝からレンカは元気だった。

「案内？」

「うん。昨晩遅くにお父さんが帰ってきてさ、明日はシルバーフェイスたちに里を案内してやってくれって」

「いや……そんなことよりおれたちは『究曇（きわむるくもり）』とだな」

「案内の最後に研究所に来てくれって言ってたから、そこで話せってことじゃない？」

「……なるほど」

向こうにもなにか準備が必要なのかもしれないと思い直した。

「じゃ、レンカ。今日も世話になる」

「あいあい！　任せてよ！」

マンノームの24歳の少女はニカッと笑ったのだった。

マンノームの居住区域は、端から端まで歩いても10分程度だった。傾斜がほとんどなく、あってもなだらかなスロープになっているので脚を悪くした老人も杖（つえ）を突いて歩き回っている。

朝の時間帯はマンノームたちが家で食事を取っているので、あちこちで炊煙が上がり、子どもたちの声が聞こえてきた。

だがヒカルたちが通りかかると、途端に声は小さくなり、こちらの様子をうかがっている気配が伝わってくる。やはりヨソ者に向ける目は厳しいらしい。

前を行くレンカはそれに気づいているのか、いないのか、

「空き家は常にいくつかあってね、住む場所は自由なんだ。あたしも大きくなったらひとり暮らししようと思ってるの！」

「大きくなったら、って……大体何歳くらいが目安なんだ？」

「んー。『蜂(はち)』が終わるころだから、45歳ね」

45歳までは子ども扱いか、と思うと気が遠くなるが、マンノームの寿命で考えると当然なのだろう。ヒト種族でいう15歳からが成人扱いということか。

「これは……？」

家と家の間に、小さな祠(ほこら)があった。1メートルくらいの高さで、中には石の立像が祀(まつ)られている。その立像はよく磨かれていたが、長い年月で風化したのか、あるいは磨り減ったのか、形ははっきりとしない。だけれどヒカルにはあるものを想像させた。

「あ、これ？ これは『サイノカミ』だよ。村のあちこちにあってね、罰(ばち)が当たるから粗末にしちゃいけないんだって」

「……………」

サイノカミ。塞(さい)の神(かみ)。

別名で「道祖神(どうそじん)」、一般的には──。

「お地蔵様……」

「ん？」

どうして、という思いと、やはり、という思いが浮かんでくる。

振り返ってみると思い当たることは多かった。「ウンケン」に「カグライ」、「ライガ」に「レンカ」、「リキドー」という名前。マンノームの者が着ている服が洋服ではなく和服に近いこと。極めつけは「サイノカミ」。

（マンノームの祖先は日本人の転生者だったのか。あるいは祖先に強い影響を与えた日本人転生者か転移者がいた）

でなければこんな石像を集落に配置したりはしないだろう。

「塞の神」は集落に入り込む悪い気や災いを退けるといわれている。道祖神のように「旅の安全を見守る」というものもあるが、「塞の神」は「集落の守り神」のイメージだ。

「レンカ。マンノームの祖先って――」

聞きかけて、ヒカルは口を閉ざした。

聞いても意味のないことだ。

この石像ができた年代を正確に測定することはできないが、１００年や２００年でないことはわかる。レンカの口ぶりで考えてもマンノームにとっても「言い伝え」であり、はるか大昔の石像だ。

日本人は、もう、いないのだ。

（……「世界を渡る術」のことをその人が知ったら、日本に帰りたいと言っただろうか）

残したものが他にあるのなら見ておこう。見ておかなければならない。他ならぬ日本人の自分が見て、そのメッセージを受け止めたら……その人もきっと喜ぶはずだ。

「ん、祖先がなあに？」

「ああ……いや、この『サイノカミ』の他のものも見てみたいなって」

「えっ！　やっぱりそう思う!?」

「……『やっぱり』って、どういう意味？」

「あたしたちの間で『サイノカミ』探しがブームになったことがあったんだよ～。探してみたら居住区域だけじゃなくて、牧畜区域とか、崖の上とかにもあったの！　一個ずつ紹介するね！」

「い、いや、そこまでは……」

崖の上って。そんな危険なところに石仏置いたのかよ。そこまでは見なくてもいい……いいよね？

「ほら行こ！」

だけれど、レンカにぐいぐい手を引っ張られてヒカルは「サイノカミ」ツアーに――スタンプラリーみたいだ――参加することになったのだった。

「サイノカミ」は全部で9つあったが、それを全部回るころにはマンノームたちは仕事を始めるために大移動をしており、レンカに連れ回されて大空洞の壁面や細い通路を登らされているヒカルとポーラを見て「なにやってんだアイツら……」と呆(あき)れられてしまった。

冷ややかな視線よりは幾分マシかもしれなかったが。

「ハァ、ハァ……ひぃぃ、もう疲れちゃいましたぁ」

最後、「サイノカミ」がある崖の上に到着すると、ポーラは息が切れてへたり込んだ。

地上100メートル以上はある場所で、ところどころ壁面の鎖を伝って登ったりと、アスレチック満載のコースだった。レンカはけろっとしているし、ヒカルも「ソウルボード」で肉体改造しているので疲労はさほどない。

（ポーラの「魂の位階」は8だしなぁ……どこかでこれを上げてやらなきゃな。そうしたら「隠密(おんみつ)」も取れるだろうし）

と彼女の「ソウルボード」を見てヒカルは考えていたが、ポーラは失望されていると思ったのか涙目になる。

「フラワーフェイスくん」

「は、はいぃ……」

「今度時間を作って、身体を鍛えよっか」

「え!?」

ヒカルにとってそれは「魂の位階」を上げることだが、ふつうに聞けば「筋トレしようぜ」ととれる発言である。ポーラがあわあわしていると、

「それよりこの景色すごいでしょ!?」

レンカが言う。

確かに、高所から見下ろす景色はなかなかよかった。

午前の明るい陽光がドームの天井から射し込んでおり――100メートル登っても、まだまだ採光孔はずっと上にあるのだった――集落を一望できる。

集落から離れた場所、この大空洞の壁面に沿うように大きな建築物があって、そこに向かうマンノームたちの姿が見えた。食料品の加工や、縫製や鍛冶を行う場所だということだ。

壁面には大穴がいくつもあって、そのトンネルの先で牧畜、農業、採掘とさまざまなことを行っている。牧畜エリアは先ほど見てきたが、何十頭もの山羊が、広々とした洞窟内でのんびりと過ごしていた。牧草は少ないが、コケは多い。コケが主食なのだろう。

(フナイが生きていたのが千年前とかだから、さらにそれより長く……この里はあった。そしてマンノームは悠久の年月を重ねてきた)

ヒカルは考える。

(洞窟内は広くて大きかったけれど、マンノームは大空洞内で生きていくのに特化しすぎて背が縮んでいったんじゃないか？)

摂取できる栄養素も偏りがあるだろうし、肉はあまり食べず、菜食中心になったことも大きいだろう。進化ではなく環境への適応だ。

「シルバーフェイス様……もう『サイノカミ』はよろしいのですか？」

「あ、そうだった。それを見に来たんだった。――って、フラワーフェイスは大丈夫？」

「なんとか……」

「これから下りがあるけどね」

「ううっ。私は遅くて迷惑をかけそうなので先に下りてます……」

ポーラはとぼとぼと歩いていく。鎖を登るよりは鎖を伝って降りるほうが簡単ではあるだろうけれど、それでも楽な道のりではない。

「悪いことしちゃったな」

こんなに大変なら下で待っててもらえばよかったか。

「シルバーフェイスぅー。これだよ、これ！　レアな『サイノカミ』！」

壁面をえぐるように作られた祠の前でレンカがぴょんぴょんしている。元気いっぱいである。

「レアって言ったたって、場所がレアなだけだろ」

「違うって。これは古代文字が彫られてるからレアなの」

「……古代文字？」

祠へとやってきたヒカルは、集落内にあるものと比べてだいぶ汚れを感じる「サイノカミ」と対面した。

「これは……」

ほこりをかぶった石像は、手入れの頻度が少ないからこそ摩耗も少なく、明らかにお地蔵様としての姿を保っていた。

それだけではなかった。

石像の立つ台座には文字が彫られていたのだ——日本語で。

『真統大戦ノ惨禍ヲ憾ミ、本像ヲ遺ス。彼ノ災ガ未来永劫来タラヌ事ヲ祈ル』

文字を見たとき、身体の細胞という細胞がショックに震えたような感覚を味わった。

真統大戦。

マンノームたちが言っている、サーク家との確執のことだろうか。

わからないが……確かに、日本人がここにいた。

(僕だけが特別だと思ったことはない。セリカさんだって僕より先にこちらの世界に転移してきたのだから。他の日本人が転生、転移していたとしても……そんなに驚きはなかったのに)

なぜか、この文字はヒカルの胸を打った。

打つ、どころか、全力で胸を叩かれた感じさえあった。

それほどにこの文字は生々しくて、彫った者の意志を感じさせたのだ。

よく見るとこの台座だけ変わった質感の鉱石だった。でなければ遥かな年月で風化して

しまっていただろう。その台座を厳選して彫ったということを考えても、メッセージを遺した人の執念が感じられる。

「ん？　どしたの、シルバーフェイス。固まっちゃった」

「……レンカ」

「あ、動いた」

「この石像を造ったのが誰なのか、知っているか？」

「ううん。知らない。お父さんたちも子どものころに『サイノカミ』を探したんだってさ。でもどこにもこれを造った人の名前は残っていないんだって」

「ふむ……」

「それに残念だけど、お父さんたちが子どものころには10個あったらしくてさ。10個目の『サイノカミ』は洞窟の奥にあってね、それが崩落で埋まっちゃったらしいよ」

　ライガが子どものときということは、100年くらい前のことだ。

「……そうか」

　ヒカルにはそれを言うだけが精いっぱいだった。

「さあ、そろそろお昼だよ！　ご飯食べたら、『究曇（きわむるくもり）』の研究所に行ってみようよ！　あたし、あそこはなかなか行くことないから楽しみだなあ～」

　スキップしながらレンカは「サイノカミ」から離れていった。

どれほど時の流れを感じても、今を生きるレンカは元気いっぱいだ。それがヒカルにはなんとも寂しく感じられた。

　でも、

「きっと……お地蔵様を造ったあなたは、そんな後世を望んでいたんでしょうね」

　思わず両手を合わせて目を閉じた。

「……真統大戦、か」

　ヒカルはきびすを返すとレンカの後を追った。

　研究所は朝から慌ただしかった。

　大長老の説明を聞いた結果、里の者たちが「研究所はなにを把握していたのか」「隠していたのか」と詰め寄ってきたのだ。そこはもちろん長老たちが間に入ったことで大事にはならなかったが、それでもマンノームたちに不信感が生まれたことは事実。いくら長老でも完全な人心掌握はできておらず、研究所は公式見解を準備するはめになった。

　サーク家との戦いはそれくらいの大事であるのだ。

　長老たちは確証を得られるまではと事実を隠したが、それがかえってよくなかったということだろう。
「うぅ……久しぶりだよ、徹夜したのなんて」
男の研究員が言うと、
「ほんとよ……こんなの、所長がやるべきでしょ」
ヨシノもデスクに突っ伏した。
勝手に情報をしゃべられては困るからと「究曇」は研究所に集められていた。そうして
「どう話したらみんな納得してくれるか」という内容を朝まで検討していたというわけで
ある。下らない議題だが、里の調和は最優先事項なのでみんな真剣に議論した。ちなみに
この話し合いはあと数日続きそうだ。マンノームの時間感覚はヒト種族のそれとは違うの
である。
「ん？　なんだ、入口のほうが騒がしいぞ」
寝不足の目をこすって男が言うと、
「えぇ……どうせ『研究所は真実を明かせ～』とか言ってるいつものおばあちゃんでし
ょ」
「いや、そうじゃないような……」
ふたりはのろのろと研究所の入口へとやってきた。
扉はいつも開かれているのだが、今回ばかりは閉められていた。

「——誰か～！　開けてよぉ～！　お父さんから言われて来たんですけどぉ～！」

その声は幼かった。

「ん？『蜂（はち）』のレンカちゃんか？」

「——あっ、そうだよ！　開けて！」

「おお、待ってろ」

子どもならば問題あるまいと男が閂（かんぬき）を外して扉を開けると、そこにいたのは、

「え」

予想していた少女だけでなく、銀の仮面の二人組もいたのだった。

応接室なんてものはなく、「究曇」たちの休憩室へとヒカルたちは通されたのだが——

そこには、

「えっ、デスマーチ……？」

死屍累々（ししるいるい）といった様子で、研究員たちがぶっ倒れて眠っていた。

「フフ、『死の行進』とは面白い表現ですね。まだ行進は始まったばかりですが……」

ヨシノが、ヒカルたちを奥のスペースへと案内した。もちろんヒカルは、住民への言い訳を考えるためだけに徹夜をしているだなんて知らない。

丸テーブルを挟んでヨシノと向かい合って座った。

「ごめんなさい、所長は大長老に呼ばれているので出ていまして……戻ってくるまでこちらでお待ちください」

「はあ」

カップに入れて出されたのは白湯だった。

ヒカルが来ることは連絡がなかったらしく、彼らが戸惑っているのがよくわかる。扉を開けてくれた男の研究員が所長を呼びにひとっ走り出て行った。

「——いくつか聞いても？」

ヒカルがたずねると、

「ええ、私に答えられることなら……私からも質問していいのかしら」

「もちろん。ではお互い一問一答といこうか」

「乗った」

この女の研究員はなかなかノリがいい。

「それじゃまず……アンタの名前は？」

「え？」

「……ヨシノよ。あなたはなんと呼んだらいい？」

意外だったのか、女は目を瞬かせる。

「シルバーフェイス。こっちはフラワーフェイスと」

「わかったわ。よろしく、シルバーフェイス、フラワーフェイス。新しい知識をもたらす人は大歓迎よ」

　やはり学究の徒らしく知識欲は旺盛(おうせい)なのだろう。

(だとしたら、そんな人たちにとってここの研究環境は相当に苦しいんじゃないか？)

　グランリュークから聞いた情報でしかないが、先人の研究をなぞるようなことしかできないのならば、自由な発想も、好奇心も殺すことになってしまう。

「……では質問をするぞ。まず、この世界での魔力の消費量を測定する装置があると聞いたのだが、それはどういうメカニズムで動いているんだ？」

「魂魔天秤(バランサー)のことね」

「……バランサー？　そういう名前なのか」

　ヨシノはうなずいた。

「黒楔(こくせつ)の門(もん)ってわかる？　あ〜、ここに来たってことは当然使ってるわよね。あれもそうなんだけど、地下深くに杭(くい)を打っているのよ。そこにあるソウルの流れ……つまり『魂の細流』を測定しているの。ちょうどこの真下に流れが留(とど)まる『魂の滞留』地点があるから、情報量は多いってわけ。ここまではいい？」

「………」

　いや全然だが？　どんどん新しいワードを出さないでほしい。

「この惑星の地中に、ソウルのエネルギーが流れているというのか？」

「そういうこと」

「それは『リンガの羽根ペン』に近いテクノロジーだな」

各都市のギルド間は「リンガの羽根ペン」という魔道具で通信をすることができる。文字盤に文字を書くと、相手先の文字盤にその文字が浮かび上がるという魔道具だ。これに使用する触媒が信じられないくらい高価なので、ギルドも気軽には使えない。

「ああ、そうそう。あっちは魔術だけどね。魔力の流れをうまく利用しているのよ。こっちはソウルの流れ」

「ふむ……それで？」

「ソウルは魔力の影響を受けやすい。そしてソウルは常に流れ続けているものだから、ここにいながらにして世界の状況を把握できるってわけ！」

「ほう、それはすごいな」

ヒカルは素直に感心した。もしこれを地球の科学に置き換えたら、井戸水を採取してその成分を測定するだけで地球の裏側の干ばつがわかる、みたいなものだ。

「――と言われてる、ってだけだけど」

「ん？　どういうことだ？」

「どういう理論で動いているのか私たちにはわからないのよ。ただ先人がそう言い伝えているからそうなのだろうって思っているだけ」

「はぁ？　それじゃあ、その装置が正しいかどうかなんて――」

言いかけて、ヒカルは気がついた。

「……正しく動作はしているようだな」

「ええ」

ヨシノもうなずいて白湯で口を湿らせた。

「実際に『ルネイアース大迷宮』が出現したタイミングで、針が動いたから」

「針……」

「バランサーの説明をするわね」

テーブルの隅にあったメモ用紙と羽根ペンを手元に持ってきて、ヨシノはペンを走らせる。他のテーブルにも同じものが置いてあり、研究員たちが好きに使えるようになっているのだろう。

ヨシノが書いたのは扇形のメーターだった。時計でいう3から9までがなくなった、上半分だけの状態とも言える。

針はちょうど12時の位置から、3分ほど左に傾いている。

「針がこのメーターの右に行くほど危険なんですって。今回は目盛りふたつ分動いたの」

55分から、57分になったということか。

「ふむ……危険というのは、魔力の消費が激しいということか。だけれど、今までだってずっと魔力は使われ続けているんだろう？　それが、少し傾いたくらいで大騒ぎしすぎじゃないか？」

「それなんだけど、ちょうど中心までが安全域で、それを超過すると一気に魔力が減るらしいのよね」

「つまり測定器自体が指数関数的な表現になっていて、目盛りが上がれば上がるほど、1目盛りあたりの度合いが大きくなるってことか」

「あら、あなた賢いわね。そのとおりよ。いえ、まあ、『らしい』としか言えないのだけれど」

「ふうむ」

ヒカルは、自身の肉体の持ち主であるローランド＝ヌィ＝ザラシャの知識を振り返ってみる。ローランドは少年ながら非常によく勉強していたようで、特に魔術に関しては広い知識を持っていた――一方で政治や経済には疎かったようだけれど。

そして、ソウルと魔力に関する深い知識はなかった。

ローランドも「世界を渡る術」を使うにあたっては魂の力と言われる「謎エネルギー」が必要だと考えていたようで、それは「吸魂石（ソウルドレイナー）」というアイテムを使ってクリアしていた。

ソウルの力を証明しているのはギルドカードやソウルカードで、これらは魂を読み取って「加護」を与えている。これを開発したのはマンノームのフナイだ。彼もまた閉鎖的な里を出た結果、大いに研究できるようになったのだろう。

「……なあ」

そのときヒカルはふと、ヒカル自身の記憶に思い当たった。

「『聖魔』って知ってるか？」

それは——ポーラの故郷であるメンエルカでの出来事。

ダンジョンからモンスターがあふれ出し、その供給源を断つためにヒカルが単身でダンジョン最奥を目指した。

そこで出会ったのは火龍だった。

火龍は「聖」に連なる者で、神のために働いていると言っていた。そして彼らは「聖魔」の力を使い、「邪」に連なる「竜」と戦っている……。

ヒカルはその構図が、世界の秩序を保つことを目指すマンノームと、魔術による混沌を望むサーク家との戦いに似ていると思ったのだ。

「ええ、おとぎ話に出てくる龍の力よね」

「知っているのか？」

「まあ……だけどおとぎ話よ？」

　そうしてヨシノが語ったのは、神の使いである龍が聖魔の力を使って困っている人々を救ったという話だった。

　龍とマンノームは特に結びついてはいないようだ。

「もしかしてシルバーフェイスは、ソウルの力が『聖魔』なんじゃないかと思った？　可能性はゼロではないけれど、それはあまり意味のない考察だわ」

「……確かにな。呼び名がなんであれ、そこに確実に力が存在している。具体性のないおとぎ話の力との関係性を調べたところで、進展するものはない」

「そういうこと。やっぱりあなたは研究者向きね」

「だけど少し気に掛かるんだよな。どうだろう、他に龍のおとぎ話について聞いたことはないかな、フラワー……」

　聞こうとしたヒカルは、すでにポーラがこっくりこっくりと舟を漕いでいるのに気がついた。いや、早いよ、と言おうと思ったが、レンカもとっくに飽きてイスから離れて、死んだように眠っている研究員の頬をつんつんしている。

「……ま、いいや。話を戻そう」

「どうぞ」

「アンタたちはバランサーの目盛りが中央……12時を超えないように見張ってきたんだな」

「ええ」

ヒカルは地球にあった「世界終末時計」を思い出していた。核戦争などによる世界の終わりまで今どれくらいの位置にいるのかを、わかりやすく示しているものだ。あれは人間たちがいろんな要因を考慮して時計の針を動かしていたが、このバランサーの針はソウルを測定して自動的に動いている。

今、バランサーは「世界の滅亡まであと3分」と叫んでいるのだ。

その針が示す意味は重い。

「まあ、毎日決まった時間に針をチェックするだけだけどね……でも、チェックする必要なんてなかったんだ」

「ん？」

「針が動くと鐘が鳴ったのよ。バランサーの内部に鐘が内蔵されていて、それがね……カラーン、カラーン……って鳴るの。心臓止まるかと思ったわよ。そんな機能があるなんて誰も知らなかったし」

「…………」

内部になにがあるのか、どんな機能が備わっているかについても完璧には理解できていない。

魔力で動いているものならばヒカルは「魔力探知」で確認できるが、この研究所に魔力

反応がまったくないので魔道具の類ではないようだ。この世界全体を覆っている魔力の──

「……一応聞いてみるのだが、この世界全体を覆っている魔力の──」

「ストップ」

ヨシノに「待った」を掛けられた。

「次は私が質問するターンよね？」

「あ……そうだったな、すまない。いくつも聞いてしまったな」

「じゃあ質問だけど、『世界を渡る術』ってなんなの？」

まさか──ヨシノの口からその言葉が出てくるとは意外で、ヒカルは思わず止まってしまった。

「あれ？　シルバーフェイス絡みのことなんじゃないの、その『世界を渡る術』って」

「どういう……意味だ？」

「昨晩遅くにライガさんが来て、誰か知らないかって聞かれたのよ。あなたが来たタイミングでそんなこと聞かれたら、あなた絡みじゃないかって思うでしょ、ふつう」

言われてみたら納得の内容だった。

「なるほどね……。『世界を渡る術』はずいぶん昔にソアールネイ＝サークが公開した魔術論文を元にした魔術だけど、その論文を知っているか？」

「あぁ……確か『時空間を超越する魔術研究試論』だっけ。さすがに、あのサーク家に関わる内容ならば知っているわ。でも、あの魔術は欠陥だらけで全然機能しないものでしょう？　研究所でもいろいろと試してみたけれど、全然うまくいかなかったって記録を読んだわ」

「魔術の研究もしているのか？」

「限られた範囲内だけれどね。サーク家を相手にしているのに魔術に疎かったら話にならないし」

「それは……そうか」

「この100年くらいは一切魔術の研究はしてないけどさ。サーク家の動向も『ルネイアース大迷宮』の行方もわからなかったから……もしかしたら人知れず滅んだんじゃないかってみんな期待してたのよ」

気持ちはわからなくもない。実際、ソアールネイ以外のサーク家の生き残りはいないようだし。ところがどっこい、ソアールネイは生きていた。

（……正確には僕がこちらの世界に舞い戻らせてしまった）

ソアールネイに巻き込まれてヒカルもこちらの世界に来ることになったが、「世界を渡る術」が機能しなくなっていたことを知ることができたので、善後策を立てることができる。災い転じて福となる、だ。

「……そうか、『世界を渡る術』は魂と魂の引き合う力を利用している。つまりソウルのあり方にも影響があるんだな？　ソウルの動きを観測しているマンノームだからこそ『世界を渡る術』が使われるとそれを感知できる、と」

「あなたは『世界を渡る術』について研究しているってこと？　やっぱり研究者？」

「さあ、好事家であることは確かだけど」

「へぇー……研究者には親近感が湧くけど、魔術の研究はいただけないわね」

「はは。この里の外じゃソウルの研究なんて誰もやってないんだからしょうがないだろう」

「それはそうだけど。――あっ、わかったわ。最近、『魂の細流』にノイズが入ることが多かったのはあなたのせいなのね」

「ノイズ？」

「黒楔の門がうまく起動しなかったりね。そういう些細なことではあるけれど、マンノームの長い歴史の中でほとんど観測されてこなかったこと。特にポーンソニアとの移動に使う黒楔の門で問題が起きることが多かったから、大規模魔術の実行が疑われて、ライガさんたちが調査に当たっていたのよ」

　それが、ライガが「東方四星」のアパートメントに乗り込んできたことの裏事情か。

「魂とソウルとは同じものなのか？」

「ええ……。魔素と魔力が同じという意味ではね。あらゆる生きとし生ける者が内包しているエネルギーがソウルであり、そのコアが魂、という考え方かしら。でも、実際どのようにソウルが動いているのか、観測はできてもこの目で見ることはできないわ」

「…………」

ヒカルは「生命探知」のスキルを持っている。これは生き物の「生命力」を探知する力ではあるのだが、今の話でいくと「ソウル」のことにならないだろうか？

（……いや、ちょっと違うんだよな。もし同じものなら「黒楔の門」が「生命探知」で反応することになるし、この研究所の中にあるソウル関連の装置は「生命探知」で見つけられるはずだけど……まったく反応はない）

ヒカルが考えていると、

「『世界を渡る術』について聞きたいのだけど、魂の引き合う力を利用して違う世界に行っちゃう魔術ってこと？　そんなことほんとにできるの？」

バカ正直に「異世界に行ける」だなんて伝える必要はないだろう。

「……ソアールネイの理論上はね」

「あなたはそれを実証しようとして大規模魔術を使ったのね？」

「うまくいかなかったがね。それはこの世界に張り巡らされた網目のような魔力によって妨害されたからなんだ。心当たりはないか？」

「網目のような魔力……魔力はたゆたうものであって規則正しく整列することはあり得な

いわ。それこそ魔術でもない限り――」

言いかけたヨシノはハッとした。

「あなた、まさかサーク家の魔術ではないかと言いたいの？」

「もちろん、そうだ」

「この世界を覆うほどの魔術なんてできるわけがないわ」

首をフリフリしながらヨシノは言った。

「七の長老は、できるというようなことを言っていたけどな」

「できるかできないかで言えば不可能ではないわ。だけど、それがどれほど難しいか……不可能と言ってもいいほどのことか、あなたにはわからない？　長老たちはサーク家をあまりに大きく考えすぎているのかもしれないわ」

ヨシノはそう言うが、ヒカルからすると魔術的なものに妨害されているのは「事実」なのだ。

「だけどアンタだってサーク家のすべての魔術を知っているわけじゃないだろう？」

重ねて聞いてみると、

「失礼ね。これでも『究曇(きわむるくもり)』よ？　この研究所で働くにあたっては過去のサーク家の魔術資料をすべて頭に叩(たた)き込むのよ。それこそ『ルネイアース大迷宮』の資料から、さっきあなたも言ったソアールルネイ＝サークが戯れに一般公開した『時空間を超越する魔術研究試論』だってちゃーんと読み込んでるのよ」

「つまり、ここの所長が持っている知識もそう変わらないってことか？」

「魔術に関しては、そうね」

「なにかこう、禁書のようなものがあって所長とか長老とかしか知り得ない知識があるとか……」

「あっははは、なにそれ。そんなのないわよ。この研究所は隅から隅まで知ってるし、もちろん装置を勝手に使ったり分解したりしたら怒られるし、所長しか使っちゃいけないものもあったりするけど、書物の類は全部閲覧可能よ……ってどうしたの」

ヒカルは頭を抱えてうめいた。

（おいおいおい……それじゃあ「世界を渡る術」について調べようにも、もうなんの成果もないってことじゃないか！　ここがソウル研究所であって魔術研究所じゃないってことはわかっていたけどさ……!!）

ライガが自信たっぷりにこの里に連れてきたからには、なにかしらの情報を得られるだろうと思ったのに、

（……リキドーさん、あなたは正しかった……無駄足だった）

イケメンマンノームが親指を立ててウインクしているのをヒカルは幻視した。

「あっ、戻ってきたみたい。所長が来たかもしれないわ」

そのとき入口のドアが開く音がかすかに聞こえてきた。ヨシノが立ち上がって向かいがてら、

「ちょっとそこで待っててね。今連れてくるわ」

「あー、いや、もう——」

必要ない、と言おうとした。

魔術についての知識が必要なのであって、それはもう望むべくもないとわかってしまったから、今さら所長と話すこともなかった。

だけれど、その言葉が出てくることはなかった。

カラーン。

鐘の音が、聞こえた。

カラーン。

乾いた鐘の音だ。それは昨日のマンノームの緊急呼び出しの鐘の音とは違い、もっと軽やかで高い音だった。

カラーン。

そしてその鐘は、この研究所内で鳴っているのだった——。

「ま……まさか……なんで、そんな……」

呆然（ぼうぜん）とするヨシノに、ヒカルは立ち上がって叫ぶ。

「──バランサーだ！　どこにある!?」

ハッ、としてヨシノが走り出すのでヒカルはそれを追った。

「え、なになに？　どしたの？」

「──あうっ」

レンカはわけがわからずきょろきょろし、舟を漕いでいたポーラが目を覚まし、死んだように眠っていた研究員たちもまた何事かと起き出していた。

そのころにはヒカルはすでに、ヨシノとともに研究所の入口へと戻っていた。そこには男の研究員といっしょに、所長がいた。

「バランサーの鐘が……鳴った……！」

所長はなにに怒っているのか、それともふだんからこうなのか、真っ赤な顔をゆがめて絞り出すように言うと真っ先に走り出す。奥へと続く廊下を突っ切り、突き当たりの扉を開いた──そこは広々とした空間で、窓もないためにこの里においてはかなりの閉塞感があった。

室内はいくつもロウソクが灯っており、部屋の中央にある装置を照らし出していた。

それこそがバランサーだ。

ヒカルが想定していたよりも大きかった──ずっと。

横幅は2メートルほどで、膝までの高さの台座に載っており、なんらかの金属でできているのがわかる鈍い金色を放っていた。

目盛りがある扇形の文字盤は手前が見やすいように若干傾いており、そこには60センチほどの長い針があった。

右半分が赤色に塗られているのは、半分を——00分を超えたら危険であることを示しているのだろう。

「ぐ、ぐぬ……」

所長と、左右にはヨシノと男の研究員が立ち尽くしているので、ヒカルには装置がよく見えない。その横へと歩いていって目盛りを見た。

「……マジかよ」

針は、動いていた。

先ほどのヨシノの言葉が確かならば、57分を指していたはずだ——ヨシノが「究曇」になってからずっと計測してきた数値は55分に当たる目盛りで、それが初めてふたつ分動いて57分になり、大騒ぎしたのだ。

だが今、その針は、

「危険水準を超えた……こんなにも、こんなにもあっけなく……!!」

5つも目盛りは進んで、02分を指していたのだった。

「いったいなにがあってこうなったんだ？」

ヒカルがたずねると所長が、

「わからん。だがあり得るのは『ルネイアース大迷宮』——ん、君は」

ようやく所長は、話しかけているのがシルバーフェイスだと気がついたらしい。

「なるほどな。それならおれが様子を見てきてやる」

「なに？」

「『ルネイアース大迷宮』は聖都アギアポールの目と鼻の先だ。おれはあの迷宮に、ついこの間入ってきたばかりだ。迷宮の中を確認するならばおれが適任だろう」

「なんだと!?　……いや、まずは長老に話すのが先だ。私が行ってくるから君たちはここで待機しなさい」

「お、俺はみんなを起こしてくる！」

所長と男の研究員が走り出すと、ヨシノが改めてバランサーを見た。

「まさか……バランサーの針がまた動くなんて」

「——アンタはどうするんだ？」

「え……どう、って？」

「おれは『ルネイアース大迷宮』へ行く」

もうここに用はなかった。「世界を渡る術」の情報が得られないとわかれば、長居は無用だ。やはりソアールルネイに直接話を聞くしかないのだ。

あの長い長い迷宮を踏破しなければならないのが憂鬱(ゆううつ)だが、他に方法はない。

「私は……ちょ、ちょっと待って！」

ヒカルがさっさと部屋を出ると、ヨシノが後ろから追いかけてくる。

「シルバーフェイス様！　なにがあったんです⁉」

研究所の入口にはポーラがいた。

周囲も慌ただしい。

「ヨシノ、針が動いたってほんとうか⁉」とか言いながら奥の部屋へ何人も走っていく。

「行こう、フラワーフェイス。どうやら『ルネイアース大迷宮』になにかあったらしい」

「わ、わかりました！」

「――シルバーフェイス！」

とそこへ、外から入ってきたのは「遠環(とおたまき)」のリキドーことグランリュークだった。

「聞いたぞ、バランサーの針が動いたんだろう⁉　今そこで所長がわめいていたぞ！」

「ツイてるな、アンタはもうフォレスティアへ行ってしまったかと思っていたよ。グランリューク、頼みがあるんだが……黒楔(こくせつ)の門(もん)を開いてくれないか？」

「な……なんだって？」

「針が動いた理由はひとつしかないだろ。『ルネイアース大迷宮』だ。おれが調べに行く」

「だが……勝手に使うのは……」

グランリュークは煮え切らない。

「そうよ、落ち着きなさい」

ヨシノも言う。

「まずは長老に黒楔の門の使用許可をもらわなければならないの。あれは里で最も重要な装置のひとつで、勝手に使ったりしたらどうなるか……」

「ヨシノ」

ヒカルは言葉を遮った。

「『ルネイアース大迷宮』とサーク家が消息不明になってから、アンタたちは魔術の研究をやめたと言ったたな。大迷宮が復活した今、アンタたちはなにをした？　情報を住民に伏せ、とりあえずこのおれを里に呼んで……それだけか？」

「うっ……それは」

「もう大迷宮は復活しているんだ。ソアールネイ＝サークは大迷宮の力を再び手にした。アンタたちがもしあの女と戦うつもりなら、向こうだって牙を剥いて襲いかかってくるぞ——もう、時計の針は動き出したんだ。バランサーの針のように、一線を越えたんだよ」

「…………」

「…………」

ヨシノとグランリュークは難しい顔で黙り込んだ——その瞬間、ヒカルは「隠密」を使ってグランリュークの隣をすり抜けた。

「行くぞ、フラワーフェイス」

その右手には、グランリュークの道具袋から抜き出した割り符が握られている。

「あ、えっ⁉ ちょ、今どうやって⁉」

「そういうところだよ、緊張感のなさってヤツは。おれは聖ビオス教導国にさえ行ければいいから、使い終わったら返してやる」

「だ、だが、シルバーフェイス——シルバーフェイス！」

ヒカルはポーラとともにさっさと歩き出した。後からあわててグランリュークとヨシノがついてくる。

「シルバーフェイス！」

肩をつかまれた。

「……おれの邪魔をするな」

振り返ったヒカルの、仮面の中の目を見たグランリュークは一瞬怯(ひる)んだが、ぐっと下唇を噛(か)んだ。

「だ、だけどな、シルバーフェイス……どの門がビオス行きなのか知っているのか？」

あ。

それは知らなかった。

「……ふう、シルバーフェイスは意外と抜けているな」

　小さくグランリュークは笑った。

「いいさ、私が教えよう」

「ちょっと、リキドーさん⁉」

「グ・ラ・ン・リュ・ウ・ク！　いいんだよ、ヨシノ。緊張感が足りなかったのは……事実だ。図星を指されてドキッとしたよ。せめて今この瞬間からは、選択を誤るべきではないと思う」

　グランリュークはヒカルの前を歩き出した。

「行こう。今、マンノームにとって……いや、この世界にとって最優先しなければならないのは、シルバーフェイスを『ルネイアース大迷宮』に送り出すことだ」

　結局、ヨシノもついてきた。ヒカルたち4人が黒楔（こくせつ）の門（もん）へと続く広間へとやってくると、相変わらずここは無人だった。
　グランリュークの魔導ランプが周囲を照らし出す。円形の部屋に並んだ扉のうちひとつを、迷いなく選ぶ。

扉を開くと、壁に門が設置されているだけの殺風景な小部屋だった。門は起動していないので、その向こうはただの壁だ。ポーンソニア行きの部屋となにが違うのかと聞かれても、絶対に答えられないなとヒカルは思った。

「シルバーフェイス、割り符を」

「ああ」

グランリュークは割り符を手にすると、黒楔の門へと近づいた。前回、この里にやってくるときは「魔力探知」を展開したのだがなにも感じ取ることができなかった。なので今回は「生命探知」を使ってみる。スキルレベルが1しかないが、すぐそばにいるグランリュークの温かな生命力を感じ取ることができる。

彼が割り符を黒楔の門にかざしたとき——チカッ、と火花のような光が割り符から発せられた。すると黒楔の門に揺らぎのような光が現れ——景色が一変した。

漆黒の闇だ。

「向こうの部屋には誰もいないようだ。明かりは持っているか？」

「もちろん」

ヒカルも自前の魔導ランプを取り出し、明かりを点けた。光を投げかけるとかすかに向こうが明るくなった。

今から、またあの吐き気というか気持ち悪さを経験しなければならないのかと思うと憂鬱(うつ)ではあったが、仕方がない。むしろ一足飛びに聖ビオス教導国まで移動できるのならこんなに便利なことはないだろう。

「――リキドー！　リキドーはどこだ⁉」

背後から複数の男たちがやってくる気配があった。

「あ～……もうバレてしまったようだ。シルバーフェイス、急いだほうがいい」

どうやらグランリュークがシルバーフェイスを連れて黒楔の門に向かったことが露見したようだ。追っ手は「遠環(とおたまき)」だろうか。

「いいのか？」

一応たずねると、

「いいさ。むしろ連中にも教えてやらねばならないだろう、サーク家の後手(ごて)に回ってはならないことをね」

「その意気だ」

ヒカルは言うと、ポーラにうなずきかけてから黒楔の門へと飛び込んだ――。

「…………」

「…………」

今度は、なにも見なかった。前回のときのような灰色の世界は。

あの世界――死後の世界によく似ていた世界を見ずに済んだことはよかったけれど、それでも、

「うっ……」

向こう側に降り立つと、胃袋の中を引っかき回されたような気持ち悪さが襲ってきた。

「ううううぅ……つらいですぅ……」

ポーラもまたヒカルの隣でしゃがみ込んでいた。

「ちょ、ちょっと待ったら行こうか」

「はいぃ……」

ちらりとポーラが黒楔の門を見やった。門はすでに沈黙していた。

向こうから「遠環」が追ってくるのかどうかはわからないが、なるべく早くここを離れたほうがいいのは間違いない。

「……あの方、大丈夫でしょうか？」

「グランリュークさん？　大丈夫だよ、きっと」

マンノームはひどく閉鎖的な里だ。さらには長い年月を――ヒカルからすると気の遠くなるような年月を、あの閉ざされた空間の中で積み重ねてきた。

「ルネイアース大迷宮」の再出現に対して、彼らの反応があまりに遅いのは彼らの危機感

が薄れたこともそうだし、閉鎖的な種族であることも影響しているのだろう。

だけれど——グランリュークは変わろうとしていた。

リキドーというマンノームらしい名前を嫌っていた。ヒカルが黒楔の門を使うことに同意してくれた。

彼のような存在が、きっとマンノームたちの危機を乗り越えるきっかけになるはずだとヒカルは思った。

「さあ、それより僕らは行こう」

「はい……！」

ヒカルとポーラは立ち上がった。気分はだいぶよくなっていた。

魔導ランプによって照らし出されたその部屋は、倉庫のようだった。じめっとしていて、棚にはよくわからない荷物が積まれている。

マンノームの里が快適だったので忘れていたが、吸い込んだ空気は刺すように冷たく、冬を感じる。

ドアを開けて出ると、目の前には階段があった——やはり地下室のようだ。長い階段を上がると、広々とした厨房(ちゅうぼう)に出た。ただその厨房もしばらく使われていないのか、棚もテーブルもホコリをかぶっている。

「……どこかのお屋敷かな」

厨房(ちゅうぼう)から廊下に出ると、窓は閉め切られており明かりは射し込んでいない。絨毯(じゅうたん)も古びていて、ホコリっぽい。

「どこかの屋敷を買って、そのまま放置してる感じか。……でもここはどこなんだろう？ビオスに来ていることは確かだろうし、これだけのお屋敷があるなら聖都アギアポールかな……」

ヒカルとポーラはエントランスホールへとやってきた。

鍵を開けてドアを開くと――、

「うっ」

まぶしさに目を細めた。

すぐ近くに、巨大な白い城――「塔」がそびえ立っていた。教会組織は武力や権力を持たないということが建前になっているので「城」と呼ばず「塔」と呼んでいる。

「え……？」

ヒカルは驚きに目を瞬(しばた)かせた。

それはアギアポールのど真ん中に飛んできたことに対する驚きではなく――もっと別のものだった。

「――どうすんだよ!?」

「――教皇様がなんとかしてくださるはず……！」

通りでは住民たちが右往左往し、

「――騒ぐな！　火急の用がない者は家に入って身の安全を優先せよ!!」

馬上の神殿騎士が大声で「避難」を呼びかけていたのだった。

「なにが……あったんだ？」

人々が見ているのはヒカルたちのちょうど背後――「塔」とは逆の方向だった。

ヒカルとポーラは通りへと走っていき、屋敷の陰から出たところでそちらを見やった。

「な……!?」

そこには想像もしなかった光景が広がっていたのだった。

第52章　4人目の少女もついに（ようやく）真実にたどりつく

「あーっ、もう、鬱陶しい!!」

右手を振るうと、テーブルに散らばっていた紙の束が吹っ飛んで宙を舞った。

「なんなのよ！　何度も何度も侵入してきて!!　さっさと出て行きなさいよ！」

どん、どん、どんっ、とテーブルに拳を叩きつけたあと、荒く息を吐いた。

ソアールネイ＝サークは荒れていた。その理由は単純で、彼女のいる「ルネイアース大迷宮」にたびたび誰かが侵入し、警報が鳴るのだった。本来、警報はぴかぴかとランプが点滅する程度なのだが、今は、

『ギイィィギョエエェィィイイイイイイ――――』

点滅に加えてモンスターの断末魔みたいな音が出るようになっていた。

「あぁぁ！　また来たァ！」

迷宮に侵入されるたびにこの音を聞かされるソアールネイは眠りを妨げられ、先日ヒカルを取り逃がしたイライラも相まって、キレちらかしているのである。

どうやらこの不具合は、第7層でゴーレムを起動したことか、あるいはヒカルが壁面の

魔術をハッキングしてこちらにメッセージを送り込んできたことか、そのいずれかによって起きたようではある。修理するには第7層に行って状況を確認するのが手っ取り早いのだが、ソアールネイのいる最深部からはめちゃくちゃ遠い。なんとか、今いる場所で直らないかと苦労していると、

『ギイィィギョエエェィィイイイイイイ――』

という、人の神経を逆なでするような音が聞こえてくる。

「ムキィ――!!」

冒険者だか兵士だかわからないが、ちょいちょい侵入しては出て行くのを繰り返されている。侵入する側からしたら、いきなりこんな大迷宮が現れたのだから調査するために入るのは当然であり、そのたびにソアールネイが頭をかきむしっているなんてことは知るはずもない。

「ああ、もう……さすがに限界……」

ソアールネイはよろよろと立ち上がり、居住区域から奥へと進む。青色の光に照らされた部屋は、左右に果実の生っている木々があり、これらはソアールネイの食料にもなっていた。

ソアールネイはさらに進むと――広大な空間へとやってきた。

部屋の中央には信じがたいほどの巨岩が浮いている。青色の光を放ちながらゆるやかに

回転すらしている。もし倒れてきたら、人が羽虫をつぶすようにソアールネイの身体なんてプチッとつぶしてしまうほどの大きさだ。

これこそが、「ルネイアース大迷宮」の根幹にあるエネルギー体。冒険者たちが「ダンジョンコア」だなんて呼んだりもする物である。

歴史を振り返れば、ルネイアース＝オ＝サークはこのエネルギー体を発見したからこそ、出会ったからこそ、大迷宮を創ろうと思い立った。

「ふ……ふふふ……私を怒らせたな」

ふらふらと歩いていったソアールネイは、巨岩の下にあるコントロールパネルの前に立った。金色の金属でできた腰高のそれはナナメに傾いており、魔術式が浮かび上がっていた。

この魔術式については、代々の先祖によって多くの解説書が書かれており、それを読み解いてきたソアールネイは、大迷宮をどう動かせばいいのかわかっている。

そして、それだけではない。

「この時代に来ることができたのは私にとっても幸運だった。あれを見せてもらったおかげで、わからなかったさまざまなものがわかるようになったのだから。――だから、今！目にもの見せてやるんだから、銀仮面の少年!!」

すべての元凶がヒカルであると思っているソアールネイはそう叫ぶと、自らの手のひらをパネルの一箇所に叩きつけた。

その箇所から光が放たれ、水面に波紋が広がるように、ひときわ強く魔術式が輝いて広がっていく。

大地が、いや、迷宮が震える音が聞こえてきた。

実際にソアールネイの立つ地面が揺れた。

ソアールネイの目は緩やかに回転している巨岩を映していた——彼女は、笑っていた。

それはちょうど、ヒカルが研究所でヨシノと出会ったころの出来事だった。

同時刻、聖都アギアポールの街を歩いているひとりの少女がいた。魔法使いが着るローブを羽織っていたが、フードはかぶっておらず、彼女の黒く長い髪が揺れている。

「あ〜あ、もう、いつになったらポーンソニアに戻れるのよ！」

セリカはぼやいた。「東方四星」は冒険者ギルドの依頼で「ルネイアース大迷宮」に入り、中央連合アインビストの盟主ゲルハルトを救助するべく行動した。依頼は成功し、さらには大迷宮からあふれてくる悪魔系モンスターの源になっていた巨大キマイラも討伐した。功績を称えられて教皇ルヴァインからたんまりと報奨金もいただいた。

だから、アギアポールにはもう用はないはずだった。

だけれどそう考えていたのは彼女たちだけであり、アギアポールにいる高名な司祭や大商会の会長など権力者たちは、「東方四星」に、ソリューズに会いたがった。

セリカたちは冒険者だし、活動の中心はポーンソニア王国なのでそんな面会希望は断ればよかったのだが、

「そりゃシュフィのことがあるからしょうがないにゃ～……」

パーティーメンバーにして斥候役のサーラがあきらめたように言う。

回復魔法使いであり教会の敬虔なる信徒であるシュフィは教会からの借り物なので、教会から「面会してあげて」と言われれば断れない弱みがあるのだった。「もし断るなら、ウチのシュフィは返してもらうよ」となるかもしれないから。

聖ビオス教導国にだいぶ恩を売ったはずなのに、仇で返されているのが今この状況なので、セリカが怒るのも無理はない。

「ま、向こうとしてもソリューズに会いたいだけっぽいし……ちょっとの我慢だよぉ～」

「それが気にくわないのよ！」

セリカがぷりぷりしている。「東方四星」といえば女性だけの4人で活動している冒険者パーティーで、そのランクはBという高みにあるために、いい意味でも悪い意味でも名前が売れてしまっている。

「東方四星」のなかでも最も有名なのがソリューズなので——そのたたずまいや所作は貴族のように洗練されており、しかも剣技は抜群にうまい——彼女に会いたがる者が多いのだ。

「大体、会ってみたいなんて言うのはスケベ親父ばっかりじゃない！　支援するならまだしも、妾（めかけ）になれとかそんなことしか言わないのよ⁉」

「自分の権威付けに利用しようとするのもいるにゃ〜」

「もっと悪いわよ⁉」

教皇ルヴァインによって、不正に手を染めていた者はかなり掃除されたのだが、全部が全部ではなかった。

ほんのわずかな不正なので謹慎程度で済んだ者もいたし、そもそも教会組織外の者は対象外だった。ルヴァインがこういう連中を放っておくとは思えないが、今の時点では人手が足りずに追い切れていないのも事実だった。

「そんなにプリプリしてもどうしようもないよぉ。ソリューズはシュフィのためなら、スケベ親父とちょっとおしゃべりするくらい余裕でこなすから……」

「ソリューズがかわいそうじゃない！」

「セリカは偉いにゃ〜。ウチなんてソリューズに任せとけば安心だなーってくらいしか考えてないもんね」

「そんなのダメよ！　今のソリューズはつらいかもしれないわ！」

「えぇ……？　今のソリューズってなにぃ？」

「だって――」

セリカは立ち止まった。

「ソリューズは恋をしているんだもの！」

その言葉に、サーラは目をぱちくりしていたが、

「いやいやいやいや～まさかぁ～、あのソリューズに限ってそれはないよぉ」

「ちょっと⁉　アンタこれまでずっとそばにいたのにソリューズの変化に気づかないの⁉

大迷宮から戻ってきたソリューズは様子が明らかに違うじゃない！」

「セリカは日本人だからそういうふうに感じるだけだよぉ。確かに最近はちょっと雰囲気変わったけど、かなりハードな体験だったからじゃないかにゃ～」

「いーえ、そうじゃないわ！　あたし、誰に恋してるかもわかったもの！」

「…………えっ⁉　誰⁉　誰⁉」

食いついてきたサーラに、セリカはふふんと笑ってみせた。

「ずばり、シルバーフェイスよ‼」

「…………」

「シルバーフェイスよ！」

「シルバー——」

「い、一度言えばわかるよぉ。セリカ、ちょっとマジで言ってるそれ？」

「それ以外考えられないでしょ！　大体、迷宮の中で会った人なんて限られてるんだから！」

「いや、でもさぁっ。シルバーフェイスはヒ……」

言いかけたサーラは両手で口を塞いだ。

危なかった。「東方四星」の中でシルバーフェイスが冒険者ヒカルであることを知ったのはサーラとシュフィのふたりだったが、そのせいでポーラは命を失うところだったのだ。そこで秘密を守る約束をしたし、その約束はまだ生きている。

次にはソリューズが正体を知ったようだったが、3人でその話をすることはない。それもまた約束のうちだとサーラは思っているし、セリカはまだ知らないままだからだ——いや、知らないよね？　気づいてるってことはないよね？

でもなぁ、ソリューズは察して気づいちゃったっぽいしなぁ……なんてことをサーラが考えていると、

「なによサーラ！　続きは!?」

「あ、いやぁ、うーん、それはともかく、そろそろアギアポールを出たいよねぇ」

「…………」

「ずいぶん露骨に話を変えるのね⁉」

「いやぁ」

サーラとしては、ソリューズがシルバーフェイスに恋をしたなんてことはあってほしくなかった。日本に行くにはヒカルの協力が不可欠で、そのときに余計な感情が入り込んでくるといろいろと面倒なことになる。完全に日本に移住した後だったらなんでもいいのだけど。

（大体ヒカルくんはラヴィアちゃんの恋人だし、そこにソリューズが入るとどうなっちゃう？　三角関係？　ソリューズって好きな男の子にどうやってアプローチするのかなぁ。直球で言っちゃいそうだけど……いや待って待って、ヒカルくんはこっちにいるけどラヴィアちゃんはまだ日本にいるってことだよね？　そこでソリューズが仕掛けたらラヴィアちゃんは穏やかじゃないよね⁉　これは修羅場⁉　修羅場になっちゃうのぉ⁉）

実は日本で見た恋愛映画やドラマにハマッてしまっていたサーラが悶々と考え始めたので、

「あたしを置き去りにしてなに考えてんのよ！」

セリカが声を上げた。

「あ、ごめんごめーん。でもセリカがいきなり面白……じゃなかった、とんでもないこと言い出すからだよぉ」

「とんでもないってことはないわよ！　シルバーフェイスはよくわからないヤツだけど、そう悪いヤツではなさそうだし、あたしはソリューズを応援するわよ！」

「えぇ⁉　それはややこしくなるからやめてよぉ」

「どうしてややこしいのよ⁉」

「もしかしてセリカってドロドロの昼ドラ好き？」

「好きじゃないわよ⁉　っていうかアンタいつの間に昼ドラなんて単語を覚えたのよ！」

ふたりがそんなことを言い合っていたときだった。

「……ん？」

歩いていた足元が、ぐらりと揺れた。

それは些細(ささい)な揺れだったかもしれないが、聖都アギアポールのような内陸部で地震が起きることは稀(まれ)だった。

だからだろう、揺れに気づいた者も何人かいて往来でキョロキョロしているし、一方でまったく気づかない通行人も多かった。

「セリカ、今ちょっと揺れた――」

サーラが言い切ることはできなかった。

ゴゴ
ゴゴ

ゴゴゴゴゴゴゴゴゴゴゴゴゴゴゴゴゴゴゴゴゴゴッ――。

すさまじい揺れが周囲を襲い、あちこちで悲鳴が上がった。立っていられなくなったふたりはしゃがんで両手を地面に突いたが、

「建物から離れて！　倒れるかも‼」

セリカは叫んだ。地震を前提に造られていない石造りの建物は、崩れるかもしれない。

しかし、人々の悲鳴のせいでその声はかき消される。

まずい、どうにかしないと。それなら魔法で……とまで考えたときだった。

ぴたりと。

まるでそれまでの揺れがウソだったかのように地震はやんだ。

「……へ？」

だが揺れたのは幻覚でもなんでもない。通りの店の吊るし看板がギィギィと音を立てながら揺れているし、荷馬車の荷は崩れていたのだ。

「なっ、なんだったのよ！」

「わからない……でもなんかヤバい気がするにゃ……」

こういうときのサーラの「直感」は当たる。

「ソリューズは今どこにいるかしら⁉」

「今は高級ホテルのティーラウンジとかだったと思うっ。ウチ、行ってくる！」

「お願い！」

サーラは足音ひとつ立てず走り出すと、風のように去っていった。

なにが起きたのかはわからないけれど、異常事態だ。仲間で集まっておくに越したことはない。

（さて……あたしも行こうか。冒険者ギルドに行けば情報が集まるかしら）

そう考えてセリカが歩き出すと、

「――おい、アレ……」

「――うげっ」

「――なんだよアレ⁉」

人々が北の空を見上げて何事か言い合っている。

なんだろう――と思って見上げたセリカは、

「え……」

思わず、動きを止めた。

山が、動いている。

動くというよりせり上がっている。

そしてそれはやがて――全身を空へと浮かび上がらせた。

それは巨大な島だった。島、としか言いようがなかった。セリカも見覚えのある山があって、麓には大地があって、さらには剥き出しの岩盤や土壌が見えている。

「浮遊島……!?」

巨大な島が徐々に徐々に上昇しているのだ。空へと。

セリカの記憶が確かなら、

「あの山、『ルネイアース大迷宮』のあった山じゃない!!」

彼女が数日前乗り込んでいった山が、そのまま空に浮かんでいた。

さっきの地震はこれだったのか、とセリカは気がついた。迷宮が、空へと飛び立ったために大地を揺るがしたのだと。

「そんな……おとぎ話みたいなこと……!?」

自分ひとりなら現実感はないのだが、周囲の人々全員が目撃している。

「ルネイアース大迷宮」は空へと飛び立ったのだ。

◇

街は喧騒に包まれていた。逃げ出そうとする者もいた。情報を得ようと大声で話す者もいた。交通は大混乱し、馬車は立ち往生した。

神殿騎士や神殿兵、警備兵が街道に出てきて冷静になるように呼びかけたけれど、それに従う者はいなかった。

「迷宮が空を飛ぶなんて……むちゃくちゃだ」

ヒカルはぼやいた。だけれど、腑に落ちたこともあった。

大迷宮を——とんでもない質量の物体を浮かせたのだから、魔力の消費はすさまじいだろう。それこそ世界のバランスを変えるほどのものだったかもしれない。

そして悪いことには、大迷宮を浮かせ続けることで魔力を消費し続けているのである。あまりに遠すぎて「魔力探知」では大気中の魔素の動きしか見えないが、大きな流れが感じ取れる。あの島は空気中の魔素を取り込むことで、内部の魔力だけでなく外から魔力も供給されているようだ。

「ヒ、ヒカル様、どうしましょう」

「とりあえず冒険者ギルドに行ってみよう。今、どういう状況になってるのか確認しなきゃ」

「確かに！」

ふたりは仮面を外し、冒険者スタイルで移動していた。というのも混乱する表通りで「隠密（おんみつ）」を使っていると、自分たちが認識されずに人に衝突してしまうのだ。

冒険者ギルドにやってくると——聖都アギアポールの冒険者ギルドは本来は閑散としているのだが、今ばかりはごった返していた。

「――あの空飛ぶ島について冒険者ギルドは把握していなかったのか？　ああいう手合いは教会ではなく冒険者の範囲だろう」

「――最近まったく冒険者が仕事を受けてくれんじゃないか！　どうなってる⁉」

だが詰めかけているのは街の住民だけで、冒険者はいない。

「――あの、あの、もう2か月も護衛をお願いしているのですが――きゃっ」

気弱そうな女性がぶつかったのは、後から入ってきた男だった。

「おうおう、ずいぶん景気が良さそうなギルドだ」

傷のついたレザーアーマーを装備し、腰には剣を吊っている。マントも羽織っている姿を見れば冒険者であることは明らかだった。

そんな6人の冒険者が入ってくると、押しかけていた住民たちはワッと沸いた。

「――こりゃあ、滞(とどこお)ってた依頼を受けてもらえるかもしれないぞ」

「――見たことない冒険者だが」

「――なかなか強そうじゃないか」

それに気づいているのかいないのか、冒険者たちは得意げな顔でカウンターへと近づいた。

「ここがアギアポールのギルドってわけだ。おぉ、ギルドの受付嬢はここでもきれいどころをそろえているじゃねえか」

「あのー……皆様は冒険者ですか？」

「当たり前よ。ポーンソニアの王都から、はるばるやってきたパーティー『青き鷹目』とは俺たちのことだ。ランクはDだ」

　ざわめきがいっそう大きくなる——その間にヒカルは、冒険者にぶつかってその場に尻餅をついてしまった女性に手を貸した。

「大丈夫ですか？」

「は、はい……ありがとうございます」

　冒険者が大きな声で言っている。

「俺たちはこれからポーンソニアへ戻るが、依頼をしたいヤツはいるか？」

　すると住民たちは口々に届け物や手紙を依頼したいと手を挙げた。中には商隊の護衛を依頼する者もあった。

「『青き鷹目』さん！　今は街道が封鎖されており、簡単には通れないんですよ」

　受付嬢があわてて言う。

　どうやら「ルネイアース大迷宮」が出現したために悪魔系モンスターがあふれ、街道が危険であることから一時的に道を封鎖しているらしく、そのせいで住民たちも困っているようだ。

「おいおい、受付嬢さんよ。俺たちは王都のギルドからの依頼でここに来てるんだぜ？

そりゃ、帰ることだってできて当然だろ」

「それは――そうですが……。でも危険が」

「冒険者は危険を排除してナンボだろ。俺たちに任せておけば安全だ」

言葉を聞いた住民たちは喝采を送った。

(冒険者ギルドも機能不全に陥っていて、住民の不満もかなり溜まってるんだろうな
……)

するとヒカルの手を借りて立ち上がった女性が、

「……まだ、難しいようですね」

「難しい？　そう言えばあなたも、依頼をしにきたようですね」

「はい……。実は国境の街に年老いた父がいるのですが、身体の具合が悪くなっているようで、死ぬ前にひと目会いたいと手紙が来ていて……」

「護衛を依頼したいと」

女性はうなずく。

「今は乗合馬車もありませんで……ですが、冒険者の方が全然いらっしゃらなくて、私もあまりお金を払えませんから……」

「なるほど」

ヒカルは一瞬迷ったが、自分を見つめてくるポーラの視線に気づいた。

この人ならなんとかしてくれるはず——と、明らかに目がそう言っていた。

「……わかりました。僕が護衛しましょう」

「え？　あ、あなたが……？」

目をぱちくりしながら女性がたずねる。

「ええ。封鎖されているのは島が浮かんでいる周辺ですよね？　その先の街に着けば、乗合馬車も護衛も手配できるでしょう」

「あ、ありがとう！」

それくらいの旅程ならば、大きく時間を取られることもないだろうと判断した。

もちろん——今やらなければいけないのは「ルネイアース大迷宮」がどうなっているのかを確認することだ。わかっている。でも、

（目の前の、困っている人を放っておくわけには……）

この人の人生にとってはお父さんに会えるかどうかの最後のチャンスなのだ。

「——おいおい、そこのガキ。お前が冒険者だって？　しかも護衛の依頼を受けるぅ？」

話を聞いていたのか、「青き鷹目」のひとりが言った。

「なんだこいつは。横取りか？」

「どう見ても冒険者じゃないだろ。いいところ商家の倅（せがれ）ってところだぞ」

「そっちの子は回復魔法使い？　いいねぇ、ウチのパーティーに入らないか？」

「おい、回復魔法使いは俺がいりゃ十分だろ！」

「バカお前、女の子に治療されるほうがいいだろ」

パーティーのメンバーがぎゃあぎゃあ騒ぐが、リーダーらしき男がヒカルの前にやってきた。

「お前、冒険者ランクは？」

「Gだけど？」

「っ!?」

まさか最低ランクのGだとは思っていなかったのだろう、男の顔が強ばった後、

「ぎゃっははは！　Gかよ!?」

それを聞いた他のメンバーも一瞬の沈黙ののち大爆笑に包まれる。

「おい、ボクちゃん、知ってるか!?　ランクGは護衛の依頼を受けられねえんだよ！　最低ランクの冒険者に、信用が必要な護衛なんて任せられるわけがねえからな！」

「……最初からギルドを通すつもりはなかったけど？」

「おいおい！　じゃあモグリで依頼を受けようと思ってたってことか!?　受付嬢、聞いたかよ。ギルドを通さないつもりだぜ、このガキ。処罰しちゃえよ」

「え？　し、しかし、こちらの方は私も存じ上げていなくて……」

「は!?　ギルドも把握してない冒険者!?　おいおい～、いくらなんでもヤバすぎんだろ。

お前もよ、ちょっとは依頼する相手を選べよ。死ぬのがオチだぞ」

　ヒカルが助けた女性は困惑した様子でヒカルと冒険者とを見ている。

「……ふー。まあ、この男が言ったことに間違いはないですよ。だから選ぶのはあなたです。僕は安全にあなたを護衛できると思っているけど、不安だと思うのならばやめればいい」

「わ、私は……」

　女性は視線を下げた。

　まあ、難しいだろうなとヒカルは思った。ただでさえヒカルの見た目は「荒くれ者」の冒険者からはほど遠い。それに加えて「最低ランク」ともなれば信頼できないだろう。

　女性の反応がないので、

「――じゃあ、行こうか」

　ヒカルはポーラとともにギルドを出ようとした――ところへ、

「おいおい、なにしれっと出て行こうとしてんだよ」

「きゃっ!?」

　冒険者の男がポーラの肩をつかんだ。

「こっちの回復魔法使いは残ってもらいてえんだわ。それくらい察してくれよ」

「……………」

「おーおー。ガキがにらんじゃって怖い怖い――」

それ以上話をするつもりはヒカルにもなかった。ここでみすみす時間を使うつもりはないのだから。

ヒカルは「隠密」を使って一気に動き、ポーラの肩をつかんでいる腕を肘打ちで吹っ飛ばし、男のみぞおちにパンチをくれてやる。

「――ッ⁉」

その巨体は背後に吹っ飛んで仲間を巻き込んで転げていった。一瞬の出来事に、なにが起きたのかもわかっていないだろう。

「んなっ⁉ こいつ、今リーダーになにを……⁉」

「てめえ、やんのかコラァ！」

「ギ、ギルド内での荒事はダメですよぉ！」

大騒ぎになった。

ヒカルは呆然としている依頼人の女性にはもう目もくれず、ポーラの背中をぽんと叩いた。

「大丈夫？」

「はい、ヒカル様が助けてくれると思ってましたから！」

「……その無限の信頼がたまに怖いよ。それじゃ、さっさと行こうか」

ヒカルがポーラとともに歩き出そうとした——ときだった。

『え……今の動き、なに？　全然見えなかった——サーラよりも、ソリューズよりも、アンタのほうが速いってこと!?』

聞こえて来たのは、日本語。

『いや、その前にどうしてアンタがここにいるのよ!?　ヒカル！』

魔法使いの少女、セリカが目撃していたのだった。

ミスった。まさかセリカがこんなところにいるとは思わなかった。

それだけじゃなくヒカル自身も先を急いでいて、「こんなわずらわしいことはさっさと解決しよう」と思ってしまったこともあった。「魔力探知」を使ってさえいればセリカの接近だって察知できたはずなのに。

アギアポールの裏通り——人気のないところでヒカルは説明をした。日本語で。ソアールネイのことをどこまで話すべきか迷ったけれど、「大迷宮」と関連付けられたくなかったので「日本に転移していた魔術研究家」というふうに誤魔化した。

ちなみに言うと、冒険者たちにはセリカがランクBのギルド証を見せたら全員が沈黙し、受付嬢も敬礼しそうな勢いだった。

『——というわけで、事故に巻き込まれる感じでこちらに戻ってきたというわけです』

ヒカルが一通り説明すると、

『………』

セリカは、

『……アンタがシルバーフェイスだったってこと？』

ずばり見抜いてきた。

『なんでそうなるんです？』

『よくよく考えると、ヒカルがいる場所の近くにシルバーフェイスの出現情報もあったのよね……それにシュフィが、ポーラちゃんと仲良くなったでしょ？　で、シュフィにしては珍しくフラワーフェイスなんていう得体の知れない外部の回復魔法使いと行動を共にしたこともあった。その正体がポーラちゃんだっていうんなら……つじつまが合うわ！』

『……まあ、そうですね』

『ということは認めるのね⁉』

『ええ……まぁ……………はぁぁぁ……』

『なんなのよその長いため息は』

『いや、これでもかなり気を遣って秘密を守ってきたんですけど……いろんなことに首を突っ込み過ぎましたね。違う仮面を用意したほうがいいかもしれない……』

『正体バレを気にしてるってこと？　あたし、秘密は守れる女よ？　ふふーん！　でもあたしの女の勘がウチのパーティーでもいちばん優れているってことね！　いえ、これはあたしの推理力が優れ過ぎていたってことかもしれない……才能って怖いわ』

自信満々に胸を張ったセリカに、

『えっ』

『えっ、てなによ、えっ、てのは。秘密を知ってるのはあたしだけでしょ？　だからあたしがいちばん……』

『……ちょっと待って。待って待って。確認させて。ヒカルがシルバーフェイスだと知ってるのはあたしだけよね？』

『…………』

『なんで視線を逸らすのよ!?　ま、まさかシュフィも知ってるの!?　あ～！　そりゃそうよね!?　ポーラちゃんがフラワーフェイスだってわかってるから安心して行動できてたんだもんね!?』

『…………』

『ということはあのときいっしょに行動してたサーラも知ってたってこと!?』

『…………』

『……ヒカル、待って。もしかして……ソリューズも……？』

『あたしが最後だったってことぉー!? ひどくない!? アンタそれでも日本人!?』

『国籍は関係ないでしょ』

『アンタたち、ひとりだけ秘密を知らないあたしを指差して笑ってたのね!』

『そ、そんなことするわけないでしょ。ていうか、シルバーフェイスの立場って結構微妙だから、秘密を教えることでその人にも迷惑がかかるかもしれないし、これでも気を遣っていたんですよ……』

『あーそう。そうですか。わかりました。アンタたちはあたしだけのけ者にしてたんだ! 葉月にチクッてやるぅ!』

『なんでそこで葉月先輩が出てくるんですか! 大人げないですよ! 年上なんだからちょっとはおおらかになってください。せめてソリューズさんくらい』

『………………』

いきなりハッとして黙り込んだセリカに、

『どうしました?』

『ちょ、ちょっと待って……アンタはシルバーフェイス』

『……ええ、まあ、認めたくも広げたくもないですけど』

『アンタは迷宮の第7層に現れてソリューズを救った』

『落下しても生き延びたのは僕の力じゃないですけどね。あそこで剣を崖に突き刺したソリューズさん、ハンパないですよ』

『ソリューズは、アンタがシルバーフェイスだと知ってる……』

『以前、一度はっきりと指摘されましたから』

『うわああああああ!!』

『な、なんですか、急に』

セリカが頭を抱えてしゃがみ込んだ。

『だって、だって、そんなの……ソリューズはあの後……恋する乙女に……でも相手がヒカルだとすると……ヒカルにはラヴィアちゃんが……うわああああああ………』

ブツブツ独り言を言っている。

「……どうしよ、この人。置いていこうか」

「きっとヒカル様が思っている以上に、シルバーフェイスであることを知ったのがショックだったのではないでしょうか？」

そばでやりとりを見守っていたポーラが言った。ちなみにセリカとは日本語でのやりとりだったのでポーラはまったく理解できていない。

『あのー、セリカさん。秘密にしていたことは謝りますが、今はそんなことしてる場合じゃないでしょ』

ヒカルはくいっと親指で空を指した。通りの切れ目、はるか向こうに空飛ぶ島の一部が見えている。

『あ、あぁ……そうだったわ。あたしはソリューズたちと合流しなきゃ』

『ですよね。情報交換もしなきゃだから、僕らも一緒に行きます』

『ダメよ！』

『え？』

まさか断られるとは思っていなかった。

『ちょ、ちょっと今は都合が悪いわ……主に、あたしがどうしたらいいかわかってないからね……ちくしょお、だからさっきサーラが微妙な反応だったのね……』

『セリカさん？　なにをどうするんです？』

『それがわからないのよぉ！　とにかく今はダメ！　明日にして！』

『明日……はぁ、わかりました。それじゃ、僕らは現地近くへと向かいます』

冒険者ギルドに情報がない以上、現地に近づいた方が得られる情報もあるだろう。

『アインビスト軍に接触します』

◇

中央連合アインビストの獣人たちは完全武装で周囲の警戒に当たっていた。また、広範囲にえぐれた大地がどれほど広いかについても調査している。

のぞき込んでも大地の奥底は見えず、光が届かなくなって闇を見せているその光景は、勇猛果敢（ゆうもうかかん）な獣人兵であっても身震いするのだった。

「――いったいなにがあったんだ……こうして見ても現実感がないな」

30人ほどの兵士を引き連れたアインビスト副盟主のジルアーテは、小高い丘の上にいた。すさまじい広さの大地が消え去っており、森を通ってきた川からは水が流れ込んでいる。えぐれて崖になった面には断層がはっきり見えているので、地質学者でも連れてきたら大喜びでスケッチを始めるだろう。

視線を上へと転じると、えぐれた大地にぴったりと当てはまる――まるでパズルのピースのように――巨大な大地が浮かんでいる。ただその高さは数千メートルはあるのだろう、かなり小さく見える。

確かに現実感がないと言えばそのとおりだった。

「大迷宮が空を飛んだんだ。それはアンタだってわかっているだろう？」

「！」

背後から聞こえた声に――聞き覚えのある声に、ハッとして振り返ったジルアーテは、

「シルバーフェイス!?」

喜びを隠しきれない声で叫んだ。

獣人兵たちはシルバーフェイスのことを知っていたが、彼と、その隣にいるもうひとりの接近に誰ひとりとして気づけなかったことに驚いていた。

「なぜここへ⁉ ポーンソニアへ向かったのではなかったの⁉」

猛ダッシュでやってきたジルアーテは、ヒカルの両手を握りしめてぶんぶんと振る。

「痛い痛い。そう振り回すな」

「ほんとうは抱きしめたかったんだ。でも、今は完全武装だからね……」

ジルアーテは鎧を着込んでいる自分の姿を残念そうに見やる。

「はは。鎧を着たまま抱きしめるのは勘弁してほしいな。ところで——盟主は？」

「『こんな一大事が起きたからには俺が出る』って言っていたけれど、安静にしてもらうのが最優先だからベッドにいるよ。大ケガに体力の消耗に……動けるのが奇跡みたいなものね」

「よくまあ、言うことを聞いているな。言葉より先に身体が動くような人だったが」

「そう言えばそうね。最近はどういうわけか、聞いてくれることもあるような？」

とジルアーテが首をひねると、獣人兵のひとりが、

「ジルアーテちゃんの言うことしか聞いてくれねえよ」

と言い、そうだそうだと周りでも声が上がった。それはえこひいきに不満があるという

より、ジルアーテを、ゲルハルトをからかうような言い方で、彼らとの距離がずいぶん縮まっているのだなとヒカルは感じたのだった。

「それで、おれがここに来たのは情報が欲しいからなんだ。些細なことでもいいから大迷宮が浮かんだことについて教えてほしい」

「わかった。一度天幕に戻ろう」

ジルアーテとともに軍の駐屯地に戻りつつ、移動中にも話をしてくれた。

まず、迷宮は突然空へと飛んだということ。なんの前触れもなく、なんの告知もなかった。ちょうど見張りの兵士の交代時だったので、神殿兵も獣人兵も無事だったが、迷宮に潜り込んでいた冒険者パーティーはふたつほどあり、彼らは迷宮内部に取り残されている。

食料は十分持っているはずなので、まだまだ問題はないだろうが、10日も20日も取り残されれば当然飢える。

（第6層までのモンスターはあらかた倒されていた。第8層まで行ければ、食料と水は確保できるんだけどな。問題は第7層か）

ヒカルはその先を知っているから言えることだが、第8層はのんびりとした草原エリアだったので水も食料も調達できるはずだ。

だがそれを取り残されたパーティーに伝えることもできない——迷宮は空の上だ。

「それくらいしか情報はないんだ……。なにせあまりに急だったから」

「ふむ。ちなみに聞きたいのだが、この周辺の治安はどうなっている？　確かルネイアース大迷宮が出現したときに、街道は封鎖していたよな」

「ああ、それならばあと3日もすれば解除されると思う」

天幕に着くと、ジルアーテはさっそく地図を広げた。

「アギアポールに至る街道は主要なものが5本、細いものを入れると20本を超えるけれど、今回のモンスター氾濫（はんらん）で影響を受けたのはこの3箇所だ。すでにモンスターが出現しなくなったことが確認されていてね、本来なら今日にも封鎖を解除するはずだった」

「だけど今度は大迷宮の浮上が起きた」

「そう。今、足の速い者でチームを組んで街道の確認をさせている。安全が引き続き確認できるなら封鎖を解除する。——解除してほしいという教会の意向もあるからね」

聖都アギアポールは大陸でも指折りの大都市だ。ここにいる人たちを食わせていく食料は外から運んでこないと賄（まかな）いきれない。

アギアポールとしては、1日も早い街道の復活を望んでいるところだ。

「……シルバーフェイス様」

ポーラに言われ、ヒカルは小さくうなずいた。冒険者ギルドでヒカルが声を掛けたあの女性は、乗合馬車などを使って実家に帰ることができるだろう。ギルド内で暴れた上にそれをセリカに目撃されていろいろうやむやになってしまったから、ヒカルもすこし気になっていたのだ。

「ずいぶん打つ手が早いな。さすがは副盟主殿か」

「からかわないでくれ。シルバーフェイスの深い考えに比べれば私なんてたいしたものじゃない」

「……過大評価だ」

真っ直ぐにこちらを見つめ、うっとりと微笑(ほほえ)んでいるジルアーテに言われると、さすがのヒカルも調子がくるう。かつて南葉島(なんようとう)でジルアーテから直接、好意を伝えられたことがあった。

――あの人を想わない日はなく、恋い焦がれて眠れない夜を何度も過ごした。でも、まだあの人に想いを伝えにはいけないいんだ。私はあの人に助けられてばかりで、あの人の横に並び立つにふさわしくないから。

それはシルバーフェイスではない、ヒカルに伝えた言葉だった。

――私は私を磨く。そして自分で自分に納得できるようになったら……会いに行くから。世界のどこにいても、あなたを探して、会いに行くから。

ジルアーテはヒカルがシルバーフェイスであると知っていて、そう言った。彼女にとってシルバーフェイスは尊敬や好意を通り越して「神聖」とさえ言えるような存在にまでなっている。

「……アギアポールとの街道が自由に通れるようになれば、ビオス国内での亜人種の奴隷についての調査も進められる、というわけだな？」

「そのとおり。大迷宮が空を飛ぶなんていうバカバカしいことが起きたけれど、私たちにとっていちばん優先しなければならないのは仲間の解放だから」

「なるほどな……」

ヒカルは地図をじっと見つめた。

えぐり取られた土地は、かなり広範囲にわたっている。小規模な領地といえるほどの広さだ。

「これほどのものを宙に浮かべるのに、なんの予備動作も、予行演習も必要はないんだな……」

「あ」

ふとしたヒカルのつぶやきに、ジルアーテが小さく口を開けて反応した。

「ん、どうした？」

「その……実は、いや、たいしたことではないかもしれないけれど、3日前の夜にも地揺れがあったんだ」

「ほう」

「ほんの短い時間だったから気にもしなかったし、今の今まで忘れていたくらいだけど、確かに揺れた」

「……3日前か」

ヒカルは少し考えてみたが、

「ダメだ。情報が足りなすぎる」

「うう……ごめんなさい。でも、これはほんとうにただの地揺れかもしれない」

「なぜそう思う？」

「ええと、揺れたのが大迷宮じゃないような……そんな気がしたから」

「ふむ？」

そのタイミングで揺れたのならば、大迷宮が原因だとは思うのだが、ジルアーテはそうとは思っていないようだ。

「いや、なにを言ってるんだろうな、私は。大迷宮に決まってるよな」

「ちなみに聞きたいのだが、揺れたとしたらなにが揺れたんだと思う？」

「それは……わからない」

「……ふむ」

日本で地震を何度も経験したことがあるヒカルでも、その揺れがどの方向から来ているかなんてまったくわからなかった。

だからジルアーテが「わからない」というのも無理はない。

「でも、聖都の方角なんじゃないかと……そんな気がするんだ」

「……聖都？」

「ご、ごめんなさい。混乱させることばかり言って……私はシルバーフェイスの役に立ちたいのに。どうか忘れてほしい」

「いいや、こういうときの勘ってのは案外バカにはできないものさ。それに、どっちがどっちの役に立つとかそういうのじゃない。おれたちの目的はおおよそ一致している――あのバカバカしい現象を解決したいってことだろう？」

地図から目を離したヒカルはにやりと笑って見せた。

「情報を得られるのはここだけじゃない。まあ、望みは薄いかもしれないが、それでも聞かないよりはいいだろう――揺れたのが聖都だとしたら、聖都のトップに話を聞こうと思う」

ヒカルはポーラとともに、アギアポールへとまた戻ることにしたのだった。

「塔」の大会議室は荒れていた。

多くの高位聖職者が集まって侃々諤々の議論を交わしたが、結論も有効な手立ても出なかった。「空飛ぶ島の対処法」だなんて、有史以来どんな書物にも記載されていないのだから当然だとも言える。

ルヴァインは資料を手に取りながら司祭たちの議論を聞いていた。

みんな真剣だ。この聖都に大きな被害が出ないよう、信徒たちが守られるよう、議論を尽くしてくれている。それはほんとうにありがたいことだった。

「……一度、休憩しましょう」

ルヴァインが声を発すると、司祭たちは口を閉じて続く言葉を待った。

「夜間は引き続き厳戒態勢。神殿兵も神殿騎士も、警備兵も、交代で休みを取りながら警戒が途切れないようにしていただきたいと思います」

「仰せのままに」

「監視塔からは毎時報告を行うこと、どんな些細な変化も報告するように伝えてください」

司祭たちがうなずくと、ルヴァインは会議室を出て私室へと戻った。

巨大なテーブルと執務机、それにベッドがあるだけの部屋は、飾りけがないこともあいまって質素この上なかった。

日が暮れてからずいぶん経っている。そろそろ日付も変わろうという頃合いだ。

「…………」

ルヴァインはため息をつきたくなるのをこらえた。ここでため息でも漏らそうものなら、だましだましやってきたのに疲労が噴出しそうだった。

窓から外を見やる。

月に照らされた、空飛ぶ島が見える。

最悪のケースはあの島が聖都に落ちてくること。もしそんなことになれば千年の都が一夜にして滅ぶことになる。

上空の状況を確認する方法、上空へ攻撃する方法、このふたつが議論の中心だったがまったくいい手段はなかった。

高度がありすぎるのだ。

巨鳥を飼い慣らしているという少数部族がフォレスティア連合国にいるらしい、という不確かな情報だけがかろうじてもたらされたが、あれほど高い位置まで飛べるのかどうかはわからない。

魔法や、攻城兵器であっても届かない。

空を飛んでいるものに対して、これほど自分たちは無力なのかと思い知らされた。

「こんなときに――」

彼がいれば、とまた思ってしまう。

シルバーフェイスならば自分たちが想像もしなかったアイディアを出してくれるのではないか。

買いかぶっているし、幻想を抱きすぎているという自覚はあるが、すがれるならば藁にもすがりたいような状況だった。

「――お疲れのようだな」

「!!」

背後からの声に、どきり、とした。

幻聴なのではないかと思った。

振り返り、彼の姿を認めてもなお、幻覚ではないかと思ってしまった。

シルバーフェイスはルヴァインの執務机のイスに座っていた。

「……おいおい、おれが死んだとでも思っていたのか？　亡霊でも見るような目じゃないか」

「ええ――いえ、さすがにこのタイミングであなたが現れるのはちょっと都合が良すぎる気がしましてね。本物ですか？」

「こんな仮面をかぶったうさんくさい男がふたりといてたまるか」

「自分でそれを言いますか？　もしや、あなたが原因で迷宮が上空へと浮かんだのではありませんか？」

「…………」

「…………」

「……それよりちょっと聞きたいのだが」

「今の間は？　冗談で言ったのですが、真実でしたか。なるほど……であればあなたが私の前に現れたのも道理ですね」

「アンタさっきの会議じゃ真面目くさった顔していたくせに、今は嬉々としてるな？」

「私が……嬉々と？」

ルヴァインはようやく自身の強ばっていた口元がほぐれ、うっすらと笑みを浮かべていることに気がついた。

教皇としての、感情に揺るぎのないルヴァインの顔しか知らない司祭たちが見たら驚くだろう。それほどに今のルヴァインは人間味のある顔をしていた。

「……お茶でも淹れましょうか」

「止してくれ。教皇聖下に茶を淹れさせたなんてなんの自慢にもならない」

「私が飲みたくなったのです」

ルヴァインは魔道具で温められたお湯を使ってお茶を淹れた。自分でお茶を淹れたのなんていつ以来だろうか。少なくとも教皇就任から今までは緊張の連続で、お茶のことなど頭になかった。

「──あの迷宮の主は、今はソアールルネイ＝サークだ。『ルネイアース大迷宮』の名がつくもととなったルネイアース＝オ＝サークの末裔」

茶葉を蒸らしていると、シルバーフェイスが言った。

「それは……ほんとうのことですか？　いえ、他ならぬあなたが言うのですから間違いはなさそうですね。ではどうして私に情報を与えるのですか。先ほど言ったとおり、あなたの蒔いた種だから良心の呵責でもありましたか？　いえ、あなたはそういう性質の人物ではない──」

「……あのな、考えを垂れ流すなよ。話が早くて助かるは助かるんだけどさ。あと、おれの人間性をなんだと思ってる？」

「ふふ、私の共犯者でしょう？　まともな人間であるはずがない」

「………………」

穏やかに笑いながら教皇聖下が言うような単語ではなかった。

共犯者。

そう、先代教皇が改良版「呪蝕ノ秘毒」に冒されたのは、シルバーフェイスがその毒を与えたからだった。

そしてシルバーフェイスはルヴァインに、それを治療する力を与えてもいた。だがルヴァインは見殺しにする決断をした──。

毒を与えたせいで、また治療しなかったので、先代教皇は死んだ。

毒を与えなければ、また治療すれば、先代教皇は死ななかった。

これをルヴァインは「共犯関係」だと言ったのだ。

「……おれがアンタに情報を渡すのは、おれの知らない情報をアンタが握っているかもしれないからだ」

「なぜ、シルバーフェイスは『ルネイアース大迷宮』にこだわるのですか。あなたには関係ないことでしょう？」

ティーポットからお茶を注いだルヴァインは、カップのひとつをシルバーフェイスに差し出した。

「おれにも少し関係があるんだ。『東方四星』あたりから聞いていないのか？」

「『東方四星』……ああ、冒険者ですね。彼女たちが第6層のキマイラを討伐したとは聞きましたし、私が褒賞を授与しましたが……」

「なるほど」

シルバーフェイスはうなずいた。

それは、第6層から第7層に落ちたソリューズを救出したのがシルバーフェイスであることがルヴァインにまで伝わっていないことを確認した「なるほど」なのだが、もちろんルヴァインはわからない。

「まあ、おれの事情はいいだろう。あの空飛ぶ迷宮をどうにかしないことにはおちおち眠ってもいられないアンタとおれとは、利害が一致していることだけ知っていてくれればいい。──それにしてもこのお茶は美味いな」

「ええ、私の気に入りの茶葉です。……シルバーフェイスは上空に渡る手段を探しているということですか？　直接乗り込んでどうにかしたいのでしょうか」

「それができればいちばんいいが……」

「……方法は、今のところありませんね」

ルヴァインは先ほど会議で聞いた、巨鳥を操るという少数部族について話をしたが、シルバーフェイスも「現実的じゃないな」と同意見だった。

「では私になにを聞きたいのですか？」

「なんでもいい。どんな些細な情報でもいい。サーク家についてなにかわかっていることはないか？」

「『ルネイアース大迷宮』ですらおとぎ話のようなものですよ？　……いえ」

そのときふと、ルヴァインは思い出した。

「確か、『ルネイアース大迷宮』に関する稀覯本を集めている好事家がいますね」

「好事家？　このアギアポールにか？」

ルヴァインはうなずいた。

「彼はこのアギアポールの司祭ではあるのですが、事業をいくつも営んでいる資産家でもあるのです。余剰資金を使って稀覯本を買い集めています。聖都は長い歴史があるので、そういった稀覯本がオークションで出回ることもあり……この教会組織を体現する司祭服でオークション会場をうろついているという報告を受けました」

「……アンタ、怒ってないか？」

「怒るという感情は、教皇位に就任するときに捨てました」

「そうか？　金・満・司・祭なんてアンタが嫌う人格序列の筆頭にいそうじゃないか。でもそういう連中は粛正（しゅくせい）されたんじゃなかったっけ？」

「粛正とは物騒な物言いですね。古くから伝わる教会法に則（のっと）って不正が罰せられただけですよ。神はいつも見ておいでです」

「怖っ。笑みを浮かべる流れじゃないだろ」

「その金満司祭……ガガントスは、こちらの追及を巧みにかわしましてね、不正の証拠もない。しかも表向きは事業を営んでいるので、下手に手を出すと多くの従業員が路頭に迷いかねない。なかなか難しい手合いなのです」

「ふーむ……稀覯本か。調べてみる価値はありそう――」

「ガガントスの邸宅はここです」

スッと聖都の地図を差し出し、ルヴァインは細く長い指でコツッと1箇所を指した。

「営業拠点はここところここ。それに倉庫が街外れにあってですね。あ、簡易地図を差し上げましょうね」

「ずいぶん用意がいいな⁉」

目を丸くしているシルバーフェイスを見て、ルヴァインはますますにこやかになった。

「教会のために尽くしてくれる人をサポートするのは、教皇としてこの上ない喜びですから」

「…………」

――おれは教会のために尽くしているんじゃない。

とシルバーフェイスの目がはっきりと言っているのが面白くて、ルヴァインはますます気分がよくなった。

「まあ、いいだろう。今のアンタとおれは利害が一致している」

「私とあなたの利害が一致しなかったことは、今までに一度もありませんでしたよ？　きっと今後もね」

「未来はどうなるかわからないぞ。アンタは、自分が教皇になるだなんて、過去に一度でも予測したことがあったか？」

立ち上がったシルバーフェイスは、簡易地図を折りたたむとポケットに突っ込んだ。

なかなか痛いところを突いてくる、とルヴァインは思った。だけれどそれも、シルバーフェイスに言われたのならば痛快ささえ感じるのだから不思議だった。

（私はだいぶ、この人に毒されているようですね）

傍若無人に振る舞いながら、人への優しさも持っている。大義を成すためならばどんな危険にも立ち向かう勇気を持ち、ためらいなく敵を排除する――殺す。

（あなたが自らの存在を公にしたいと望むのならば、教会はあなたを英雄に祭り上げるでしょうに。いえ、教会だけではありません。クインブランド皇国皇帝カグライもあなたを気にかけていましたし、ポーンソニア王国クジャストリア女王もそうでしょう。だというのにあなた自身はまったく気づいていない）

まったくやりにくい。

だからこそ惹かれている。

「ああ、そうだ――ルヴァイン教皇聖下にひとつ聞きたいのだが」

立ち去ろうとしたシルバーフェイスは言った。

「3日前に地揺れがなかったか？」

◇

――地揺れですか？　ありましたよ、忘れることなんてあり得ないほどの衝撃でした。

足元からドンッと衝撃が来て、自分の身体がすこし浮いたような気さえして……私はもちろん初めての体験でしたし、年長の者に聞いてもいまだかつて経験したことがないと言っていました。ですが、それはあなたも感じたでしょう？　広範囲にわたって揺れは観測されたと報告を受けていますよ。

ルヴァインが言ったことを思い返しながらヒカルは夜の街を走る。

夜目にも黒々と浮遊島が見えており、聖都は森閑としていた。酒場も閉まっていて、出歩いているのは巡回中の警備兵くらいだ——もちろん「隠密」を発動しているヒカルが気づかれることはない。

ヒカルは今、金満司祭ガガントスの所有している邸宅に向かっている。ポーラは街の宿にいるはずで、「隠密」を使った侵入ミッションに回復魔法使いは向いていないのでお留守番である。

「足元から突き上げるような揺れ……それはつまり震源地付近ってことだよな」

ガガントスの屋敷はぐるりと高い壁に囲まれており、ヒカルはかぎ爪付きのロープを投げて壁に引っかけると、それを伝ってあっけなく登りきった。敷地内には番犬が放されていたけれど、これも、「隠密」があれば目の前を通っても反応しない。ヒカルが遠くに離れると「隠密」の効果範囲外になるので、「!?」という顔で周囲をきょろきょろするのが面白い。

「聖都の外ではなく、聖都の真下が震源地になってるってことか？『ルネイアース大迷宮』が聖都の真下まで伸びていた……それはないか。だったら迷宮が浮上するときに聖都の土地だってごっそり持って行かれるもんな」

窓のひとつに、「ルネイアース大迷宮」で入手した「なんでもよく切れるナイフ」を差し込むと、ネジ型のカギはすっぱりと切れた。

窓を開けて悠々とヒカルは乗り込んでいく。

「それじゃ迷宮の浮上とは関係ないことで揺れたってことか？　いや、さすがにそれはない」

ヒカルは部屋を出ると廊下を進んでいく。

屋敷の内部はひっそりとしているが、いくつかの室内には数人が集まっているのが「魔力探知」によって感じられた。どうやら使用人たちが集まって、浮遊島について話し合っているようだ。

どこに行くべきかすでに目星はついていた。4階の一室から、魔力の反応が感じられるのだ。

階段を駆け上がるヒカルは文字通り飛ぶようだった。

それは大迷宮で上がった「魂の位階」のポイントを使って「ソウルボード」で「瞬発力」に振ったからだ。

【ソウルボード】ヒカル　年齢15／位階41／0
【生命力】
【自然回復力】1／【スタミナ】1
【魔力】（アンロックのみ）
【筋力】
【筋力量】4／【武装習熟】―【投擲(とうてき)】2
【敏捷性(びんしょうせい)】
【瞬発力】6／【柔軟性】1／【バランス】3／【隠密(おんみつ)】―【生命遮断】5（MAX）
・【魔力遮断】5（MAX）・【知覚遮断】5（MAX）―【暗殺】3（MAX）
・【集団遮断】3
【直感】
【直感】3／【探知】―【生命探知】1・【魔力探知】5（MAX）

「筋力量」4と「瞬発力」6のなせる技でもある。「筋力量」4はベテランの冒険者ならいくらでもいる水準だが「瞬発力」6はほとんどいない。

クインブランド皇国で戦った諜報(ちょうほう)部員のエースであるクツワですら4で、実はヒカルの知る範囲で最も「瞬発力」が高いのはソリューズなのだが、彼女も5だ。

ソリューズの場合は「瞬発力」を、剣を振るうというただ一点に特化しているようで、だからこそモンスターの炎の息吹を剣で斬るなんていうとんでもない芸当をやってのけられるのだろう。

ちなみに言うと「筋力量」は最大値が30で、「瞬発力」は15だから、まだまだ伸ばすことができる。

「聖都の地下で地震……」

あっという間に4階にたどり着くと、目当ての部屋の前へとやってきた。

分厚くて巨大な両開きの扉がそこにはあったが、ヒカルは扉に警報罠らしい魔術的な仕掛けがなされているのを感じた。

魔術の仕組みはわかるが、罠の解除の仕方がわからない。なぜかといえば、魔術だけではなく物理的な仕掛け——ワイヤーやバネが仕込まれているので、その辺はヒカルは専門外なのだ。

だが、問題ない。

ヒカルは隣の部屋に入ると——そこは物置だった——小さな窓を押し開けて身体を外へと出した。建物の外壁を伝って、目的の部屋の窓にたどり着くと、そこでまた「なんでもよく切れるナイフ」でカギを断ち切った。

扉にはトラップが施されているのに窓が手つかずなのは、単にずさんなのか、あるいは屋敷の内部の人間だけを警戒しているのか。

「聖都の地下が震源地……考えたくはなかったけど……やっぱりアレかなぁ……地下の『大穴』絡みかなぁ……あそこになにか原因があるのだとすると、僕のせい、みたいな気がしてイヤなんだよなぁ……。まあ、調べてみるしかないんだけどさぁ……」

室内へと入り込んだ。

そこは博物館のようにガラスケースにさまざまなものが陳列されている部屋だった。魔力を持ったアイテムが多いからか、それ自身が発光して薄ぼんやりとした光が室内を照らしている。

「さて、と。目的地に到着……」

ヒカルは背後を振り返る。

そこには自分がこじ開けた窓があるのだが、キレイに元通りに閉じており、実際に動かしてみるまではカギが断ち切られていると気づかれることもなさそうだ。

「……にしても、なんか僕は息を吸って吐くように、人の家に忍び込むことができるようになってるな」

複雑な気分だった。

もちろん「隠密（おんみつ）」スキルが空き巣や強盗といった、アウトロー的なことに向いているのは百も承知ではあるのだが、自分自身もそれに染まってきた気がしてしまうのだ。

「い、いいや、僕は自分の私利私欲のためにはやったりしないから。これは世のため人のためにやってることだから」

——私のためでもありますよ。

なんだか腹黒教皇の顔が暗闇に浮かび上がったような気がしたが、ぶるりと首を横に振った。

ルヴァインとはなるべく接触しないようにしたいのに、なぜか彼に用事ができてしまう。彼に話を通すのが手っ取り早いせいで、ヒカルも彼のところに行ってしまうという悪習になっている。

「とりあえず今はやるべきことをやろう……」

ヒカルは魔導ランプを点け、室内を探索することにした。

「……これはこれは」

稀覯本を蒐集しているという話だったが、集めるのは本だけではなかったらしい。

純金でできたドクロがあるが、その目には宝石がはめ込まれている。

無骨でトゲのついたモーニングスターは血がべっとりとついて黒く変色している。

明らかに禁書である類の呪術本——邪悪な魔力が立ち上っている。

どういう仕組みなのか、いまだ動いているラグビーボール大の心臓。

邪神崇拝で使われているという悪魔像。

「趣味悪すぎだろ」

もちろん本も多く置かれていた。表紙に宝石がまぶされたようなものや、魔術的なカギの掛けられた本もあるし、高名な聖人が書いたという日記もあった。

「うーん……こういう聖人の日記って、教会が持つべきものなんじゃないっけ？　一個人が、いくら司祭とはいっても、所有してちゃマズいんだろうな。……お、これか」

その先にあったのが「ルネイアース大迷宮研究録」と書かれた本だった。

ガラスのケースを持ち上げると警報が鳴るような、魔術のトラップが仕込まれていそうな気配があったので、ガラスケースをスパッと切って本を持ち出した。なかなか重い。

「……ついでに聖人の日記とかも持っていくか」

ルヴァインに借りを作りたくないので、これを届けてやろう。

ヒカルは教会が持つべきと思われる本を何冊かと、隠し部屋を見つけてそこにあった帳簿を拝借し、屋敷を出て行ったのだった。

その足でまた「塔」に行くと、未明の4時を過ぎていたのにルヴァインは起きていて、

「今夜中に来ると思っていました」と澄ました顔で言った。だがヒカルの持ち込んだ本を見るとその顔は引きつって、

「……今から神殿騎士の部隊をガガントス邸に向かわせます」

と言うのだった。

よほどマズいものをガガントスは所持していたらしい。

さる富豪が所持していて、その死後に競売に掛けられたという屋敷には今は誰も住んでいなかった。とはいえ、年に1度くらいの頻度で大掃除が行われており、完全な廃墟（はいきょ）とはなっていない。この聖都アギアポールにそんな廃墟があれば、教会が黙ってはいないからだ。

東の空が、ほんのり明るんだという時間帯——その屋敷から出てくるふたりの人影があった。

成人のヒト種族に比べれば頭ひとつぶんくらいは背の低い彼らは、屋敷の敷地を出てやたらと静かな街を進んでいくと、ハッと立ち止まった。

「な、なんなんだ、あれは……」

彼らの視線の先にあったのは黒々とした影。それが空に浮いている。

「あんなもの、以前はここになかった」

「然り。まさかソウルと魔力のバランスが崩れたのはあのせいか？」

「そうとしか考えられん……報告に行ってくれるか？」

「もちろんだ。ライガはどうする？」

たずねられたマンノーム、ライガはじっと空を見やった。

「私はこの街で情報収集だな」

「わかった。抜かるなよ、なんせお前さんは聖都に来るのは30年ぶりだろう」

「わかっている。そっちも抜かるなよ」

「ん？　なにがだ？」

「リキドーが抜け駆けするやもしれん」

「カッカッ。あの若造にあれほど気骨があるとは思わんかったな」

「バカなことを言うな。里の和を乱す者は誰であれ許されん」

リキドーことグランリュークは、独断でシルバーフェイスを脱出させたことで謹慎を命じられている。彼の行動は多くのマンノームの反感を買ったけれど、ライガとともに行動しているこの「遠環」のように、「やるじゃんアイツ」と思った者もそこそこいた。

「ではな」

「ああ」

仲間の「遠環」が黒楔の門を使うべく屋敷へと戻っていく一方で、ライガは空を見上げた。

空には雲のように浮かぶ島がある。

その島からは、「私は大地の束縛から逃れて自由になったのだ」とでも言われているような気がした。

「……サーク家め」

イラ立ちを宿敵に向けると、ライガは道具袋を我知らず握りしめていた。そこにはリキドー――グランリュークから取り上げた割り符が入っていた。

「――ヒカル様、朝ですよ」

街の宿のカーテンが開けられると、パァッと朝の光が射し込んで来た。

「う、うぅ……あと5分……」

「珍しいですね、ヒカル様がこんなにお寝坊なんて……。お寝坊のヒカル様も可愛いですけど」

「……起きます」

「え!? 寝ててくださいよぅ！」

「みっともない寝顔は見せられない……」

「なんですか、そのガードの堅さは⁉」

「ヒカルがのそのそと起き出して顔を洗っていると、

「ヒカル様の寝顔を見るのはラヴィアちゃんだけの特権だったからラッキーって思ったのに……」

なんてポーラがぶつぶつと言っている。

「…………」

ふと北側の窓を見やると、はるか向こうに空飛ぶ迷宮の姿が見えた。

今、ソアールルネイはどんな気持ちなのか。「してやったり」なのか「間違えて暴走させちゃった～⁉」なのか。

（後者もふつうにありそうだから恐ろしい……）

寝不足だったが、今日も今日とてやらなければならないことがてんこ盛りだ。

まずポーラには「東方四星」に会いに行ってもらう。彼女たちの持っている情報を共有しておきたいのだ。それにもうひとつやってほしいこともあった。

ヒカルがやるべきは、昨晩持ち出してきた「ルネイアース大迷宮研究録」を読んで、それから、

「……行かなきゃなぁ、地下の『大穴』に」

3日前の地震――日付が変わったので4日前の地震は、「大穴」によるものだろうとヒ

カルは考えていた。残念なことに「直感」も「そうだよ!」と言っている。

聖都の地下には大穴がある。

教会組織がずっと封印してきた大穴で、これについては教皇職にある者が代々秘密を受け継いできた。

というのも初代の教皇が犯した罪がそこにあったからだ。

今、教会組織の根幹を支えているのは「ソウルカード」や「ギルドカード」の発行事業であることは間違いない。これらのカードによって人々は「加護」が得られ、「神」の存在を感じ取ることができる。教会による聖人たちの教えを人が信じ、神殿を訪れる参拝客が絶えないのもすべてこのカードのおかげだった。

このカードを作ったのは、かつて「智神」という1文字神の「加護」を授かったといわれているマンノームのフナイだった。彼はマンノームの里を出て自由な研究をして過ごしていたが、公平無私で、博愛の心を持つ彼のそばには多くの人たちが集まった——そのひとりが初代教皇だ。

フナイはこのアギアポールの地で、「大穴」を発見した。そしてこの「大穴」から漏れ出す邪気を心配し、封印するための研究を行った。研究の中には禁じ手——人の命、ソウルを使うことで強大なエネルギーを得て、封印を実行するようなものもあったが、フナイはそれを禁忌として使わなかった。

だが、初代教皇は禁忌の実行に踏み切った。

他ならぬフナイや、彼に心酔している側近たちの命を使って。

初代教皇はすでに完成していた「ソウルカード」の力と、集まっていた仲間たちの力でもって教会組織を発足させた……というわけだ。

その後に教会は人間至上主義になり、亜人種の排斥を教義に盛り込んだ。さらに教皇は「歴史の真実」を知っているマンノームを恐れ、結果として現代になって中央連合アインビストと戦争することになってしまったのだが、それはともかく、「大穴」は歴代教皇にとっての後ろめたい秘密なのだ。

先代教皇が支援していたマンノームのランナは邪法によって肉体を強化させる研究をしていたが、アインビストとの戦争で追い込まれると「大穴」に逃げ込んだ。先代教皇は、マッドサイエンティストであるうえマンノームのことを知っているランナに「大穴」に封印されているという邪気を利用できるのではないかと提案し、ランナもその研究に乗り気だったことによる。

いずれにせよランナは封印を解いてしまい、最奥に逃げ込んだ。

ヒカルやジルアーテ、ゲルハルトたちはここに乗り込んでランナを討ったが、その途中でマンノームの白骨を発見したし、太古の遺跡のようなものや、邪気の噴出する場所を見もした。

その後はルヴァインが、「大穴」を再封印したと言っていたが……千年を超える昔にフナイたちの命を使って封印したような場所を、そう簡単に再封印できるのかという疑問は残る。

「……まあ、行くのはこれを読み終わってからだ」

ヒカルは本に取りかかることにした。

朝食を終えてからポーラは街を歩いていた。

実のところ、ポーラが聖都アギアポールの街を歩くのはこれが初めてだった。教会に生まれ、教会で育ったポーラにとって聖都は憧れの都市ではあったのだけれど——以前来たときは周りの風景に心を浮き立たせているような余裕はなかった。

黒楔(こくせつ)の門(もん)によるワープでの移動ではあまり現実感もなく、巨大な浮遊島を目撃して混乱した。さらに冒険者ギルドでセリカと遭遇して、そこからもう聖都を出て、郊外のアインビスト陣地への移動だ。

聖都に戻ったのは日が暮れてからで、気がつけば今朝というわけである。

慌ただしくて、「夢にまで見た聖都の光景」なんて感動はまったくなかった。

（思ったより活気がないんですね……やっぱり大迷宮が空に浮いているからでしょうか）

往来を行く人の数は多かったけれど、そこに活気のようなものがほとんどないことにポーラは気づいていた。

（だとすると、教会も、「塔」も、お困りでしょうね）

ちらりと見やると、聖都広しといえど「塔」の姿を見ることはできた。

（私は自分にできることをやりましょう）

ポーラは急ぎ足で「東方四星」がいるというホテルへと向かった。

彼女は気づいていない。

かつての自分ならば「塔」を前にしたらなにがなんでも「塔」に行きたい、1歩でも近くに行きたいと思っただろうに、今はそんな気持ちがないことに。

教会組織においては教皇の影響力はすさまじく、実際に「東方四星」のシュフィがそうだったように、その存在を目の前にすれば歓喜に打ち震える信徒も多い。だからこそ教皇の住まう「塔」に近づきたいと思うものなのだ。

だけれど、もはやポーラにはそういった気持ちはなかった。

信仰心がなくなったのとは違う。むしろポーラはより純粋に神を信じるようになっていた。

人智を超える存在があることを理解し、教皇というヒト種族を崇めるのではなく、その人物が教える内容をもって神に尽くすことが大事なのだという本質を理解したのだ。

もっともそんなポーラの理解は、ヒカルがやってみせた、「ソウルボード」を通じてポーラに「回復魔法」のスキルを与えたこと、ヒカルとともに行動して数々の奇跡を目の当たりにしたことによるのだけれど。

「――あ、ポーラちゃん！」

5階建ての壮麗なホテルに近づくと、上から声が降ってきた。窓から顔を出していたのは「東方四星」のサーラだった。

彼女が降りてきて、泊まっている部屋へと案内してくれると――広々としたリビングつきの部屋にはソリューズ、セリカ、シュフィの3人がそろっていた。

「ポーラさん！　驚きました。あなたもこちらにいらしていたなんて……。私たちもなるべく早く王都に戻りたかったのですが、聖都では思いのほか用事が多くて」

「用事じゃないわよ、あんなの！　教会の使いっ走りみたいなものでしょ！」

シュフィの言葉にセリカがかぶせた。

「だけど、迷宮がお空に飛んでってくれたおかげで、予定は全部吹っ飛んじゃったから悪いことばかりじゃないにゃ～」

サーラとともに3人がいるテーブルに近づくと、

「ポ、ポーラさん……」

ソリューズの声がうわずっていた。

「おはようございます。いろいろあってここまで来てしまいました。でもすれ違いにならなくてよかっ――」

「そ、その、ヒカルくんも来ているんだよね？」

「――え？　あ、はい。ヒカル様は別行動ですが聖都に来てますよ」

「そうか！　そうかそうか！　それじゃあどこかで会えるかな!?　ランチとかいっしょにどうかな!?」

「今日いっぱい、なんだかやりたいことがあると聞いていて――」

「それじゃ夜はどうかな!?」

「え？」

　ここにきてようやく、ソリューズの様子がおかしいことにポーラは気がついた。

　いつもの、凛（りん）とした姿はどこにもなくて、なんだかあわてている――どぎまぎしているように感じられるのだ。

「いいのよ、ソリューズのことは放っておいて！　いろいろとややこしいから！」

「セ、セリカ!?　なに、私がややこしいっていうのは！」

「ええっと……夕飯をいっしょに取れるかどうかは後で聞いてみますね……？」

「ありがとう！　ポーラさん、ありがとう！」

　わざわざ席を立ってやってきて、ソリューズが両手で握手してきた。

「え、えぇ……？　どうしたのですか、ソリューズさんは」

「ウチ、知ーらないっと……」

シュフィが困惑し、サーラは見て見ぬフリをしたのだった。

「さて、それでは『ルネイアース大迷宮』が空中に浮いた件について話し合おうか」

「急にキリッとしたわね、ソリューズ！　だけどそっちのほうがいつもどおりでやりやすいわよ！」

「とはいえ、私たちが入手した情報はさほど多くはないんだ」

ソリューズはそう前置きして話し始めた。

迷宮の周囲に近寄らないようにと教会から警戒命令が発布されたこと。

聖ビオス教導国の戦力はすべて投入され、厳戒態勢が敷かれていること。

冒険者にも出動命令が下る可能性が高いということ。

「迷宮を観測している部隊からは、岩石や土壌の剥落はすでになく、浮遊島の周辺の気流は安定しているという報告があった。なんらかの魔術によって大気の層がシールドのように展開しているそうだ」

「なるほど……」

ポーラはうなずきながら、

「私がヒカル様から聞いた情報をお伝えしますね」

「ヒカルくんから!?」

がばっ、とソリューズが前のめりになったが、

「ソリューズ！」

「ソリューズさん」

「ソリューズぅ……」

仲間の3人に言われて、

「……コホン。情報をお願いする。あと、彼がどうやって日本から戻ってきたのかについても知りたい」

小さく咳払い（せきばらい）してイスに座り直した。

それからポーラが話したのは、まずソアールネイ＝サークの魔術によってヒカルだけがこちらの世界に戻ったこと。

戻った場所が「ルネイアース大迷宮」の中間層だったので、そこから登ってきたということ。

「第37層……？　信じられない……」

ソリューズは聞いていても半信半疑という顔だったが、ヒカルがウソをつく理由もないことはわかっている。

また、教皇ルヴァインから得た情報をもとに、「ルネイアース大迷宮研究録」という稀覯本（きこうぼん）をヒカルが手に入れたことを話した。

マンノームや黒楔の門、それにソウルと魔力のバランスに関する情報は、この場においては完全なノイズになりそうなので伏せている。

「それとヒカル様は地下の『大穴』になにかがありそうなので、確認してくるということでした」

「あそこは今、厳重な監視下に置かれているけれど……そうか、教皇聖下に許可を取ってということか」

「あ、はい、まぁ」

ほんとうは無断で侵入する予定なのだが、これも言う必要はないだろうとポーラは誤魔化した。

「ヒカルくんは……浮遊島に到達する方法を探しているのかな？　それとも遠隔で迷宮を停止しようとしている？」

「それすら決められないほどに情報がない、みたいにおっしゃっていました」

「それはそうだね。私にも『ルネイアース大迷宮研究録』という本を読ませてもらうことはできないかな？　今からでもヒカルくんがいる部屋に行って。い、いや、別にヒカルくんに会いたいからそう言ってるわけじゃ」

「ソリューズ！」

「ソリューズさん」

「ソリューズぅ……」

「うぅ、ごめんなさい」

しょんぼりするソリューズに、サーラが「ソリューズがポンコツになっちゃった責任をヒカルくんにとらせよっか」なんて言い、シュフィが「いったいどうしてしまったんですか」と真剣に嘆いている。

「で、でも、ソリューズさんのおっしゃることももっともだと思います。みんなで読んだほうがなにか新しい発見があるかもしれませんし！」

「そうだよね!?　ポーラさんならわかってくれると思っていたんだ！」

「ポーラちゃん！　ソリューズにエサを与えないで！」

「エサ!?　ひどくないか、セリカ!?」

「あ、でもその前にですね、ヒカル様から頼まれていたことがあって」

と言って、ポーラはテーブルにリュックを載せた。それは彼女がここまで背負ってきたものだった。

「それは……？」

「あ、はい。ヒカル様が大迷宮で手に入れた宝箱の中身なんですが、『必要ないものばかりだからもし使いたければどうぞ』とおっしゃってました」

「大迷宮の宝ぁ!?　お金のニオイがするにゃ～！」

真っ先に食いついたのはサーラだった。

「ど、どうぞと言われたって……おとぎ話にもなったような『ルネイアース大迷宮』の宝なんてもらえない……！　で、でもヒカルくんからのプレゼントを断るなんてできない……」

「プレゼントじゃないわよ、ソリューズ！　使いたければ持ってけってことでしょ！」

「どんなものがあったのでしょうか。過去に失われた教会の秘宝なんてものがもしあったとしたら……！」

サーラだけでなく残りの3人も口々に言う。

ヒカルとしては、ビニールのように薄くて滑らかな手触りながらしっかりと防御力もあるマントに、黒の服、「なんでもよく切れるナイフ」に、今ポーラが手にしているリュック以外の物は、正直なところ使い道がない――使い方がわからないものばかりだと思っている。

「まずはこれですね」

4人の食い入るような視線の中、ポーラが取り出したのは長剣だった。

美しいこしらえの鞘に魔石が埋め込まれている。柄の部分も流麗に彫金されており、明らかに高価な代物だとわかる。

「――ってなんでこの長さがこのリュックに収まってるのよ⁉」

「実は見た目より底が深いという特別なアイテムで、これも大迷宮で手に入れたとヒカル様が」

「えええええ!?　それって『次元竜の文箱』とかっていうクインブランド皇国の国宝級のアイテムじゃなかった!?　チートアイテムよ！」

「ちーと……？」

ポーラは次々にアイテムを出した。

黄金のメッキと魔術が施された杯。

古代語で書かれた書物。

ぴかぴかのガラス瓶に封じられた赤色の液体。

大きいが信じられないほど軽い盾。

魔物の革を使ったらしいベージュ色のグローブ。

宝石類は換金してしまったのでここにはない。

「シュフィ、この杯って教会のものとは違うにゃ〜」

「そうですね。聖杯はこういう意匠ではありません。ですが年代物なので、古代の王族が使っていた杯とか、そういうものかもしれません」

「うかつに触らないほうがいいよぉ。魔術が施されてるから、なにが起きるかわからないし」

「こちらの古代語の書物は、ぜひとも研究してみたいですね。教会に預けていただけないでしょうか?」

「こっちの赤い液体は……もしかするとだけど〜、絶滅したっていう次元竜の血液かもしれない。そのリュックサックが次元竜の革を使ってるのは間違いないしぃ」

シュフィとサーラがそんなことをあれこれ言っているのだが、

「………………」

ソリューズだけはじっと、最初に出てきた長剣を手にして見つめていた。

「やはりソリューズさんの武器にはそれがちょうど良さそうですね」

ポーラは言った。

「……ヒカル様も、ソリューズさんなら扱えるような業物(わざもの)だとおっしゃってました」

「……ヒカルくんが?」

ちょっとだけうれしそうにしたソリューズだったが、

「この剣だけれど、他の人にプレゼントしてもいいだろうか」

と、言った。

「……え?」

「ソリューズさん! さ、さすがにそれは……いただきものを他の人に渡すというのはよろしくありませんよ。大迷宮の宝というものがどれほどのものかおわかりでしょう?」

「それは……。うん……そのとおりだ。ごめん、シュフィ」

「謝るのはわたくしではなくポーラさんに――」

「ちょっと待ってシュフィ！　あなたの言うこともっともだけど、ソリューズが誰にこれをあげたいのか、聞くべきじゃない!?」

「えっ。た、確かに。それはそうかもしれませんね」

「まあ聞く必要はないけどね！」

「どっちですか!?」

「答えは知れてるってことよ――マリウスさんでしょ！」

セリカが言うと、ソリューズはうなずいた。

「そうなんだ。マリウスさんに、これを贈れたら、って思ったんだ」

「マリウスさんとはどのような方ですか？」

「ヒカルくんはポーラさんに説明していなかったのか――いや、彼の話を知る前にヒカルくんはポーンソニアへ帰っていったか」

ソリューズは小さく笑うと、ポーラに説明した。

ランクA冒険者パーティーの「蒼剣星雲（そうけんせいうん）」とともに「ルネイアース大迷宮」に挑んだこと。リーダーであるマリウスは「蒼の閃光（ブルーフラッシュ）」という魔剣を使っており、それがあったからこそ巨大キマイラを倒せたこと。そして――第6層から第7層に落ちていくソリューズの命を、かろうじて救ったのもその魔剣であり、そのときの衝撃で魔剣は折れてしまったこと。

「……おそらく、だけれど、この剣は『蒼の閃光』の対として造られたものではないかと思ってしまうんだ」

ソリューズが鞘から剣を抜くと、真っ赤な刀身が現れた。それは新品であるのか濡れたように光っていて、魔力を帯びている。

「見た目は全然違うけれど、魔石がはめ込まれ、そこから魔力が供給されているところも同じ。刀身の長さも同じ。これがあればマリウスさんに恩返しができる……」

「でもマリウスは気にしてなかったにゃ～。あそこでソリューズがキマイラを倒さなかったらどうせ全滅だったし、結果的に魔剣が折れちゃったのはしょうがないって納得してたじゃん？」

「……サーラの言うことはもっともなんだけれど……これは、私の、ただのワガママなんだ……」

ソリューズがかつて在籍していたパーティー「彼方の暁」。そこにマリウスも在籍しており、ソリューズの冒険者としての原点にふたりがいたという思い入れがあるのは間違いない。

「いいですよ。差し上げていただいて」

あっさりと、ポーラは言った。

「……え？」

「ヒカル様は使い道を探していらっしゃったので、それがソリューズさんの考える最良の使い道であれば、ヒカル様も『いいよ』とおっしゃると思いますよ」

「でも、この剣はとても高価で、おそらく値段なんてつけようがないもので……」

「ヒカル様がお金にこだわる人でしたら、『呪蝕ノ秘毒』の災禍でもあれほど勇敢に戦い、多くの人々を救ったりしませんでした。それに――」

ポーラの故郷、メンエルカを救ったのもヒカルだった。あの場に「東方四星」もいたが、ヒカルは存在を隠していたので、ポーラからその話をすることはできない。

でもポーラにはわかっている。あのときヒカルは、なんの確証もなかったというのに自分を信じてくれて、「回復魔法」の力を与えてくれた。

（ヒカル様は現代の聖人ですから……）

ポーラの中で、ヒカルの評価は極めて高い。とんでもなく高い。空を飛んでいる迷宮の高度よりも高い。

「……ありがとう、恩に着る」

ソリューズは赤い剣を握りしめた。

「では、私はこれをマリウスさんに渡してこよう――まだ『蒼剣星雲』は聖都に滞在しているから」

「それじゃ～、ウチらは先にヒカルくんのところに行ってるけど、いいのソリューズ？」

「……う、うん、後から行くから。必ず行くから。この剣のお礼もしなきゃね。どうしたらいいかな。一生かかってしまうかもしれないな……ふふふ」

そそくさと剣を布でくるむと、ソリューズは部屋を出て行った。

「…………」

「…………」

「…………？」

「東方四星」の3人はソリューズの去っていった扉をため息交じりで見つめ、ポーラだけは首をかしげていたのだった。

ソリューズは聖都の街を歩いていたが、その足取りはふわふわとして落ち着かなかった。

（ヒカルくんが……シルバーフェイスが、この街にいる……）

昨日ギルドで会ったとセリカに聞いたときから、落ち着かなかった。ウソではないかと思う気持ちもあった。

だけれどああしてポーラが現れたことで現実なのだとわかると——どうしていいかわからなくなった。

（ま、まだ会えない……シルバーフェイスには……こんな状態じゃ……）

よく磨かれた金属製のショップ看板の前で立ち止まり、ソリューズは自分の姿を映して確認する。身だしなみは問題ない。金髪をシニヨンにしているいつものスタイルもばっちりだ。顔は、ちょっと寝不足なのでむくんでいるかもしれない——気のせいかもしれなかったが。

なにより、浮ついてきょろきょろしている目がよくない。

（しっかりしろ、私。ランクB冒険者パーティー「東方四星」のリーダー、ソリューズ＝ランデだろう）

剣を抱えた手でパシンと両頬を叩いた。

（でもシルバーフェイスは、ランクなんかじゃ測りきれないくらい強いのよね……）

ソリューズにとって「強さ」はすべてだった。

強くなるために冒険者になり、彼女が尊敬する女性冒険者サンドラがリーダーだった「彼方の暁」に入り込んだ。そこでマリウスと肩を並べたのだが、それはともかく、ソリューズの目標はサンドラより強くなることで、自身が冒険者ランクBに到達したことでそれはほとんど達成できていたはずなのだが——。

（あんなに小さな背中なのに……）

ソリューズは、大迷宮の第6層から落下した第7層で、瀕死（ひんし）のところをシルバーフェイスに救われ、彼に背負われた。

温かかった。

その感触をはっきりと覚えている。

彼は別格の「強さ」だ。彼はあらゆる苦難を、難敵を、天災さえも乗り越える力を持っていると確信した――そのときには恋に落ちていた。

さすがのソリューズも、最初こそ戸惑ったものの今は自分の感情の正体に気づいている。

「……っと、ここだな」

聖都の高級ホテルのひとつに入っていく。ソリューズが「ギルドカード」を見せると、ホテルマンがマリウスの部屋へと案内してくれた。

「マリウスさん。ソリューズです――」

ドアが開き、そこにいた彼を見て、ソリューズはぎくりとした。

「……ああ、ソリューズ。元気そうだな」

マリウスは――ランクAにまで上り詰めた冒険者の星であるマリウスは、乱れた服装のうえ明らかに衰弱した顔で現れたのだった。

「入ってくれ」

「……はい」

室内は、ソリューズたちが宿泊しているホテルと同じくらい豪華だったが、カーテンで光が遮られているのでまるで夜のようだった。

テーブルには酒瓶がいくつも転がっている。

そしてマリウスも明らかに酒が入っていた——まだ午前中だというのに。

「そんな顔をするな」

「！」

マリウスはソファにどさりと座り込んだ。

「……冒険者ならこういうときがあるってことくらいソリューズだって知っているだろう？」

大迷宮で、「蒼剣星雲」のメンバーのひとりである回復魔法使いがキマイラによって殺された。仲間を失う悲しみ、喪失感がどれほど重いものなのかはソリューズにだって想像がつく。だけれどそれだけではなさそうだった。

「もしかしてパーティーを解散したのですか？」

「………………」

マリウスは無言で、ソファからずり落ちそうな座り方をしていたが、視線は虚空（こくう）を見つめていた。

「……もういい加減、歳だったから、引退するにはちょうどいいだろう」

マリウスがベテランの冒険者で、肉体的にもピークを越えていて、これから下り坂になることは間違いはない。でも、

(こんなふうに脱落していくマリウスさんなんて見たくない……！)

ソリューズはバルコニーにつながるガラス戸に近寄ると、そこを覆っていたカーテンを開いた。

光が射し込んで、マリウスが腕で顔を隠した。

「やめてくれ……二日酔いなんだよ」

「マリウスさん」

ソリューズは光を背にして立った。

「これを見ても冒険者を辞めるなんてまだ言えますか？」

「………………？」

目を細めたマリウスが見ている前で、ソリューズは包みをほどいて一振りの剣を取り出した。

美しいこしらえの鞘(さや)にはまった魔石。

ソリューズが剣をわずかに抜いて刀身を見せると、そこには輝くような赤色があった。

「⁉　そ、それは……⁉」

ソファから飛び起きたマリウスは、足をもつれさせながらもソリューズから剣を受け取った。

「も、もしや『蒼の閃光（ブルーフラッシュ）』と対（つい）になる剣……⁉」

「やっぱりマリウスさんもそう思いますか」

「これをどこで手に入れたんだ⁉　いや、こんなもの、存在したのか……⁉」

「どこで入手したのかは言えません。ですが、私はこれをマリウスさんに差し上げようと思って持って来ました」

「⁉」

ぎょっとしてマリウスは凍りついた。

折れてしまった「蒼の閃光」がどれほどの価値を持っているのか、他ならぬ持ち主であったマリウスが最も理解している。「あげます」「ありがとう」で済むようなものではないのだ。

「バカなことを言うなよ……ソリューズ………」

「私は本気です。この剣があれば『蒼剣星雲』は復活しますよね？」

パーティーのシンボルだった「蒼の閃光」。これが失われればパーティーに与える打撃は大きいだろう——解散してしまうほどに。

だけれど、

「……これは受け取れない」

とマリウスは言った。

まさかそんな答えが返ってくるとは思わなかった。

「なんでですか？　お金のことなら気にしないでください。私は『蒼の閃光（ブルーフラッシュ）』があったから命を救われたんですよ？　私にとってはマリウスさんへの大きな借りを返すだけなんですから」

「違うよ」

ふっ、と笑ったマリウスは、ソリューズに剣を押しつけるようにして渡した。

「勘違いしているみたいだが、私以外の全員は『蒼剣星雲』を存続させたいと言っていたんだ」

「……え？」

「問題があるとすれば回復魔法使いを失ったことだけれどね、リーザが――もうひとり眼鏡の回復魔法使いがいただろう？　彼女は教会に、私にはなんの落ち度もなかったと掛け合うと言ってくれたし、もうひとり回復魔法使いが入るようにがんばると言ってくれたんだ」

「ではどうして解散なんて!?　マリウスさんはまだまだ現役で戦えるでしょう！」

「さすがにそのお世辞はキツいぞ」

苦笑したマリウスはソファへと戻って座り直した——今度は、しっかりとした足取りだった。

「ここからはどんどん筋力が落ちていく。どんな者も寄る年波には勝てないものだ」

「それは……」

「だが、私は幸せ者だよ。仲間からは『もっと続けたい』と惜しまれ、後輩はこうして代わりの剣を持ってきてくれる。そしてなにより……冒険の途中で、志半ばで死ぬ冒険者が大半なのに、私はこうして引退できる」

マリウスの言うことはもっともだと思った。

惜しいと感じるのはソリューズの考えでしかなくて、マリウス自身はもっとずっと切実に、肉体の衰えを感じていたのだ。

「私は……憧れていたのかもしれない」

「憧れ、ですか？　ランクAにまでなったマリウスさんがなにに憧れるんですか」

「そりゃあ、サンドラに、だよ」

「!!」

意外だった。同じパーティーにいたのにマリウスとサンドラは実務的な会話こそすれ、個人的な会話をしているのをほとんど見たことがなかった。マリウスはもともと「堅実な仕事屋」という感じだったので、当時、違和感はなかったのだけれど。

「あのころ、どうしてサンドラが冒険者を辞めてしまうのか理解できなかった。『彼方の暁』が解散して、私と君だけでなく、仲間たちはバラバラになっただろう？」

「はい……残ったメンバーで集まって後継のパーティーを作るって話は、不思議なくらいなかったですよね」

「みんなサンドラに怒っていたからね。どうしてパーティーをほっぽり出して、家庭なんて築くんだって」

そうかもしれない、とソリューズは思った。

サンドラとパーティーメンバーの間に子どもができたのを見て、ソリューズは「東方四星」には絶対に男性メンバーを入れるまいと決意したくらいだから。

「その反動みたいなものだった。バラバラの道を歩んだのは。だけど今……私もサンドラと同じ決断をしたいと思ったんだ。『蒼の閃光(ブルーフラッシュ)』が手元にあったらこうは思わなかっただろうが」

「……納得ずくで解散した、ということなんですね」

「そうだ」

「じゃあどうしてこんなに飲んだくれてるんですか？」

「そりゃあ――『結婚したら大酒なんて飲ませない』ってリーザが言うから……」

「……今なんて？」

聞き返すと、マリウスはぼりぼりと頭をかいた。

「結婚するんだ、リーザと」

「えええええ!? どうしてですか!?」

「わからん」

「『わからん』!?」

「い、いや、こういうのは成り行きとかあるだろ……ずいぶん長くいっしょにいたから、私も情が移っていたし。それでまあ、彼女は教会から離れることになるが、教会に関わる仕事をする予定でな。そうなると『酔い潰れるまで飲む』なんてことはできなくなるから……」

「独身最後の自由な時間を謳歌していた……？」

「ああ、まあ、そんなところだ。──そんなに呆れた顔をするなよ」

「…………」

ソリューズは額に手を当てて長々とため息をついた。

マリウスの「蒼の閃光」を破損したことをずっと気にしていたのに、マリウスはもうとっくに次の人生に向けて歩き出していた。

「ソリューズ……君の心遣いには感謝するよ。会えて、ほんとうに良かった。その剣は君が使うといい」

　立ち上がったマリウスはソリューズに片手を差し出した。

　その顔は、冒険者でいることへの未練を完全に断ち切っているとソリューズは感じた。

「もう会うこともないだろう」

　それは、生きる世界が完全に違ってしまうということの宣言であり、マリウス自身も自覚していることなのだ。

「……はい」

　手を握りかえしたソリューズは——無骨で、分厚い手のひらを感じた。冒険者らしい手だと思った。

◇

「大穴」に潜ったヒカルが地上に戻ってきたのは、日付も変わろうという時間だった。

「だいぶ時間がかかっちゃったな……」

　地下の底まで下るだけでも長距離なので仕方ないのだが。

「ただいまー……」

　ヒカルはポーラとともに宿泊しているホテルに戻った。身体はくたくただ。ほとんど眠っていないし、長い長い階段の上り下り。

今日はもう寝よう――と思って部屋のドアを開けたのだが。

「……どういうこと⁉」

足元には黒髪を振り乱した少女が倒れていた。

『ヒ、ヒカル……水……』

伸ばした手が、ぱたり、と落ちた。今のは日本語だったな、とかそんなこと考えるまでもなくわかる。セリカだ。

「んにゃ～～……んにょ～～……」

テーブルの横には酒瓶を抱えたまま寝転がっているサーラがいる。

「ですから……聖人ルザルカはありがたくも……むにゃ」

「聖典の解釈が……私は読み返す時間がなくて……むにゃ」

隣室のベッドにはポーラとシュフィが並んで居眠りしており、その横には教会の本が何冊もあった。

「……だいぶ遅くなっちゃったからな」

みんな眠ってしまったらしい。

「そうだね――最後まで起きて待っているとポーラさんは言っていたのだけれど」

閉じられていた部屋から出てきたのはソリューズだった。

「あ、起きていたんですか？　すみません、お待たせして……というか皆さんがこのホテルに来るとは思ってなくって」

「………………」

「……ソリューズさん？」

「あ、ああ、いや……なんでもない」

　ソリューズは言うと、

「——ええっと、そのぅ……あの、その、なんだ」

「『ルネイアース大迷宮』のこと、話しましょうか。でもみんな起きているときにしたほうがいいかな」

「いや！　今話そう、ふたりきりで！」

「え？　それは構いませんけど」

　ヒカルとしてはいったん眠りたい気もしていたが、この様子だと「東方四星」も泊まることになるだろうし、どこで寝たらいいんだよという思いもある。

「えーっと、じゃあ……」

　イスにはお酒がこぼれ、すぐ横ではサーラが眠っている。落ち着いて話せる雰囲気ではない。

「そ、外に出ようか！」

「えっ、外ですか？」

「外はイヤかな⁉」

「まあ、いいですけど」

なんだかソリューズの様子が変だな、この人の腹の底が読めないのは前からだけど、こんな様子は初めてだな、と思いながらヒカルは棚にあった「ルネイアース大迷宮研究録」を持ってソリューズとともに部屋を出た。

外は暗く、人もいない。街灯はぽつりぽつりと点いているが、月が翳ればほとんど真っ暗になるだろう。

ホテルの前には広場があって、いくつかテーブルがある。ふたりで向き合って座ると、ソリューズは自分の髪の毛を触ってもじもじしている。

「？　どうしました？」

「い、いや、なんでも……」

「やっぱり深夜に外で話すのも変ですね。明日にしますか」

「今日がいい！」

腰を浮かせたソリューズが声を上げると、しんと静まり返った聖都の街に声が響いた。

「声は小さめにしましょう」

「そ、そうだね……」

「ええと、僕のほうの報告をしますね」

ソリューズの様子は気になるが、ヒカルもヒカルで眠いから早く話してしまいたい。

「まず地下の『大穴』ですが、何者かの侵入形跡がありました。ソアールネイが入り込んだと見て間違いないでしょう」

そう切り出すと、様子のおかしかったソリューズはすぐに真剣なまなざしになった。

「大迷宮を出て、この聖都まで来たというの？」

「おそらく。それほどまでに『大穴』が気になっていたということでしょう。『大穴』に監視はついていなかった……魔術でカギが掛けられていたから、それで十分だと『塔』の人たちは思ったのでしょう。だけどソアールネイにとってはなんの障害にもならなかった」

「彼女は魔術の天才なんだね」

「ええ。逆に荒事はからきしだから、兵士をひとり立たせておけばよかったのにとは思います」

ヒカルはそれから「大穴」でのことを話した。

「ソアールネイは最奥までたどり着いたようでした。途中にモンスターは全然いなくて……たぶん教会が徹底的に浄化をしたせいでしょうね」

「それが裏目に出た……」

「そうなりますね。フリーパスで最奥までたどり着いたソアールネイは、あのいくつも立っている巨大な石を調べていたようです。見慣れない足跡がその周辺にいっぱいついていましたから。それに、魔術の痕跡も」

ちなみに足跡は日本の靴の足跡だったから、ヒカルにはすぐわかった。

「あのいちばん深いところでなにかの魔術を使ったということ？」

「ええ。そしてそれが地揺れの原因になったんじゃないかと。でも、それくらいしかわかりませんでした。なにか変わったと言われても……前回見た光景を克明に覚えているわけではありませんし」

「魔術を使ったということは、なにか得られるものがあるから使ったわけでしょう？」

「ええ。推測に推測を重ねることになってしまいますが、結果として今回の大迷宮浮上につながったということでしょうね」

「ふーむ」

足を組んで、顎に手を当てて考え込むソリューズは、まるで一幅の絵のようだった。

ヒカルはふと、彼女の腰に赤い剣が吊られているのに気がついた。

「ああ、その剣……ソリューズさんが使うことになったんですね」

「あ！　そ、そうだった。こんな、値段もつけられないほどに高価なものをもらってしまうのは気が引けるのだけれど」

「構いませんよ。僕は使わないし。それにソリューズさんならうまく活用してくれそうだから」

「もちろんさ。私は君の剣だからな」

「ん？」

今なんか変な言い方しなかったたか？

「ああ、いや、私の剣は君のものだからな」

「もうソリューズさんのものですけど」

「いや……この身も……心も君のものだよ……」

ん？　最後はもごもご言っててよく聞こえなかったぞ——と思っていると、

「と、とにかくだね！　私は君に恥じないような生き方をすると約束しよう」

「あっ、はい」

「だから見守っていてほしい」

「えぇ？」

「日本に行って剣を振り回したりしたら困るだろう？」

にやりとからかうように笑われると、え、そんなことしないでしょ、とは思いつつも、

「わかりました、わかりました。せいぜい見張るようにします」

「うん！」

見張られてなにがうれしいのか——ヒカルは全然わからないのだが——ソリューズはまるで子どものように弾ける笑顔でうなずいた。

「ともかく、今はもう打てる手がないということかな……空飛ぶ迷宮に対しては」

「いえ、あとひとつ調べたいことがあります」

ヒカルは「ルネイアース大迷宮研究録」をこつんと指で叩いた。

「中はご覧になりましたか？」

「もちろん。興味深いことが多かった……本物の迷宮を見なければ、『よくできた空想物語』だと思っただろうけれど」

そのとおりだとヒカルも同意した。

中には、「大迷宮は生き物すべてを内包している」だとか「大規模魔術として国のひとつやふたつは破壊できるゴーレムが動いている」だとか、そんなことがたくさん書かれていたのだ。

ヒカルもソリューズも、とんでもないドラゴンととんでもないゴーレム、それにすさまじく広い地下空間を目撃している。

「この中に、『迷宮の最下層まで移動できる通路』のことが書いてありました」

「ああ、あったね。それは確か、迷宮の外部から迷宮の内部に通じているとかなんとか……そうか！」

ハッとしてソリューズは言う。

「ソアールネイはその通路を使って、迷宮を出入りした。そして聖都の『大穴』に向かったということか」

「そのとおりです。だから、聖都の内部、あるいは聖都の外部になんらかの秘密通路の出口がないかを確認したいんですよ」

「だけれどそれは、探索範囲が広すぎないか？」

「大丈夫です。頼むアテがありますから」

ヒカルはにっこりした。ルヴァイン教皇とゲルハルトにやらせる気満々だった。

「明日からも忙しくなりそうですね」

「……ああ」

ソリューズはなぜかそこで悲しそうに目を伏せた。

「どうしました？」

「その……実は、今日のことなのだけれど、冒険者ギルドから連絡があったんだ。『王都ギィ＝ポーンソニアへ戻れ』と」

「えっ」

「浮遊島のことが伝わったようでね……私たちの身を案じたのか、王都で指名依頼があるから早く戻ってこいという内容だった」

「それじゃ、『東方四星』は……」

「……明日にも聖都を発たなければならない」

「なるほど」

その可能性は考えていなかったけれど、よく考えてみれば当然かもしれなかった。

ヒカルが聖都に来たときに、大迷宮から帰還した「東方四星」がまだここに滞在していたことのほうがおかしいのだから。

「そ、そのぅ……シルバーフェイスは、私がいなくなったらイヤなのかな？　そんなふうに悩んでいるということは」

シルバーフェイス？　いや、まぁ同一人物だけど、今は仮面も着けてないのにな……と思いつつヒカルは、

「そうですね、残念です」

「そ、そう!?　それじゃあここに残ろうかな！」

「え？　さすがにそれはマズいでしょ。『東方四星』としてこちらの世界にいる間はその責任を果たさないと、困る人がいっぱい出ますし」

「だけど私たちの身を案じたギルドの意向でしかないし……」

「指名依頼があるのは事実なんでしょう？　だったら困っている人が実際にいるかもしれませんよ」

「うっ……でも私がいなくなったらイヤだと君が言うなら」

「戦力がダウンするのは残念です、ほんとうに」

ヒカルが言うと、ぽかんとした顔で「戦力……？」とソリューズがつぶやいた。

「でも、迷宮に乗り込む方法は別で考えなくちゃいけないし、時間もかかるんじゃないかなって思うので、今ここに『東方四星』の皆さんがいてもどうしようもないですよ」

「むう」

「……なんですか、急に頬をふくらませて」

「別に。君は私を武器かなにかとしか見ていないのだなって」

「え、ええ？　ランクB冒険者を粗末に扱ったら他の冒険者からも、ギルドからもにらまれますよ。そんなふうに見てませんって」

「じゃ、じゃあ、ひとりの女性としては見ているのかな……？」

なんだか今日の絡み方はおかしいぞ……さっきのおかしな様子となにか関係があるのか？

「それはまあ、そうですね」

日本で暮らすのなら冒険者なんてやっていられないし、彼女たちが「ひとりの女性」として生きていくにはどうするんだろうかというふうに思ったりもする。

「そう……そうなの。それじゃ、今日はそれでいいかな」

ソリューズは立ち上がった。

「君に次に会うまでに、この剣の扱いをマスターしておくよ。そうしたら戦力になれるだろうからね」

「……なんか含みがある言い方をしますよね？」

「君が鈍感なのが悪い」

「え、ええ……？」

ますますわからないヒカルだった。

「そういえば、その剣の名前ですが――」

立ち上がったソリューズはすでに歩き出していた。

「――ん？」

「あー……いや、なんでもないです」

剣に名前はついていなかったけれど、業物（わざもの）であることは間違いない。それこそ「太陽剣（ホワイトレイ）白羽（ブレード）」のような。

それに名前をつけるのは、ソリューズに任せた方がいいかと思った。

いい加減、ヒカルの眠気も限界だったからだ。

◇

その翌日から、聖ビオス教導国の神殿兵、警備兵と、中央連合アインビストの獣人兵たちが聖都の内外で活発に動き出した。

彼らは連携して動き、やがてひとつの情報を持って帰る——聖都を囲む城壁のすぐ近く、森の中に、今までなかった祠（ほこら）のようなものが出現していたと。

祠は魔術的な障壁によって守られており、入ることができないという。

ヒカルはそれが、「ルネイアース大迷宮」につながる秘密通路だと「直感」した。

第53章　迷宮跡地と最後の手がかり

「ルネイアース大迷宮」が空を飛んだ——その情報は、マンノームの里を恐怖のどん底に突き落とした。

大迷宮がこの隠れ里を襲うのではないかと考えたのだ。長老たちは戒厳令を発し、里の者たちに自宅待機を命じた。

そして、大迷宮を調査しているライガたちをのぞく、各国に散らばっている「遠環」も里に戻るように指令を出すと、長老たちは「侍錐」たちとともに議場にこもって議論を重ねた。時折「究曇」の研究所長も呼ばれ、顔を真っ赤にさせてのしのしと歩いて議場に向かう姿が見られた。

「……なんとも、バカバカしい」

「遠環」であるリキドー、自称グランリュークはひっそりとした里を歩きながら独りごちた。ふだんは開け放たれている窓も閉じられていて、住民は宅内にいるはずだがまるで無人の里のようだった。

グランリュークはヒカルを勝手に外へと送り出したせいで、黒楔の門を使うための割り符を取り上げられ、謹慎を命じられていた。まあ、謹慎は無視してこうして出歩いているのだけれど、狭い里の中では行ける先も限られているし、グランリュークとともに「遠環」として活動していたマンノームたちは久しぶりに再会した家族と水入らずの時間を過ごしているので、グランリュークはひとりだった。グランリュークに親はいるが、妻や子はいないので、こういうときにはやたらと寂しい。

「……結婚でもするべきかな」

「あら？　いい人でもいるの？」

「!?」

独り言に返事があって驚いて振り返ると、

「な、なんだ、驚かさないでくれないか、ヨシノ」

「驚かさないでくれって……あなた、ここ研究所の前よ？」

「あっ」

気づけばグランリュークは研究所まで歩いてきていたらしい。

「だけれど、君だって自宅待機じゃないのか」

「研究所で待機しているからいいのよ」

「詭弁(きべん)だ」

「私みたいなのは何人もいるわよ」

研究所のドアも閉じられていたが、ヨシノがそれを開けると数人が研究にいそしんでいる気配があった。とはいえ自宅で待機しているのが多数派のようだが。

「なにか情勢に変化は？」

「特に。この研究所でわかる範囲なんて限られてるけどね」

「それを言えば長老たちだってなにもわからないだろう。『遠環（とおたまき）』を里に引っ込めたらますますわからなくなるというのに」

「体制批判をしようというの？　まあ、怖いわ」

「冗談を……君だってシルバーフェイスとともに黒楔（こくせつ）の門（もん）まで行ったじゃないか」

「その節はありがとう」

ヨシノはにこりと笑った。

あのときヨシノもその場にいたので、当然シルバーフェイスに協力したのか、里を裏切ったのか、という疑いを向けられたのだが、グランリュークが「私が無理やり連れ出した」と言い張ったのだ。ヨシノは割り符を持っていたわけでもないので、特に処罰はされなかった。

「……なあ、ヨシノ」

「それ以上言わないで」

「えっ」

「どうせヤバいことをやろうとしてるんでしょ？　あなたがふらふらと研究所に来て『結婚したい』なんてつぶやいてるんだから思い詰めてるに決まってるわ」

マンノームは狭い社会だ。だからヨシノもグランリュークの人となりをよくわかっている。

「『結婚したい』じゃない！『結婚でもするべきかな？』だ！」

「同じよ。したくなきゃそんなこと思ったりしないもの」

「それはそうと――」

「あーあー聞きたくなーい」

「――研究所にある割り符を貸してくれ」

「…………」

ヨシノは黙り込んだ。

真面目な顔でグランリュークはヨシノを見つめている。

「……なんの話？　割り符は『遠環』にしか割り当てられないでしょう？　それ以外には、長老たちが緊急避難時に使うために持っているくらいで」

「割り符の研究をしているこの研究所に、割り符がないわけがない」

「割り符の研究はうまくいかなかったから長老に返却したわ」

「ヨシノはウソをつくときに腕組みをして視線を逸らすクセがあるんだ。知ってたか？」

「…………」

腕組みをしていたヨシノは視線をグランリュークに戻した。

「……あなたねえ」

怒りのこもった声が出る直前で、グランリュークはがばっと頭を下げた。

「頼む！　さっきも言ったとおり、『ルネイアース大迷宮』について知るには、現地に行くしかない！『遠環（とおたまき）』が動かなければならないのだよ！」

「……ライガさんが現地にいるわ」

「たったひとりで正確な情報が集まってくると？　ふたりのほうがより正確になるんじゃないか？」

「…………」

「割り符の場所だけ教えてくれればいい。後はひとりでやるから」

「…………」

ヨシノはしばらく沈黙したのち、背中を向けて離れていった。

これは説得失敗か——とグランリュークはがっくりした。

正直、急ぎすぎたかもしれない。

（でもあのシルバーフェイスを目の前で見て、彼が颯爽（さっそう）とビオスへと向かったのを見て……里で謹慎している自分を思うと、いてもたってもいられないのだよ……）

　グランリュークが後悔しているのは、あのとき、シルバーフェイスといっしょにビオスに行かなかったこと。ヨシノをひとり残したら彼女に迷惑がかかることが目に見えていたので、残らざるを得なかったのだけれど。

「……まだ頭を下げてたの？」

「えっ」

　ハッとすると、視界にはヨシノの足があった。

　顔を上げるとそこには戻ってきたヨシノがいた——呆(あき)れたようにため息をつく。

「割り符、これよ」

「!!」

　彼女が差し出したのは革袋だったが、ちょうど割り符がすっぽりと収まっていそうなサイズだった。それをグランリュークが手にしようとすると、

「ダメ」

　スッ、とヨシノが引っ込めた。

「使うにはひとつ条件があるわ」

「な、なんだよ……」

　彼女はにこりと微笑(ほほえ)んだ——それはグランリュークが見てきた中で、もっとも魅力的なヨシノの笑顔だった。

「魔術の情報を集めるためには、頭まで筋肉の『遠環』だけでは不安だわ。知識が豊富な『究曇』が必要よね？」

「うっ……」

イヤな予感がした。

顔が引きつるグランリュークを面白おかしそうに見つめてヨシノは言った。

「つまり、私も連れて行くことが条件。研究者ひとりの護衛なんて、腕利きの『遠環』さんにとっては朝飯前でしょ？」

その祠を発見したのはアインビストの獣人兵だった。聖都アギアポール郊外での駐屯が長引いており、暇を持て余した兵士たちは近隣の森に入り込んでは野生動物を狩っていたらしく、すぐに見つけてきた。

彼曰く、

——こんな祠、ちょっと前まではなかったぜ。

ということだった。

その報せが入るとすぐに、案内を頼みにヒカルとポーラはアインビスト陣営を訪れた。

「よお」

腕組みして仁王立ちしている盟主ゲルハルトに出迎えられた。

見た目はすっかり完治して威風堂々という感じだが、ヒカルの「生命探知」では彼の生命エネルギーがだいぶ衰えているのがわかる。巨大キマイラとの戦いは何日にもわたったと聞いているから、彼は文字通り生命の炎を燃やして立ち向かっていたのだろう。

だけれどあえて、

「元気そうだな」

「吐かせ。お前……また強くなりやがったな」

ゲルハルトは目を細めてヒカルを見据えた。

彼について天幕のひとつに入ると、祠を見つけたという猿系獣人を紹介された。顔だけ見れば毛深いヒト種族のようにも見えたが、二の腕がやたら長い。

「じゃあ早速だけど、祠とやらに案内を――」

「いや、ちょっと待て」

「ん？」

「――入って来い」

ゲルハルトが言うと、天幕の外からジルアーテがやってきた。ヒカルが驚いたのは、彼女はすでに完全武装していたし、なおかつ背中には長旅に備えたような大きなリュックを背負っていたことだ。

「シルバーフェイス、ジルアーテを連れていってくれ」

「それは……どういう意味だ？　彼女は副盟主だろう」

「盟主とか副盟主とかは関係ねえ。面白そうなことがありゃあ、首を突っ込むのがアインビストの流儀だ。俺様がこうして復調してきたからな、留守番ばかりさせてきたジルアーテを外に出してやらんとなと思ったんだ」

ヒカルはアインビスト軍には「祠の調査」とだけ伝えていたが、これだけ真剣にお願いしてくるというのは、彼らもまたそれが単なる祠ではないとわかっているのだろう。

（ジルアーテさんが強いのはわかっているんだよな。だけど……）

今回は、ソアールネイ＝サークとサーク家の魔術遺産が相手だ。なにが起きるか、正直ヒカルには予想がつかない。

ヒカルが迷っているとジルアーテが言った。

「シルバーフェイス、私も強くなったんだ！　だから足手まといにはならない！」

「いや……実力を疑っているわけでは」

「いいえ、疑っているのだと思う。なにかあったときに私が大ケガをする、命の危険にさらされる、そういう心配をしているんでしょう？」

「！」

それはそのとおりだった。

ヒカルとしては「自分もどうなるかわからない」と思っているからこそ連れていくかどうか迷うのだが、ジルアーテは「あなたが危険な目に遭うかもしれないから」と言われているように感じるのだろう。

「私と手合わせをしてくれないか？」

「手合わせ？」

「強くなった私を見てくれれば、きっとわかってもらえると思う」

「ええ？　そんな――」

「おもしれえ！　やれ！　やれ！」

ゲルハルトが乗り気になってしまい、陣営内の広場でヒカルとジルアーテは手合わせをすることになってしまった。

気づけば十重二十重（とえはたえ）に囲んで獣人兵が観戦しており、なぜか神殿兵も混じって「どっちが勝つと思う？」「いや、ジルアーテちゃんだろ。てか相手は何者なんだ？」「賭けるか」「いいねえ」なんて話し声まで聞こえてくる。お前らいつの間に仲が良くなったんだよと思うヒカルである。

（ジルアーテさんが強くなっていることは**わかってる**のにな……）

ヒカルはすでにジルアーテの「ソウルボード」を確認していたのだった。

【ソウルボード】ジルアーテ＝コステンロス＝イーガー　年齢19／位階31／4
【生命力】
【自然回復力】4／【スタミナ】4
【筋力】
【筋力量】5／【武装習熟】―【剣】4・【小剣】1・【鎧(よろい)】2
【敏捷性(びんしょうせい)】
【瞬発力】3／【柔軟性】1／【バランス】3
【器用さ】
【器用さ】1
【精神力】
【心の強さ】4／【カリスマ性】5
【直感】
【直感】2

前回よりも「魂の位階」が4上がっていて、「器用さ」がアンロックされて1増えている。それに「小剣」と「柔軟性」が1ずつ新たに取得されていることから、戦いの幅を広げるべく努力していることがうかがえる。

実際、ジルアーテは長剣だけを扱っていたはずだが、腰に小剣も装着している。これで超接近戦もできるし、長剣が折れたときの備えにもなる。

「シルバーフェイス様……大丈夫ですか？」

ポーラに聞かれ、

「まあ、大丈夫だよ。こういう環境で戦うのも経験あるし……」

「やり過ぎちゃダメですよ？　私が回復させられる範囲にしてくださいね」

え、心配しているのってそっち？

「……はい」

僕のことをなんだと思ってるんだ、ジルアーテさんだってかなり強いんだけど——と思ったがそれは口にせず、ジルアーテに向き合った。

彼女はすでに長剣を抜いている。落ち着き払っていて、構えにも迷いがない。

（ほんとに努力したんだな……）

彼女が戦っている姿を最後に見てからそれほど長い時間は経っていないのだけれど、それでも成長がわかるのだからどれほど努力をしたのだろうか。

「……シルバーフェイス、武器を構えて」

ヒカルの武器は、今は「なんでもよく切れるナイフ」しかない。予備のナイフはあるが、すぐに取り出せるところにはない。

「なんでもよく切れるナイフ」を使えば、おそらくジルアーテの長剣ですら切ってしまうだろうから、それを出すわけにはいかなかった。

「ああ、大丈夫。このままで」

ヒカルが言うと、驚きのせいか一瞬の沈黙の後、獣人兵たちの間からすさまじいブーイングが起きた。ナメてんじゃねえ、とか、素手でやろうってのかヒト種族が、とかさまざまだ。

「うるせえ!!」

ゲルハルトが一喝すると、獣人たちは静まった。

当の本人であるジルアーテは動揺した様子もなく、それも当然、みたいな顔だった。

「……それじゃあ開始の合図だ」

続けてゲルハルトがカウントする。3、2、1……。

「始め!!」

ジルアーテは真っ直ぐに突っ込んできた。この動きにも迷いはなかった。ヒカルが無手だとわかっているにもかかわらず、真剣で襲いかかってくる――これくらいやらないと勝てないと考えているのがわかる。

(ジルアーテさんは僕が「隠密」の使い手だと知っている。そのスキルの正体まではわか

らないものの、僕が姿を消せることはわかっている。だからこその動き。姿が見えるうちに倒してしまおうという攻撃)

正しいと思った。だけれどあまりに真っ直ぐだとも思った。

(それなら——こうだな)

ヒカルは地面を蹴った——前に向けて。

「ッ!?」

土を蹴ってジルアーテの顔に掛けたのだった。だがジルアーテはそれをものともせず突っ込んできて剣を振るう。

裂帛(れっぱく)の気合の一撃は、真横に薙(な)ぐように振り払われた。

だがヒカルは余裕を持って、背後に跳んでかわした。ジルアーテはさらに踏み込んで2回3回と剣を振るうが、そのたびにヒカルは背後に跳ぶ。さらに土を蹴り上げてジルアーテの顔に掛ける。彼女の目に砂が入って視界が悪くなった瞬間、ヒカルは横に跳んだ。

「——そこだ!」

ジルアーテはヒカルが「隠密」を使うだろうと踏んで、先を読んだ場所へと剣を振るったが、ヒカルはそこにいなかった。

「残念、後ろだよ」

ヒカルの手がジルアーテの首をつかんでいた。

「⁉」

確かにヒカルは真横に跳んだのにいつの間に後ろへ――ジルアーテはわけがわからなかったようだ。だが獣人たちははっきりと見えていた。ヒカルは横に跳んだあとにすぐジャンプしたのだ――それも高々と、ジルアーテの頭上を超えて。

空中で一回転して、音もなく着地するとジルアーテの首をつかんだのだった。

「……そこまで」

ゲルハルトが宣言すると、

「――うおおおおおすげえ！　なんだありゃ⁉」

「――獣人より速(はえ)えんじゃねえのか⁉」

「――土掛けたりして卑怯(ひきょう)なクソ野郎かと思ったがやるじゃん！」

卑怯なクソ野郎は余計だと思ったが、確かに自分の戦い方は「卑怯」と受け取られることもある。いわゆる「冒険者流」の戦い方だ。

「なぜ……こんなやり方を？」

ジルアーテが手ぬぐいで顔をごしごしとこすりながら聞いてきた。いつものシルバーフェイスじゃない、とでも言いたげだった。

彼女の整った顔に土を掛けたのは今さらながら申し訳ない気持ちになる。

「そうだ、シルバーフェイス。てめえ、ずいぶんとナメたやり方をするじゃねえか……」

ぎろりとゲルハルトまでにらんできた。

「そんなんじゃ納得できねえヤツらはごまんといるんだぜ……」

うんうんとうなずく獣人も結構いる。

なるほど、とヒカルは思った。

ジルアーテがここまで真っ直ぐなのは——ゲルハルトのせいだ。

「勝ちは勝ちだ。アンタたちを納得させるためにやったんじゃない」

「なんだと⁉」

「ジルアーテはどう思っているんだ？　おれは卑怯か？　不満があるならついてくるな」

「わ、私は行きたい。ついていきたい。だけど、今の戦いじゃ私が強くなったことを理解してもらえない……」

「いいや」

ヒカルは首を横に振った。

「ジルアーテが強くなったことはわかっている。……努力をしたんだな」

するとジルアーテはぱぁっと表情を輝かせた。

「わかってくれたのか⁉　今ので⁉」

「ああ、剣の動きが柔軟で、なにかあったときに小剣も抜けるようにしているのがわかる。元の戦闘スタイルからちゃんと進歩している」

「うれしい！」

ヒカルの分析は「ソウルボード」を確認したからこそなのだが、ジルアーテは大喜びだった。それをムスッとした顔で見ているのはゲルハルトだ。

「それじゃ、もう出発する」

わがままな獣人王には構わずに、ヒカルはさっさと切り上げた。

祠（ほこら）を発見したという猿系獣人兵は森に着くと、器用に枝にぶら下がりながらブランコの要領で勢いをつけて前方へと跳んでいく。

それではあまり速度が出なそうなものだが、足元が悪い森を突き進むヒカルたちと比べて、上空に障害物はないのでかなり速い。

ヒカルはだいぶ鍛えられてきたので息切れすることもなかったが、ポーラはしんどそうだった。だけれど、それでもなんとか食らいついてきている。

「シルバーフェイス」

後ろのポーラを気にしながら進んでいると、ジルアーテが声を掛けてきた。

「その……さっきの手合わせなんだが……」

実力や努力を認められながらも、シルバーフェイスらしくない戦い方に、ジルアーテはジルアーテで割り切れない感情があるのだろう。

「ジルアーテはどう思った？」

「え……？」

「おれのやり方は、いつものおれらしくなかっただろう？　どう思った？」

「そ、それは……」

ジルアーテは、

「私を試していたのかなと……」

「それはそうだ。おれについて行きたいって言ったんだから、その実力があるのかどうか確認したかった」

「でも私はあなたに手も足も出なかった」

「いや、まあ、剣は出ていたけど」

「当たらなかった」

「当たってたらおれの頭と胴体はおさらばしてるよ」

「シルバーフェイスは……私の想像を超えていた。私が思い描いていた強さよりもずっとはるかな高みにいるのだと思い知った」

「………」

それは「ソウルボード」というズルがあるからなんだよな、とは思ったが、これはこれでヒカルの能力ではある。大迷宮に潜って「魂の位階」が上がり、人間離れした戦い方ができるようになったのだ。

ちなみにさっきのように、ジルアーテを軽々飛び越えるような超人的なジャンプも可能だけれど、肉体への負荷はめちゃくちゃ大きい。後でこっそりとポーラに回復魔法で治療してもらっていたりする。

「……ジルアーテの剣は素直過ぎる。命のやりとりをする戦場では汚い手だろうがなんだろうが生き残ったヤツの勝ちだ」

「それは私だってわかっている。それにそんな言葉をシルバーフェイスから聞くことになるとは思わなかった……」

「おれはいつだって、『どうやったら生き残れるか』ばかり考えているよ」

「え……？」

「意外か？　失望したか？　でもそれは偽らざる本心だ」

考えを巡らせ過ぎるほど巡らせても足りないことがあることを、ヒカルはこの世界で何度も経験してきた。そのとき活路を開いてくれたのはいつだって「隠密（おんみつ）」スキルだった。最初にこのスキルを選んだことが最大の成功だったと今は思っている。

「……そう、だね」

ジルアーテは唇を引き結んだ。

彼女の努力はわかっている。副盟主という激務の合間を縫って、血の滲むような鍛錬を積んだのだろう――でなければソウルボードが短期間でこんなに成長するはずもない。

だからこそ、死なないでほしかった。

たとえ「シルバーフェイスを守るため」とか、そういう理由であっても死んでほしくない。

（僕はなんとか生き延びる自信があるからね……）

そう思っていると、

「――シルバーフェイスの旦那！　その先が祠だぜ！」

頭上から声が降ってきた。

そこだけぽっかりと、まるで大型の駐車場跡地のように木々がなく、地面が露出していた。

雑草もなく土が見えていて、それらは柔らかいのか、幾筋かの足跡が残っていた。最初にここを発見した獣人兵たちのものだろう。

今までの、森の奥に漂う清涼感のあるニオイはなくなって、不意に土のニオイが迫ってきた。

ヒカルは思わず足を止め、ジルアーテも横に並んだ。ぜえぜえと息を切らしながらポーラもやってくる。
「……あれか」
　そのぽっかりと開けた空間の中央に、石造りの「廟（びょう）」のようなものがあった。
「祠」ではなく「廟」だと感じたのは棺桶（かんおけ）をひとつ収めるのにちょうどいいサイズだから
だろう。高さは3メートルほど。両開きの扉は鈍い金色で、明らかに魔力を帯びているら
しく青色の光を放っていた。
　近寄ってみると、その廟の周囲4メートルほどの距離から、それ以上入れないことがわ
かった。見えない壁が存在しているのだ。なにも見えないのに足先がコツンとぶつかり、
手を伸ばすとぺたりと吸いつくように壁に触れられる。
「シルバーフェイス、どいてくれ――セェアッ！」
　ジルアーテは横蹴りを繰り出したが、ごつん、とまるで巨大な岩でも蹴ったかのような
音がした。
「ジルアーテちゃん、それじゃダメだぜ。俺は前回剣をぶつけたけど、切っ先が割れちま
った。こいつはびくともしない」
「……ふむ」
「しかも上部にも、ぐるっと円を描くように見えない壁があるんだ。石も通さない」
　獣人兵が石を投げると、ちょうど廟の上空4メートルほどでこつんとぶつかって、ころ

ころころんとヒカルの足元に落ちてきた。

「ぐるーっと回ってみたけど、どこにも入る隙はナシだ」

「……なるほどね」

円を描くように足跡が続いている。獣人兵が言ったとおり確認した跡だろう。

だがいちいち調べずとも、ヒカルには球体の魔術防壁がぐるりと覆っていることはわかっていた。「魔力探知」ではっきりと見えたからだ。

この防壁に使われている魔力は、「世界を渡る術」を妨害されたときのものとは違った——美しく整列しているものではなく、分厚く、密集して、張り巡らされているのだ。強引に作っているようにも見える。

「中に足跡がある」

廟から防壁までは足跡が二筋ついていた。

行きと、帰り。

「誰かが行き来したってことね？」

「ああ、ソアールネイ＝サークのものだ」

「どうしてわかるの」

「足跡が特徴的だからね」

その足跡は、明らかにこの世界の物ではない靴によるものであり、「大穴」で見たそれと同じだった。

「それは魔術的な靴か!?」

ジルアーテがハッとして聞くが、ただの工業製品である。

ヒカルは周囲を確認する。

ここの土が軟らかいのは、大迷宮の魔術によって無理やりこの場所に出口を作ったからだろう。そのタイミングで木々が消失したか、あるいは迷宮内に取り込まれたか。

「やっぱりあの廟には入らなければならないな」

「シルバーフェイスにはこの魔術の解除方法がわかるのか？」

「んー……いや、それを調べるにはもうちょっと時間がかかるが、とりあえずふたつほど試してみたい方法があるんだ」

「ふたつも」

「そう、ひとつ目は」

ヒカルは地面を指差した。

「地下にまでこの防壁があるのかどうか、確認する。ないなら地面を掘ってトンネルを作ればいい」

地面が軟らかいのはありがたかった。

だけれどそれでも30分ほどかかった——枝を拾ってきて穴を掘ったが、地面の内部にまで防壁があるということがわかった。

「ふう……ダメか」

「泥だらけになっただけだったな」

「……なんでジルアーテは笑っている？」

「いや、シルバーフェイスも失敗するのだなって」

「おれなんて失敗ばかりだよ。じゃあ、ふたつ目の方法に移るが……みんな、離れていてくれないか？」

「き、危険な方法なのか」

「なにが起きるかわからないから。ただ、おれひとりならどうとでもなる」

「……わかった」

さっきの手合わせでのヒカルの身のこなしを知っているジルアーテは、悔しそうながらも納得してくれた。

ジルアーテ、ポーラ、獣人兵が森の木立の中まで離れたのを確認してから、ヒカルは「なんでも切れるナイフ」を出した。

「これで切れちゃったりしないかな～」

と、防壁に切っ先をつけると――、

「お」

すすす、と防壁が切れていく。

「マジか。すごいな」

先ほどから「魔力探知」も使って確認しているが、防壁は一度張ったら張ったきりなのか、魔力の循環がない。試しにヒカルが円を描いて切ってみると、その部分が手前に落ちてきた。穴が開いたせいか、空気がその穴へと吸い込まれていく。

「このナイフだけはほんとめっけものだったなぁ」

ヒカルはそれから、人ひとりぶんが通れるサイズの隙間を切り取った。

「おーい」

そしてジルアーテたちを呼んだ。

「ど、どうだった？」

「開けた」

「開けた？」

「ほら、これ」

切り取った防壁が地面に横たわっていたが、それはうっすらと発光するや空気に溶けるように消えた。

「……防壁を開けたのか？　どうやって？」

「まあ、切り取った」

「切り取った!? 剣でも切れないのに!?」

「それはいいだろう。ところで、中に行くぞ」

「あ、ああ……」

わけがわからないという顔だったが、ジルアーテは獣人を振り返った。

「お前は一度戻って盟主に報告してくれ」

「大丈夫かよぉ？ たった3人で……」

「アインビストの猛者はひとりでも勇敢に戦うものだろう？」

「おっ！ 言うねえ！ そりゃそうだ！ ジルアーテちゃん、気をつけて行ってきな！」

獣人兵は去っていった。

「ほら、ジルアーテも早く」

「……わかった」

いまだに「納得できない」という顔ではあったけれど、すでにヒカルとポーラは防壁の内部に入り込んでいる。

3人が廟の前まで行くと、ヒカルは魔力の溜まっている扉に手を当てた。

「シルバーフェイス、大丈夫なの？」

「ああ」

ヒカルの「魔力探知」は、特に魔術的なトラップは感じ取っていない。ぺたりと手のひらをつけると、扉は音もなく内側に開いていった。

「穴？」

　室内に明かりはないが、外から射し込んだ光が床を照らした。その床にはぽっかりと、3メートル四方の真四角の穴が開いていた。中には他になにもなかった。

「だいぶ深いぞ……ソアールネイ＝サークはここに飛び降りたのか？」

「ジルアーテ、離れて」

　ひょおお、と空気を吸い込む穴をのぞきこんでいたジルアーテが首を引っ込めたのを確認して、ヒカルは入ってすぐ右側の壁面に手を伸ばした。

　そこにあったのはひとつのボタンだ。押し込むと、魔力が循環していくのがわかる。

「？　なにをしたんですか、シルバーフェイス様」

「ポーラは……見たことがないか。まあちょっと待ってて」

　日本に行ったラヴィアならわかるだろうな、と思ったけれどポーラはまだ行けていないので仕方がない。

（いつかポーラともいっしょに行けるといいな……）

　と思っていると、かすかな地鳴りとともに穴から空気が吐き出された。

「な、なんだ!?　敵か!?」

「ひゃっ」

ジルアーテが剣の柄に手を掛け、ポーラがヒカルの陰に隠れると——四角い穴から、穴とぴったりのサイズの四角い箱がせり上がってきた。

なんらかの金属でできており、表面に彫られた魔術回路には血管のように魔力が巡っている。濃い紫色の金属と青白い魔力の光とで、まるで近未来ＳＦの舞台装置みたいだった。

天井スレスレまで上がったところで止まると、折りたたみ式の扉が左右にゆっくりと開かれた。中は、魔導ランプが明るく照らしている、ベージュ色の空間だった。

壁面にはパネルがはめ込まれており、文字がびっしりと書かれているスペースと、ボタンが並ぶスペースとに分かれている。

「な、なんなの、これは……あっ、シルバーフェイス!?」

さっさと乗り込むヒカルに、ジルアーテもポーラも驚いているが、

「早く乗って。これで移動するんだ」

「移動？」

「昇降式のね」

そう、これはエレベーターなのだ。

実のところ、魔道具としてのエレベーターはこちらの世界にも存在している。それは屋敷の高層階へ、重い家具を運んだりするのに使われるのだが、動力源になる魔石や精霊魔

法石の消費が激しいので贅沢品である。

とはいえ、滑車やケーブルを使わずにこんなふうに移動するエレベーターは見たことがなかったので、相当凝った造りになっているのだろう。

ジルアーテとポーラが顔を見合わせてから恐る恐る乗り込んでくる間に、ヒカルは壁面のパネルをチェックした。

(下層に向かうボタン、そして手すりがついてるけど……これはただの手すりだな。バリアフリーなのか？　パネルの文字は……なんだこりゃ。悪口？)

パネルの文字は金属板に彫り込まれており、なんとか読める。どうでもいい悪口や、一族の誰かに宛てたメッセージ、外界の魔術レベルが低いことを嘆いたり、どこぞの貴族がサーク家の魔術を寄越せと言ってきたことなどが書かれていた。

「い、一応聞くが、これに乗って下に行くということだよな？　大丈夫なのか？」

「ボタンを押して上がってきたということは、ボタンを押したら下がっていく。この箱は正常に作動しているし、ソアールネイも使ったんだからたぶん大丈夫だよ」

「たぶん……」

「この場合の『たぶん』は相当確度が高いけどね。まあ、着いた先が危険そうならすぐに上がってこよう」

ボタンはひとつしかないので、行き先は1か所だ。

(おそらく——最下層。ソアールネイの居住区域)

区域そのものが残っているかどうかは疑問だが、迷宮浮上後の今も秘密通路が生きているということは、エレベーターが降りた先になにかが残っている可能性は十分ある。

ヒカルがボタンを押すと、するすると扉が閉まってエレベーターが動き出した。

「…………」

ボタンを押したとき、生温かさが伝わってきた。壁に手を触れるとこちらも温かい。

振動とともにエレベーターが下り始める。

「わっ。なんだこれ、気持ち悪い……」

「変な感覚です！」

浮遊感だ。

「すぐに慣れるよ」

「シ、シルバーフェイスはこういうときにも動じないんだな……」

「まあ、これくらいではね。大迷宮がなくなった大空洞の底までひとっ飛びに行くから、時間はかかると思う——えっ⁉」

そのとき、降下速度が急に増して、ヒカルはその場にたたらを踏んだ。

さらには次の瞬間、

「⁉」

「きゃあああ⁉」

「うわあ⁉」

エレベーターが傾いたのだ。ほんのちょっとではない。30度くらい一気に傾いた——ナナメに落ちていくのだ。

ヒカルは思わず背中の手すりをつかんだが——手すりはこの傾き対策で設置されているようだが、そんなことを考える余裕もなく次の事態に備えなければならなかった。

「⁉」

傾いたせいで、ジルアーテとポーラがバランスを崩してヒカルの体に倒れかかってきたのだ。ヒカルはエレベーターの隅に押し込まれ、左右からポーラとジルアーテがぎゅうぎゅうと圧迫してくる。

柔らかいポーラの肉体と、甲冑を着けていないジルアーテの筋肉質な肉体とが押しつけられているのだ。

「ちょっ⁉」

「す、すまない、シルバーフェイス⁉」

「ひゃあ⁉ ヒカル様、変なところ触らないでくだ——い、いえ、ヒカル様なら触ってもいいですけど！」

「なに言ってんのポーラ⁉」

思わずシルバーフェイス、フラワーフェイスではなく、本名のほうを呼んでしまうほどに混乱してしまった。

ジルアーテの長い髪からは女性らしい匂いがした。長い陣地生活だというのに、こんなに清潔にできるものなのかと思ってしまうほどに。……もちろんヒカルは知らない。「シルバーフェイスとの共同任務」に当たれることがうれしくて、出発ぎりぎりまでジルアーテが身体を清めていたなんてことは。

一方のポーラはいつもの修道服姿なのだけれど、彼女の身体は柔らかくて体温も高い。押し戻そうとしてなにか柔らかいものに触ってしまった気がするけれど、それがなにかについては考えないようにした。

やがて傾きが収まると、3人はそれぞれエレベーターの隅に分かれたが――手すりをぎゅっと握りしめて――なんだかどっと疲れてしまった。

「初めて触る魔道具については十分に気をつけよう……」

ヒカルが言うと、顔を真っ赤にしたふたりはうなずいた。

それから間もなくして降下速度が落ち着いていく。やがてエレベーターが止まると、ドアが左右に開いた。

真っ暗な空間に、エレベーターの明かりがサッと差し込んでいく。広い空間のようだ。

「うっ……暑い」

流れ込んで来た空気はじっとりと湿っていて、暑かった。気温は30度を超えているだろう。

地下に行くにしたがって温度が上がっていく現象を、地温勾配という。

だが気温は高いが、気圧がすさまじく上がったという感じはしなかった。

「魔導ランプを点けよう」

ヒカルがランプを点けてフロアへと出ると、ジルアーテとポーラもそれぞれランプを持って出た。

するとこの空間はかなり広く、天井も高いのだが、まっすぐ行った先に出口があるのがわかった。

そしてその出口の前にいる存在にも気がついた。

「あれは……？」

「――気をつけろ、ジルアーテ、ポーラ！　敵だ!!」

ヒカルの「魔力探知」は、その存在の内部に満ちている魔力がいきなり活性化するのを感じ取った。

ボウリングのピンのようなしなやかな流線型を描いているそれは、球体関節人形だった。2本の足で仁王立ちしている様子は、まさに人を模したものだった。

身長は1メートル80センチほど。見た目は鈍い金色で、身体の表面に魔術回路がみっしりと刻まれている――エレベーターのそれによく似ており、今は青色に発光している。

つるりとした顔には3つの宝玉が逆三角形に埋め込まれており、曇りひとつなく、遠くにいるヒカルたちを映していた。

つまるところそれは、ゴーレム――いや、魔導人形だ。

両手の先はそのまま鋭く尖った剣になっている。

「来る！」

なんの予備動作もなかった。人間ならば前屈みになったりするものだが、このオートマタはいきなりトップスピードで走り出した。ギャリギャリギャリギャリと床面を削りながら。

「チッ」

ジルアーテが左に、ヒカルはポーラを抱きかかえて右に跳ぶ。

「――狙いはこっちか」

「わ、私走れます！」

「全力で走れ！」

「はい！」

ヒカルが背中を押すとポーラはすごい勢いで離れていく。

その間にもオートマタはヒカルを捉え、直角に曲がると突っ込んで来る。

ヒカルは即座に「隠密」を発動し、右側に3歩ステップを踏んだ。

「――――」

瞬間、ヒカルの背筋にすさまじくイヤな予感が走った。

「直感」スキルが、全力で叫んでいるような感覚だった。

その正体がなんなのか、考える必要はなかった。なぜなら現実として目の前に迫ってきたからだった。

「!?」

オートマタの顔はなんの迷いもなくヒカルへと向けられている。「隠密」を発動したヒカルに、だ。首が360度自由に動くからこそできる芸当だろう。

（なっ……「隠密」が効かない？）

焦ったヒカルだったが、気づけば目の前にオートマタが迫っていた。

「っく！」

びゅんびゅんと振り回される両手の剣をヒカルはかわしていく。速い。とんでもなく。

風が巻き起こるが、これは触れれば命を奪われる「死の風」だ。

（どうして「隠密」が効かない⁉ 大迷宮第7層のゴーレムだって「隠密」でごまかせたのに！ こいつだって魔道具だろ⁉ ……いや、魔道具だから・・・こそか……！）

ヒカルは気がついた。

人間ならば視覚に頼る。

ゴーレムは「探知」系スキルに頼る。

これらは「生命遮断」「魔力遮断」「知覚遮断」の3スキルによって封殺できる。

だけれど「隠密（おんみつ）」が万能ではないことをヒカルは知っている。

たとえば遠くに離れれば効果範囲外になるし、日本にいたときもそうだったが、カメラには映ってしまう。

このオートマタは、後者──「物理的な感知器」を持っているのだ。

赤外線、超音波、光などのセンサーだ。

「!?」

背後にジャンプしたヒカルは、背中に衝撃を感じた。そこは壁際でヒカルの後ろには壁があった。

マズい──すぐそこにオートマタが迫っている。左右にジャンプしても間に合わない。

「なんでもよく切れるナイフ」を出してさっさとオートマタの剣を切ってしまえばよかったのだけれど、それに気づくヒマもないほどの速攻と、ヒカル自身の動揺とでここまで追い込まれてしまった。

今からでも「なんでもよく切れるナイフ」で片方の腕を斬り落とすべきだ。残り1本は甘んじて受けるしかない。身体をひねれば即死はないはず。即死しなければポーラの「回復魔法」がある。

——でももし「即死」したら。

全力回避すれば即死は免れ、大ケガくらいで済むだろう。でもオートマタの腕は2本とも残ってしまう。そうなればポーラが「回復魔法」を使う時間も稼げない——。

——どうする。

迷いに、一瞬身体が強ばった。オートマタはこちらの躊躇になど構わず突っ込んで来る。

「後ろががら空きだぞ、機械人形」

オートマタの背後へと突風のように迫ったのはジルアーテだった。オートマタは慣性を無視したようにその場でビタ止まりすると、生き物ならばあり得ない関節の動きでぐるりと回転し、横薙ぎの一撃を放つ。

「フッ」

ジルアーテはオートマタの剣を跳ね上げ、返す刀でオートマタの胸を袈裟に斬った。切っ先は刺さらず金属表面に火花が走った。

攻撃を食らってもまったく怯まないのがオートマタだ。

果敢にジルアーテへと踏み込んでいく。振り下ろしの右腕、薙ぎの左腕。それらをジルアーテは完璧に見切って、最小の動きでかわし、いなし、さらに反撃する。オートマタの身体にいくつもの火花が走る。まるで剣舞のように淀みない動きだった。

「……強い」

ヒカルは目を瞠った。

ジルアーテとの手合わせで、彼女の真っ直ぐ過ぎる剣を注意したつもりだった——けれど、このオートマタ相手では、どうだ。無骨な機械の攻撃などまったく通じず、パワーで負けていても技量で大きく上回っているジルアーテは、着実にオートマタへの攻撃を、ダメージを積み上げていく。

技術を研鑽し続けたジルアーテの良さが光っている。

「せいっ!!」

球体関節を断ち切られた左腕は、肘から先が地面を転がって火花をまき散らしていく。

そこからは圧倒的だった。

敵に2本の剣があっても危なげなかったのだから、1本になってしまえばジルアーテの攻撃は2倍に、いや3倍に増えていく。突きの一撃がオートマタの顔面に埋め込まれていた宝玉をパンッと割ると、敵はでたらめな動きになり、最後は壁へと突進して身体がバラバラになって戦いは終わった。

「ふー……」

ほんとうに沈黙したのか、最後まで警戒を怠らないのも完璧だ。

　ジルアーテが剣を納めたところへヒカルは近づいて、

「……すごかった」

　と素直に称賛した。

　それに驚いたのかジルアーテはうわずった声で、

「え、ええ!?　私なんてまだまだだよ！　シルバーフェイスは私に見せ場を譲ってくれたんでしょ？」

「そんなはずはないよ。おれもまだまだだなって思った」

「またまた」

　ジルアーテは、ヒカルならば余裕で対処できただろうに、自分の経験のために譲ってくれたのだと信じて疑わなかった。

（そうか……ジルアーテさんはいきなり上がった「ソウルボード」の「剣術」スキルに順応するために、スキルが教えてくれる動きを必死で取り込んだんだな。だから、素直で真っ直ぐな剣になる。こういうオートマタや、駆け引きをしてこないようなモンスターならば圧倒的な強さを誇る）

　一方、人を相手にする場合は駆け引きや予想外の手を使われるから、苦戦する。

（いい面もあれば悪い面もある。勉強になったな）

　ヒカルもまた素直に思った。

（それに僕はまだまだだ……まさかこんなふうに「隠密（おんみつ）」スキルを無効化されるとは思いもしなかった。これから先もあるかもしれない。そのときにいちいち動揺なんてしないようにしなきゃ）

あのオートマタの動力は魔力で、動作はすべて機械——つまり物理法則に従って動いていた。

これから先、ソアールネイ＝サークとやり合うことになるのなら、オートマタのような敵が他にもいると考えておいたほうがいい。

ヒカルは今一度、自分の気を引き締めた。

ちょっとした時間しか経（た）っていないのに汗だくになってしまった。外套（がいとう）やマントを脱いで汗を拭うと、ヒカルたちは奥へと移動を開始した。

通路の地面は濡れていて、壁面にもびっしりと水滴が浮かんでいる。とはいえ苔（こけ）むしている感じもバクテリアの繁殖もなさそうなのは、迷宮があったときにはしっかりと空調がされていたからだろう。今はもうその機能はなくなったようだが。

通路は１００メートルほど続いていたのだが、

「げっ」

そこでぶっつりと途切れていた。土砂で埋まっていたのだった。

前方を「生命探知」と「魔力探知」で確認してみるのだが、なにも感じない。大迷宮の浮上によって塞がれてしまったか、ここが底なのかのどちらかだ。

「な、なにもないのか……」

「もう飛んで行っちゃったあとなんですかねぇ」

「………」

「……シルバーフェイス様？」

まさか、という思いと、やはり、という思いとがあった。

迷宮はすでに浮上しているので、迷宮を構成するのに必要な部品はすべて上空にあるはずだ。

だが、秘密の通路が残されていたのだから、なにかしらの迷宮の残骸があるのではないか――そこにはなにかヒントがあるのではないかと思っていたのだ。

上空へとつながるヒントが。

ワープゲートなんてものがあれば最高だった。黒楔（こくせつ）の門（もん）なんていうオーバーテクノロジーがあったために、期待してしまっていたのかもしれない。この世界はそんなに甘くないというのに。

見つけたのは、土砂だけだった。

「これで打つ手なし……か」

上空へと通じる道もなければ、浮上した迷宮を引きずり降ろすヒントもない。

それは——そうかもしれなかった。仮にも「いにしえの大魔術師」、「深淵の賢者」だなんて呼ばれているルネイアース＝オ＝サークの遺作である大迷宮が、浮上にあたって地上からのアクセス手段を残すなんて手抜かりはないだろう。

「……戻ろう」

「いいんですか？」

「うん。別の方法を考えなきゃいけない」

きびすを返して歩き出そうとしたヒカルだったが、

「ちょっと待って」

ジルアーテが言った。

「……空気が流れていないか？」

「空気？　そりゃ流れていてもおかしくは——」

言いかけたヒカルはハッとした。

ヒカルは通路を振り返る。

「ほんとうだ、かすかに流れている……この通路が埋まっているのなら、空気は流れないはず！」

「空気の行き先を確認してみるのはどうだろうか」

ジルアーテの提案に、一も二もなくうなずいたヒカルは先ほどの空間へと戻った。

エレベーターは壁面に設置されており、いまだに光を放っている。ぐるりと壁に沿って歩いてみるが、魔術的な反応はない。

「となると、上か」

ヒカルは魔導ランプを掲げてみるがその明かりでは届かない——というより壁が暗い色なのでよく見えないのだ。

「魔法で明るくしてみましょうか」

突然ポーラが言った。

「え、なにそれ？」

「実はシュフィさんに教えていただいたのですが、『聖』に連なる魔法には、邪を祓うための光を放つ魔法があるんです」

「へぇ……どんなのかわからないけどやってみて」

「はい！」

ポーラは空間の中央に立った。「張り切っちゃいますよ～」なんて言って腕をぐるぐる回してから詠唱を始めた。

「——『天にまします我らが神よ、そのありがたくも尊き導きをこの手に宿したまえ。迷える魂には安寧を、過てる者には悔悛を、邪なる者には神罰を与えん』——」

真冬だというのにじっとりとした蒸し暑い空気の中、ポーラののんびりとした声が響いた。だが、ヒカルも、ジルアーテも思わず立ちすくむほどの光景が目の前に広がっていた。

ポーラ自身がほんのりと光ったあと、彼女の周囲に蛍（ほたる）のような金色の光が立ち上っていく。清浄さを感じさせるそれは、炎の柱の周囲を舞う火の粉のようでもあった。

（これ、もしかして……もしかしなくとも、ヤバイヤツ？）

待って――とヒカルは言いかけたが、間に合わなかった。

「『聖なる灯火（ホーリーライト）』」

ポーラが両手を前に突き出すと、直視できないほどの光がほとばしり、壁面を焼く――実際には焼けておらず、熱量もないのだけれどヒカルの目には燃えているように見えた。

「も、もうちょっと明かりはなんとかならないのかな!?」

目を開けていられず、腕で顔を覆いながらヒカルはたずねる。カメラのフラッシュを焚（た）きっぱなしでいるよりも明るい。

「あ、はーい」

ポーラはまぶしくないのだろうか、彼女のまたしてものんびりとした――場違いなほどに――声が聞こえると、光量は絞られていき、スポットライトほどの太さになった。

「なにが起きたのかと思ったよ……。シルバーフェイス、あなたの仲間はあなた同様、やはりふつうじゃないね」

「はは……」

ヒカルとてこの魔法は初見だ。絶対、元はこんな威力のある魔法ではないと思う。なにが「聖なる灯火」だ。灯火なんかじゃなく光線バズーカだ。

ともあれ――。

ポーラの放つ光で空間の上部まで照らせるようになった。

天井まではかなり高く、50メートルはある。ちょうど涙滴形のように上に行くにしたがってすぼまっている。

「――あそこだ」

その途中、20メートルほど上空に横穴があった。

「ほんとうだ。あんなところに隠し通路がある……」

「隠し通路とは限らないけどな。ただの通気孔かもしれないし……とりあえず、あの先になにがあるのかは確認しておきたい」

途絶えかけた希望が、再度見つかった。期待をもちすぎないようにと思いながらも、逸る心を抑えきれなかった。

「いや、簡単に言うけれどあの高さは難しいよ。ロープでも投げるの？」

「ロープは持っていくよ。あそこまではもちろん、跳ぶ」

「なるほど……それが確実——って、え!? ジャンプ!?」

「ああ」

ぐっ、ぐっ、と屈伸、伸脚、アキレス腱を伸ばして、と準備運動をするヒカル。

「と、届くわけないじゃないか！ あの高さだよ!?」

「大丈夫。たぶんだけど」

「あなたの『たぶん』は信用できない……」

ジルアーテはエレベーターをちらりと見た。ヒカルが「たぶん大丈夫」と言ったアレだ。

ヒカルはロープだけを腰に巻き、道具袋や予備の短刀、それに銀の仮面まで外して身軽になっていく。仮面を外すときにはなぜかジルアーテが「きゃっ」なんて言って顔を手で覆ったが、人の仮面をなんだと思っているのか。

「ポーラ、肉体強化の『支援魔法』を掛けてくれる？」

「は、はい、それはできますが……あんまり効果はないですよ？」

「うん。一般人相手ならね」

実のところポーラの「ソウルボード」には「支援魔法」1のスキルがある。この魔法を習得している回復魔法使いはそう多くなく、ましてや専門に学んでいる者はさらに稀だった。

理由のひとつには、ポーラが言うとおり「効果が微妙」というところもあった。

だがこれは正しくもあり、間違いでもあるとヒカルは思っている。

「支援魔法」による支援効果は、単なる足し算ではない。割合による掛け算なのだ。

たとえば「剣術」1の人を10％アップしても「剣術」1・1にしかならず、効果はほとんど実感できないだろう。

だけれど「剣術」5が5・5になるのならばそれは大きな効果になる。

ヒカルの場合は「筋力量」4と「瞬発力」6があるから、ここに掛け算すれば相当の助けになる。

実はこの辺の魔法の検証は、マンノームの里での夜に行ったことだった。

（といっても、それだけじゃ20メートルもジャンプできないけどね）

「ソウルボード」のおかげで人外(じんがい)レベルの跳躍力を手に入れたヒカルは、大迷宮の第7層でゴーレム相手に大ジャンプを見せた。だが、あれですらいいところ5メートルといったところだ。

ポーラの「支援魔法」があれば……10メートルはいけるのではないか。

明らかにとんでもない跳躍力。とはいえ、それでも半分までしか届かないが。

「――『天にましますと我らが神よ、その恩寵(おんちょう)を賜(たまわ)らんことを願う。自然(じねん)を生き抜く靭(しなや)かさ、吹き抜ける風の捷(はや)さ、維(すじ)を紡ぐ巧みをこの身に宿せ』――」

ポーラの身体が銀色に輝き、その手がヒカルの背中にある肩甲骨(けんこうこつ)あたりに触れる。

「『天の付加せし加護(ディヴァインプロテクション)』」

その光はスッとヒカルの身体に吸い込まれる——なにが変わったのか、一瞬わからないほどなのだがこれが結構厄介だ。身体を動かすとその感覚が大きく異なっているのだから。

「ありがとう」

「とんでもありません！　ヒカル様のお役に立てるなら本望です」

さらっと大仰なことを言ってくるが、本人は大真面目なので実は厄介である。

「……さて」

ヒカルは壁面を見やる。そして取り出したのは「なんでも切れるナイフ」だ。壁面へと走っていく——やはり加速が段違いだ。あっという間に、目の前に、壁が迫っている。

「おおおおおおッ」

そのまま壁面に沿ってぐるぐると走る——身体をかなり傾けないとカーブすらきつい。

これほどの速度が出ると、空気の層を強く感じる。これほど空気を意識して、邪魔に感じるのは初めてだ。

「せい!!」

ヒカルは踏み込んで、跳んだ——。

「──はぁっ⁉」

ジルアーテの間の抜けた声が聞こえるほどに、ヒカルの身体はすさまじい高さにあったのだ。ジルアーテとの手合わせで、彼女の身体を余裕で飛び越えたことを知っていてもなお驚くほど──つまりヒカルの身体は10メートル近くの高さにあった。

だが、これでは目指す高さまで半分程度しかない。

それに踏み込みの衝撃はすさまじく、思わず顔をしかめるほどに足が痛い。

（だけど、そんなこと言ってられない！）

手に入れるのだ。

手がかりを。

ここで！

「──次ィッ！」

ヒカルは壁面に足をつけるや、それを蹴ってさらにジャンプした。

勢いがかなり殺されたので5メートルほどしか上がらない。

だが、目の前にはまた壁が迫っている。

まだ跳べる。

さらに壁を蹴った。

もう一度。

ついにヒカルの身体は20メートルの高さまで上がった――のだが、

「――ああ、遠いっ」

「――ヒカル様っ！」

下から悲鳴に近い声が聞こえてくる。

横穴まで届かなかったからだ――3メートルほど先に、横穴はある。

何度も壁を蹴ったせいで勢いはもはやなく、あとは落ちるだけ――。

「これは……想定内!!」

ヒカルは「なんでも切れるナイフ」を壁面に突き刺した。

それはいともたやすく壁面に突き刺さり、ヒカルはナイフにぶら下がった。

「――ふぅぅぅ……」

「――だ、大丈夫ですかぁ……？」

安堵（あんど）したジルアーテのため息と、心配そうなポーラの声。

大丈夫かどうかというと、全然大丈夫ではなかった。足は滅茶苦茶痛いし、今は片手一本でぶら下がっている状態だし。

だけれど「筋力量」4と「支援魔法」によるサポートで、ぶら下がり続けるのは全然問題はない。

「で、ここからは……」

ヒカルは自分の身体を揺らし始めた。ブランコの要領で横穴まで跳ぶつもりだった。

いちばん心配だったのはナイフが折れてしまうことだったけれど、なんとか保っている。ミシミシいっているけど。

「とおっ！」

勢いをつけてナイフから手を離す。

ふわりと身体が宙に浮く。

3メートルの距離が2メートルになる。

身体が放物線を描いているのがわかる。

1メートル。

身体がゆっくりと落ちていく。

「――ヒカル様ぁ！」

横穴が目の前にあるが、それより早く身体が落ちて――、

「いっけえええええ！」

ヒカルは懸命に手を伸ばした。指先が横穴の縁に触れる。右手の中指の、第一関節が引っかかる。

全身の力をそこに注いだ。

人体の限界をはるかに超える力が掛かる。ぴんと伸びた腕に電流のような痛みが走る

が、そんなものは無視して力を加え続ける。落ちようとする重力と、それに抗う筋力が戦う。

(行くんだよ、この先に……!)

ヒカルの身体が持ち上がる――左手を伸ばして手のひらを横穴の床につけた。

「うおおおおっ!!」

身体が持ち上がる。肘を入れ込む。足を伸ばして引っかける。さらに力を込めて横穴に転がり込む。

「――なんだあれ、すごいぞ!」

「――ヒカル様ぁ!」

下では大喜びする声が聞こえているが、横穴に入り込んだヒカルは横たわったまま荒い息づかいを押さえ込むのに精いっぱいだった。

身体中が痛い。暑さもあって全身から汗が噴き出る。だけれど――やり遂げた。

「さ、さて……この先になにがあるんだ……」

横穴は通路となっていて、ずっと先まで続いていそうな「直感」があった。

それからヒカルはロープを垂らし、まずはジルアーテに登ってきてもらい、次には彼女に手伝ってもらってポーラを引き上げた。ポーラの「回復魔法」で治してもらってからは、「なんでも切れるナイフ」を回収する。ヒカルの身体にロープを巻いて、ジルアーテに持ってもらい、ナイフのところまでジャンプするという荒技である。

なんとか回収したが、

「シルバーフェイス……ああいう無茶はもうやめてほしい。心臓が止まるかと何度も思った」

とジルアーテに真顔で言われてしまった。

『危険を冒す者』と書いて『冒険者』だから――」

「私は真面目に言っているんだが」

「……はい」

ずいっ、と顔を近づけてくるこの迫力よ。

きっとゲルハルトもこうやってジルアーテに叱られているんだろうなと思うと、なんだかおかしくなってしまう。

「よし、奥へ行ってみよう」

魔導ランプを持って先へと進む。「魔力探知」を使うと、この先には魔力の反応があった。横穴の存在を知らなければ、地中に埋まっている精霊魔法石や魔石の類かと思ってしまう程度の反応だ。

油断なく、警戒しつつ進む。

角を2回曲がった。

そこでヒカルたちは見た——扉を。

うっすら錆びている、鉄製の扉だったが、どこにも取っ手やドアノブがない。

「これ、カギが掛かった押し扉だな」

押すと、ガタンと音が鳴る。そして内側からカギが掛けられているのか、一か所で引っかかっている感じがあった。

「そんなときにはこれ」

取り出したのは「なんでもよく切れるナイフ」だ。さっき、ヒカルの体重を支えたときには軋みを感じたので耐久性に不安はあるが、ここでカギを切るくらいは問題ない。切っ先を差し込むと、まるで手応えなく切った——いや、手応えがないから切ったのかどうかはわからないが、扉を押したら向こう側に開いたので切れていたのだろう。

「……ここは」

こぢんまりとした部屋が、そこにはあった。

こういうものがあるとは想定していなかった——なぜならそこは、まさに生活空間のようであり、うち捨てられたものであることがはっきりとわかったのだから。

ほこりにまみれており、テーブルは経年劣化で足が折れて天板がナナメになっている。壁面に備え付けの棚も壊れていた。

「これはひどいな……こんなところになにかあるのかな」

とジルアーテが言ったのも無理はない。ヒカルも、ここが大迷宮の最下層だと知らなかったら「ゴミの部屋」とでも呼んでいただろう。

「仕方ない……ふたりは下がっていてくれないか？　僕が探したほうが効率的だと思う」

ヒカルは口をスカーフで覆ってマスク代わりにした。ホコリが相当堆積(たいせき)していることだろう。

ジルアーテもポーラも手伝うと言ってくれたが、このテーブルの劣化を見る限り、床を踏み抜いたり壊したりしたら大変だし、ヒカルには「魔力探知」があるので探索はしやすいはずだ。

舞い上がったホコリのせいで視界は悪かったが、触れるだけで破れてしまいそうな紙片や、本の類(たぐい)を回収していく。魔力の反応があったのは触媒がほとんどだったが、それらは使い道がない。

「箱か……」

金属製の小箱があったが、当然錆びついていた。それでも今の湿度を考えると、ヒカルの訪問があと1年後だったとしたら、完全に錆びて中身もすべて腐っていただろう。大迷宮が浮上したことで空調や温度管理ができなくなったのは間違いなさそうだ。

小箱を持っていくと、通路ではジルアーテとポーラがせっせと汚れを落としてくれていた。

「もう他にはなさそうか？」

「うん……もう少しがんばってみるけどね」

ヒカルはこの小さな部屋をくまなく探したが、他にはめぼしいものはなかった。おそらくどこかに、さらに奥、あるいは上層につながるエレベーターのようなものがあったのだろう。

一か所、換気口が開いていて、そこから外へと空気が流れ出ていた。この換気口はひょっとしたら迷宮浮上によってえぐれた大地につながっているのかもしれないが、ヒカルが這(は)って進むこともできない大きさなので放っておくしかない。

ヒカルたちが地上に戻ったのは、それから30分ほど後のことだった。肌を刺すような冷気と、まだ汗で濡れていた肌着がなんともアンバランスで、風邪でもひきそうだ。

ジルアーテはゲルハルトに報告があるので、寂しそうな顔でアインビスト軍の陣地へと去っていった。

ヒカルとポーラは聖都の宿に戻り、戦利品の確認だ。

まずは小箱だ。これにも小さなカギが掛かっていたが、破壊して中を確認する——と。

「……なんですか、これ。炭ですか？」

ポーラが首をかしげた。

そこにあったのは10センチ四方の、黒い木片――燃えて炭化したもの、だった。

中央にはぽっかりと空洞がある。

「…………」

ヒカルはそれを手に取って考える。なんだ、これは。どこかで見たような気が……。

「!!」

ハッとした。

「これ、割り符だ」

「割り符……ああ！　マンノームの里の！」

黒楔（こくせつ）の門（もん）を開けるのに使った、あの割り符と同じサイズだ。ただ、中央にはめ込んである石がない。まあ、あの石がなんなのかヒカルにはまだわかっていないのだが。

「……サーク家はこの割り符を手に入れていたんだな」

それもそうか、と思う。マンノームと争っていたのであれば、向こうが黒楔の門なんていうワープ装置を使っているのだから、このテクノロジーを解析しようと考えるのがふつうだ。

小箱には他になにも入っていなかった。

「あとは文書とか本の類（たぐい）だけど……」

文書の類は古語で書かれており、これらは教会の手助けが必要かもしれない。

「うーん……教皇に借りは作りたくないんだよな」

あの狡猾な教皇聖下にひとつ借りを作れば、少なくともその3倍は働かされそうだ。

「直感」も「そうだね」と反応した。

「でも好き嫌いは言っていられないか……ちょっと会ってくるわ。で、古語を流暢に操ることができて秘密を守れそうな人を貸してもらう」

「教皇聖下にそんなことを言えるのは世界でもヒカル様だけですよ」

ポーラは呆れたように言った。


ひとり外に出ると、すでに夕暮れ時となっていた。

(ここに、なにかヒントがあればいいんだけど……)

文書の入ったリュックを背負い直しつつ、ヒカルは先を急いだ。あの迷宮跡地にはもう他になにもないだろう。ここに手がかりがなければ……。

(雲をつかむような話になってくる)

おとぎ話とか伝説とか言われている「ルネイアース大迷宮」に関する情報を集めるのだ。それこそ各国の公文書や禁書庫を片っ端から調べるくらいのことはしなければならないかもしれない。気が遠くなる作業だし、時間も膨大にかかる。

この文書に手がかりがあってほしいと願うのは当然だった。藁(わら)にもすがる思いと言ってもいいかもしれない。

ヒカルが「塔」を目指して進んでいた——ときだった。

「——いやいや怪しくないって。研究者の格好をして街を歩いているだけで、なんでこんな扱いを受けなきゃいけないの？」

「——仕方がないだろう。文句を言いたいなら過去にやらかしたお仲間に言ってくれ」

「——お仲間ってなに？　あなたたちが私たちのなにを知ってるってわけ？」

「——知っているさ。とんでもない研究をしてこの国を大混乱に陥れたんだ」

なんだか揉(も)めている声が聞こえてくる。

片方は警備兵で、空飛ぶ島が現れてからというもののピリピリしているのは間違いない。一方は——ヒカルも聞いたことのある声だった。

「ヨシノ？」

「え……あっ、シルバーフェイス!?」

「なんだって!?　シルバーフェイス!?」

警備兵に取り囲まれていたのはマンノームの「究曇(きわむるくもり)」であるヨシノ、それに「遠環(とおたまき)」のグランリュークだった。

ふたりを放り出していくわけにもいかないので宿へととんぼ返りしたヒカルは、きょとんとしているポーラとともに、ふたりがなぜここ聖都アギアポールにいるのかについて聞いた。

「とりあえず行動するべきだと思った。ヨシノも賛成した」

なんていうグランリュークのあまりにも刹那(せつな)的な回答に唖然(あぜん)としたものの、笑ってしまった。

逆にヒカルは、警備兵がなぜあれほどふたりを疑ってかかっていたのかについて説明した。空飛ぶ島と——マッドサイエンティストのランナのことだ。

マンノームであるランナは、テンプル騎士団にモンスターの力を移植するような禁忌の研究をしていた。それに「呪蝕ノ秘毒」もランナの発明だ。その結果、アインビストの獣人軍が攻め込んで来たり、とにかくビオス国民にとっては大変な出来事ばかりだった。

真実をすべての国民に伝えることができないので——それは先代教皇の罪も告白しなければならないので——教皇ルヴァインは、ランナというマンノームがひとりで画策したことだというふうに国民には説明していたから、警備兵も「マンノームの研究者!? 怪しいヤツ!」という反応になったのだ。

◇

警備兵から「塔」に問い合わせをしてもらい、シルバーフェイスの身元を確認してもらった。その返事として教皇聖下直筆の手紙まで届けられて警備兵たちは仰天していたが、一方のヒカルは思わず天を仰いだ——いや、「塔」を仰いだ。

——これはひとつ貸しですよ。

と言われた気がした。

それはともかく、ヒカルからランナのしたことについて説明されたグランリュークは黙り込み、ヨシノは、

「……そうなんだ。あの子、そんなことを……」

ランナを知っていたのだろう、そうつぶやいた。

それからぽつりぽつりとランナのことをヨシノは語った。研究が大好きで、「究曇（きわむるくもり）」の研究員であったときには、禁忌に触れるかどうか、ぎりぎりの研究ばかりをやっていたこと。禁止しようとする所長としょっちゅうケンカをしていたこと。里では孤立しがちだったこと。長老を批判して謹慎させられるのもよくあったこと。それらは——早くに両親を亡くしたせいではないかということ。

ランナの父は「遠環（とおたまき）」で、ランナが生まれる少し前に任務中に亡くなっていた。そのショックで、母もランナの出産後に体調を崩して亡くなってしまったということだった。

「あの子、死んだ者の魂と交信したかったのかも」

「……そうか」

ソウルのテクノロジーを至高のものと考えているマンノーム。

彼らは魂やソウルの研究をほんとうに慎重に行っている。だからランナの研究は「禁忌」扱いされたのだろう。

何度も問題を起こし、まったく問題が改善されることもなかったランナは、里を追放された。

その後は——ヒカルが知っているとおりだ。

彼女にどんな事情があったとて、してはいけないことをした。それは間違いのないことだ。

「——湿っぽくなったな。食事にするか」

宿に頼んで部屋に食事を運んでもらうと、ヨシノは大喜びで食べ始めた。里を初めて出たヨシノは見るものすべてが新しく、刺激的なのだ。

「それで、シルバーフェイスはなにかつかめたのか？」

グランリュークにたずねられ、ヒカルはうなずいた。

「ああ、迷宮の残骸を調べに、最深部まで潜ってきた」

「さ、最深部⁉」

「そこで燃え尽きた割り符を見つけた」

「割り符⁉」

驚愕(きょうがく)の連続だったようで、がつがつと食べていたヨシノの手が止まって、炭化した割り符をひったくるように取ると魔導ランプの明かりに当ててためつすがめつした。

「本物っぽいなぁ。これ、消失したうちのひとつかも！　だとしたら大発見よ！」

「まあ、燃えてしまった後だけどな」

「それでも使えると思うよ？」

「……なんだって？　石がはまっていないが」

「ああ、あれなら作れるよ。この木材が大事なのよ」

ヨシノがそう断言するのならば、そうなのだろう。

「ということは、これがあれば黒楔(こくせつ)の門(もん)は使い放題ってことか？」

「えっとまぁ……そうね。だけどこれは返してほしいな」

「おれの用事が済んだら返す」

「ふふ。それでいいわ。そうしたら、明日にでも真ん中に入れる石を作るわ」

「それはありがたいが……この木材はなんなんだ？」

「ナイショ。いちばんの秘密だから」

ヨシノはヒカルに炭化した割り符を戻した。

この木材そのものが「秘密」ということは、特殊な樹木なのだろう。ほんとうに特殊な。マンノームはこの割り符の複製に成功していないと聞いていたけれど、その理由の最たるものは素材を手に入れられないことなのではないだろうか。

それにしても、こんな、燃え尽きた姿でも使えるとは……。

「――そうだ、ヨシノは古語を読めるか？」

「古語？」

ヒカルは「塔」に持っていこうと思っていた文書類を持って来た。

「大迷宮の跡地で見つけたんだ。おれも多少は読めるが、ちまちま読んでいたのでは時間がかかってしようがない――」

「貸して!!」

席を立つとヨシノはそれを受け取ってサイドテーブルへと移った。文書を広げて目を通していく。

「ほ、ほんとうだわ……これはサーク家の誰かが書き残したもの……すごい、こんなものを手に入れられる日が来るなんて……」

「わかるのか？」

「ええ、これは典型的な文語体ね。筆致が独特だけど」

ヨシノが指差したところは、字体の一部についている点や丸だった。これらは本来文字に含まれていないものだが、文字列が美しくなるという理由だけでつけられているものであり、それこそがサーク家の文章の特徴だという。

（そういえば大迷宮内でソアールネイが僕に送ってきたメッセージにもそんなものがついていたような気が……）

あのときはイライラしていてちゃんと見なかったが。

「内容をしっかり読み込みたいわ！　いい⁉」

「もちろん。その代わり、内容を教えてくれ」

「わかった！」

それからヨシノは文書をひとつずつ読み始めた。

食事が終わると、グランリュークは隣の部屋を取ったのでそちらで眠ると言って出て行った。文書に夢中になっているヨシノのためにパンとチーズ、それにハムといった夜食を用意して、ヒカルは解読に付き合う。ポーラもがんばっていたがイスに座ってうつらうつらしている。

解読は進んでいく。

ただの日記や、手紙の書き損じもあった。その内容は、仕入れたい素材が高騰していることや、どこそこの地方で干ばつが続いているといったもので、ヒカルの知りたいことではなかった。

一族に対する愚痴もあった。それはエレベーター内に彫られていた内容と同じだが、彼らは一族内で争わなければ気が済まないのだろうか。

「……これ、すごいわ」

「ん」

唯一残っていたちゃんとした「本」らしきものを、最初の1ページから順に読み進めていたヨシノが言った。夜も更けて、日付が変わろうとしている。

「この地図、わかる?」

「ああ——どうやら大陸全土の地図みたいだが」

「サーク家の拠点が記されているの」

「!」

拠点! ということはそこから空飛ぶ迷宮へのアクセスができるのではないか?

「——まあ、マンノームはすでに把握していたけどね」

「え……」

腰を浮かせたヒカルは、すとんと座り直した。

「もちろんそれらは調査済みよ。で、全部廃墟(はいきょ)だったらしいの。中身はぜーんぶカラッポ」

「………」

失望したヒカルに気づいたのだろう、ヨシノは、

「私たちだってだてに長くサーク家と戦ってきたわけではないのよ。地上にある拠点くらいはすべて見つけ出していたわ。むしろ、この地図にないようなところにもサーク家の痕跡があったりして、マンノームの情報網のほうがこれより正しいかも。……でも、解けない謎もあった」

「……謎？」

「今言ったでしょ、『地上にある』拠点だって。私たちは先祖代々サーク家と争ってきたけれど、『ルネイアース大迷宮』がどこにあるのかは見つけることができなかった」

「このアギアポール郊外にあることを知らなかったのか？」

「そうとも言えるし、そうではないとも言える」

「どういうことだ？」

「長い歴史の中で、冒険者が発見したり、僻地(へきち)の村人が迷い込んだりしたことはあったみたいで、そういったウワサが流れてくるとご先祖の『遠環(とおたまき)』たちは必ず確認に行ったわ」

「だけど見つけられなかった？　全部ガセネタだったということか？」

「目撃情報はどれも、バラバラだった。それこそ大陸のあちこちに散らばっていたと言ってもいいかもしれない」

「だからガセネタだから……」

「違うわ」

大陸地図の次のページをヨシノは指差した。

『緩やかに迷宮は移動する』」

「移動……」

「地中をね」

「そんなバカな」

「バカな、と言うのは簡単だけれど、実際にバカバカしいことが今、現実になっているでしょう？　迷宮が空を飛んでいるのよ。私たちは迷宮の移動の可能性はつかんでいたけれど、ここまで明確にサーク家の人物が書いたものを見たのは初めてだわ」

「だけど——」

言いかけたヒカルは、日本では飛行機が飛んでいるから自分の驚きはこの世界の住民の驚きよりもずっと小さいものなのだと気がついた。

地中を移動することと空を飛ぶことは、同じくらいバカバカしいことのようにヨシノたちは感じるのだろう。

「……必要なエネルギー量を考えると、空を飛ぶほうがたやすいはずじゃないか？」

「そうとも言えないわ。地中には魔力の流れがあるから」

「！」

ハッとした。まさに「リンガの羽根ペン」は、地中を流れている魔力を利用した魔術だという話をヨシノとしたではないか。

それを利用してゆっくりと移動するのであれば、できるかもしれない。大陸が移動する「プレートテクトニクス」に近いイメージだが、それよりも速度は早い。

「サーク家の拠点は、迷宮の移動にあわせて作られていたのよ。だからふだんは使われておらず、廃墟同然だった。そう考えるとつじつまは合う」

ソアールルネイの不在による迷宮の不活性化、それに「大穴」の解放によるなんらかの影響で「ルネイアース大迷宮」は地上に現れ、固定化された——。

「あ……そうか、あなたが知りたいのは、そういうことではないのよね？　もっと直接的な大迷宮の情報」

「……そうだな。おれはあの迷宮に乗り込みたいと思っている」

聞いたヨシノは、ふー、と息を吐いた。

「あなたがやりたいと願っていることは、私たちマンノームの悲願よ」

「おれには関係ないさ」

「……他にも重要な情報があるけど、あなたには関係ないかもしれないわね」

ヨシノは読み上げた。

マンノームとの過去の戦いについて、サーク家視点でのこと。街中でマンノームとすれ違ったこと。サーク家からの提供で巨大な魔術装置を設置した貴族がいたが、それが破壊されたこと――マンノームがやったのだろうと結論づけている。

「……これは当たっているわ」

「ちょっと待て。アンタたちはサーク家絡みだろうと推測されれば、なんでも攻撃していたのか？」

「死傷者が出ない程度にはね」

「むちゃくちゃだな……」

「そうでもしないと、こちらもやられていたから」

ヨシノが言うには、「遠環（とおたまき）」のうち、腕利きであればあるほど不可解な死を遂げることが多かったという。

「迷宮の謎に迫りそうだった者が殺されたのだけれど……その答え合わせが、この本には書かれている。あなたが見つけた割り符も、『遠環』を殺したからこそ手に入れたのでしょう。この本はサーク家の魔術の歴史書であると同じく、サーク家とマンノームの因縁を記した血塗られた歴史書とも言えるわ」

皮肉っぽくヨシノは笑ったが、どこかつらそうにも見えた。同胞を殺した側の手記なんて読んでも楽しくはないだろう。

「……すこし休むか？」

ヒカルが聞くと、ヨシノは首を横に振った。

「あともうちょっとだし、読み切りましょう。あなただって先を知りたいでしょう？」

「……ありがとう」

「感謝するのはこちらのほうよ。これほど貴重な資料を手に入れてくれたのだから――里から外に出てみるものね」

ヨシノは本を読み進めた。

残りのページ数は、まだまだたっぷりあった――と思っていたのに、1ページめくり、1ページめくりしていくと、やがて最後の1ページになった。

「……『大穴』の研究が最後ね」

「『大穴』のことはサーク家も把握していたんだな……マンノームたちは、大昔のフナイの経緯もあり、知っていたのか」

「ええ。サーク家は『大穴』になにがあるのかまではわかっていなかったみたい。『大穴』の封印によって多くの迷宮が姿を消し、大迷宮もまた機能不全に陥り、改修に大いに手間取ったと書いてあるわ」

「……『大穴』を再封印すれば、また大迷宮は機能を停止するか？」

「ちょっと前までならそうだったでしょうね。迷宮は大地からの魔力を吸い上げていたから」

「つまり空中にある今は無意味、と」

こくり、とヨシノはうなずいた。

(こっちの手がかりもこれまでか)

ヒカルは、背もたれに身体をもたせ、目をつぶった。

途端に、疲労が押し寄せてきた。

ソアールネイはヒカルの一歩先を常に行っている感覚があり、それは日本にいたときからそうだった。異世界に対して無知を装って、ここぞというところで「世界を渡る術」を実行した。ヒカルも共にこちらの世界に来てしまったことは彼女にとっては誤算だったろうが、ヒカルが大迷宮へ戻ってくる前に「空を飛ぶ」というとんでもない手を使って逃げおおせた。

「……ごめんなさい。あなたの望む情報はないみたい」

ヨシノは、自分が悪いわけでもないのにヒカルに謝った。

なにか返事をしたかったが、ヒカルはなにも言えなかった。

人事を尽くしたというのに、粘って粘って情報を手に入れたというのに、あと一歩のところでソアールネイに手が届かない。

こんなことは初めてかもしれない。

なにをどうすればいいのかわからない——自分ががんばらなければラヴィアと再会することができなくなってしまう。

相談できる相手もいない。「世界を渡る術」は自分——前の身体の持ち主であるローランドの知識と、女王クジャストリアの手によって完成されたものだ。クジャストリアに聞いたところでわからないだろう。魔術をブロックしているのがサーク家の魔術だとするなら、サーク家を知っているマンノームにしか相談はできないが、マンノームの研究者であるヨシノが目の前にいて、すでにお手上げの状態なのだ。

八方塞(はっぽうふさ)がり、という言葉以外出てこなかった。

すさまじい徒労感。

だけれど眠りたいなんて思わなかった。

時間がない、と思った。

浮遊島がいつまでも聖都郊外にあり続けるとはどうしても思えなかったからだ。大迷宮の機能が停止して落ちてきたら、サーク家の魔術が解除されて「世界を渡る術」がもう一度使えるようになるかもしれない。だけれど、解除されなかったら？　真実を知るソアールネイが死んでしまえば、もう二度と魔術の秘密を知ることができない。

失望。

疲労。

焦燥。

それらがあわさって、ヒカルを苦しめる。

「また明日、再検討してみましょう。すこしは寝ないと」

「ああ……」

ヨシノも掛ける言葉がないのか、

「……おやすみなさい」

席を立つと部屋を出て行った。

圧するような静けさがあった。

その静けさに沈み込んでしまいそうだった。

自分がしっかりしなければ、と思うが、焦りのせいでなにをどうしていいのかわからない。

空を飛んでいるという単純な障壁なのに、それを乗り越える手段が思いつかないのだ。

魔導ランプの明かりはロウソクと違って一定なので、この部屋に動くものはない——と思っていたら、

「——ヒカル様？」

ポーラが目を覚ましていた。

「それ……なんですか？」

「……それ？　それってなに——」

キョトンとした声に振り返ると、ポーラが指差していたのは——ヒカルと、彼女のちょ

うど中間だった。

揺らぎがあった。

陽炎（かげろう）が立っているかのような空気の揺らぎだ。

次の瞬間——ぴしり、と。

その空間に一筋の亀裂が入った。

だけれど次の瞬間にはまるで何事もなかったかのように、亀裂も、陽炎も消えた。

「今のは——」

どくん、どくん、どくん、とヒカルの心臓が跳ねる。

「今のは……！」

ヒカルとポーラは、顔を見合わせた。

第54章　魔力結晶をめぐる冒険

アナウンサーが言った。

『東京の真ん中にまたしても現れた、異世界へと続く謎の亀裂。今回の亀裂は長く続くことなくすぐに閉じてしまったようですが、2回連続で発生したこともあり、「これまでのものとは違う亀裂ではないか」「さらに別の世界につながっているのではないか」といった意見も聞かれます』

『そのとおりです。亀裂の発生はもともと一定の周期があるとされていましたが、今回はその周期を完全に無視したものです』

『しばらく亀裂は発生していませんでしたね？』

『発生していなかったかもしれませんし、我々の知らないところで発生していたのかもしれません。実際、把握できていない異世界人らしき人物も取り沙汰されていますからね』

『藤野多町の事件ですね』

『これまで亀裂が発生した場所を多くの研究者が調査していますが、なんの成果もなく、痕跡も確認できていないのです。亀裂の発生は、その場所や土地に起因するわけではないと考えられますね』

『場所に起因しないとすると、なにが関係しているのでしょうか』

『やはり、人、のようです。実際に、最初の亀裂が発生したときには、ある人物のそばに出現していますからね。今回の2回の亀裂も、その人物のそばに出現したそうです』

『日本政府も当然そのことは……』

『把握しているでしょう。その鍵となる人物が首相官邸に呼ばれたという情報も入っています』

『首相といえば、一連の騒動を受けて、異世界に関する特別な機関を新設し、担当大臣として岡崎総務大臣を兼任として任命しました』

『岡崎大臣のキャリアを考えると適しているかどうかはわかりませんが、年末年始であろうと関係なく、すぐに行動を起こしましたね。先ほど申しました「鍵」となる人物をすぐに呼び出したのも岡崎大臣であるという話で――』

プツッ、とテレビのスイッチが切られた。

「はぁ……」

疲れたようにため息をついてソファに身体を沈めたのは葉月だった。

あれから――ラヴィアとともに亀裂に遭遇してから、1週間以上が経っている。クリスマスのイルミネーションどころか、家に籠もって新年を迎えることになった。

葉月のいるこの家はタワーマンションの一室で、街を一望できるのだけれど、カーテンを開ける気にもならなかった。

タワーマンションの周囲には多くのメディアが押し寄せている。葉月をカメラで撮影していればすぐにでも「亀裂」が現れるとでも思っているのだろうか？　地上だけでなく、ドローンも飛んでくるのだからプライバシーなんてあったものではなかった。

ドローンは一般人が使っていて、明らかに違法だった。警察は取り締まってくれているが、日本人だけでなく、日本の法律など知ったことではない外国人もいるので、次から次へとドローンが飛んでくる始末だ。

「東方四星」が帰ってしまったのも大きかった。

彼女たちが防風林となっていたからこそ葉月は平穏に暮らしていられたのに、いなくなってしまった結果、異世界案件はすべて葉月に回ってくるのだった。

首相官邸に呼ばれたのも事実だ。

首相と、異世界対策担当特命大臣の岡崎とが待ち受けており、根掘り葉掘りさまざまなことを聞かれた——もちろん、答えられることなんてなにもなかった。ほんとうに葉月はなにも知らないのだから。

——異世界への亀裂がいつ発生するかわかりますか。

——亀裂が発生する条件について心当たりは。

——あなたのそばにだけ亀裂が発生すると思いますか。

——田之上芹華さんのそばに亀裂は発生しますか。

——亀裂が発生する前兆はなにかあるのですか。

まるで葉月がなにかを「隠している」とでも言わんばかりに。

次の予定があるからと途中で首相が退席してしまっても岡崎の質問は続いた。筋肉質な体型で、眼鏡の向こうにヘビのような目をのぞかせている岡崎は一度もにこりともせず、油断のならない男だった。

「もう……どこに行ったのよセリカは」

鳴らないスマートフォンを見つめてつぶやいた。

この家は静かだった。

両親は、年末年始ということもあって国許に帰っている。こんな騒ぎに付き合わせるのは忍びないという思いもあり、葉月は両親を送り出した。

両親は両親で葉月を心配していたけれど、「勉強に集中したいから」と言ったら渋々了承してくれた。4月には葉月も高校3年生になるので、大学受験の準備はすでに始まっている。

「そういえばヒカルくんは受験するのかな」

そのとき、身じろぎするような音が聞こえた。振り向くとリビングのテーブルにはラヴィアがいる。彼女をひとりにはしておけないので——「東方四星」のマンションにいたらメディアの餌食（えじき）になってしまう——葉月の家に来てもらっている。

テーブルに置かれた本のページは、1時間前に見たときから変わっていなかった。

「………」

ラヴィアはずっとこの調子だった。

「世界を渡る術」によってヒカルが迎えに来てくれると信じていたのだが、その術は失敗した——そう見るのが正しいだろう。亀裂が開いたのにその先は漆黒の闇だったのだから。「失敗したので、もう一度チャレンジしてみよう」とでもいうように再度亀裂が開いたが、結果は同じだった。

そしてそれ以降は——一度も「世界を渡る術」は実行されていない。

どうして「世界を渡る術」が失敗したのか。どうして何度も実行してくれないのか。ラヴィアの心中を思うと、あまりに気の毒だ。

ヒカルは今なにをしているのか。

もしかしたら、ヒカルは「世界を渡る術」を使えないような状況……危険な状況にいるのではないのか。

そんな心配があったとしてもラヴィアはなにもできないのだ。

ポーラという友人が「世界を渡る術」を実行する手はずになっていると葉月は聞いた

が、それもなく、ただひたすら待つことしかできない。

ラヴィアの気持ちは——葉月にもわかる。似たような経験をしたことがあったからだ。親友のセリカが、タンクローリーの爆発事故に巻き込まれたあの日。防犯カメラには彼女が巻き込まれる姿だけが記録されていた。セリカの死体も、痕跡も、なにひとつ残らずに忽然と消えてしまった——だけれど事故に巻き込まれたことは事実なので、彼女は「死亡」扱いとなり、お葬式にも参列した。

悲しみが半分、「ひょっとしたらどこかで生きているんじゃ……？　でも自分に相談もなく姿を消すなんてことがある？」という期待と不安がない交ぜになった複雑な感情が半分。

結局、葉月の気持ちがようやく落ち着いてきたというタイミングで、セリカはひょっこり帰ってきたのだった。

「……ラヴィアちゃん」

葉月が隣に座ると、ラヴィアは虚ろな瞳を向けてきた。

大好きな本も読み進められないほどに、心ここにあらずだった。

「ごめんね、私はなにも力になれなくて……」

「い、いえっ……そんなことないです。葉月さんがいなければ、わたしはきっと、もっと取り乱していたと思うから」

ヒカルが急にいなくなり、ラヴィアは葉月に連絡を取ってきた。ふたりでいればきっとヒカルが「世界を渡る術」を使ってくれるはずだと思ったからだ——今はその希望が薄れているのだけれど。

「なにか他に、向こうと連絡をとる手段はないのかしら?」

「わかりません……わたしは、『世界を渡る術』についてはほとんど知識がありませんから」

視線を落とすラヴィアの肩に手を回して引き寄せる。元気づけてあげたいのだけれど、どうしていいのかわからない。

「そっか……。佐々鞍綾乃っていう人はこちらの世界と異世界とをつないだのよね?」

「はい。なにをどうやったのかは全然わからないんですけど」

「その人は異世界人だったということ?」

「わかりません、わたしの目には完璧に日本人でした……でも、向こうの言葉を使っていました」

ラヴィアは、綾乃がソアールネイ=サークであることを知らなかった。

「彼女の家を調べてみる?」

「え?」

「……異世界人だったとしたら、なにか証拠があるんじゃない?」

ラヴィアは目を瞬かせた。

「それは……考えてもみませんでした」

「ヒカルくんを信じて待つのもいいけど、私たちは私たちで行動するのも悪くないと思うの」

「そ、そうですね！」

ラヴィアの目に光が戻ってくるのを見て、葉月はホッとした。

人というのはやるべきことが与えられると安心するのだ――あのころ、セリカがいなくなった後、ぽっかりと胸に穴が開いた気がしていて、それを埋めるものがなにもなかった葉月にはよくわかる。

「えっと、でも……」

ラヴィアが真顔で言った。

「それって不法侵入……住居侵入罪に抵触しますよね……？」

葉月はにこりと微笑んだ。

「向こうは誘拐罪をやらかしてるんだから、しかも未成年のね。目には目を、よ」

「な、なるほど！」

なにがなるほどでなにをどう納得したのかはわからないが、ふたりは行動を開始した。

◇

新年早々とはいえ、社会は動いている。

社会が動けばニュースが生まれる。

報道が使命の新聞記者は、年末年始は輪番で出社することになっていた——いつもは人が忙しなく動き回っているせいで「このオフィスは狭すぎる」と言っていたその男も、がらんとしたフロアを見渡して、

「こんなに広かったっけ……」

と独りごちた。

日都新聞社会部記者の日野は、今日が当番なので出社していた。明日からは通常業務に戻るのでこのフロアはまた混み合うだろうが、今は自分を含めて4、5人しかいない——この静けさを楽しむべきかもしれなかった。

「……にしても、こいつはどうなってんだ」

日野が見つめているのはパソコンの画面で、そこには動画サイトが映し出されていた。

あの日——東京で2回の亀裂発生を撮影した動画。

1回目の亀裂はほとんど撮影されなかったが、2回目は違った。多くの人たちが注目していたし、スマートフォンを取り出していた人も多く、二桁を超える動画がインターネッ

ト上に拡散されていた。

その中のいくつかに、葉月が映っていた。

異世界へと渡る亀裂のそばにはいつも彼女がいた。

田之上芹華と、「東方四星」という異世界人が登場すると話題は完全にそちらに移り、葉月が未成年であることからも、彼女に関する報道は厳に慎むように政府からの通達があった。田之上芹華の報道に関しては本人が許諾しているので構わないとされていた。

葉月は亀裂が近くに出てくるだけの一般人であり、本物の異世界人や異世界を体験した日本人のほうがニュースバリューとしては大きい。葉月が注目されなくなったのも当然だが、今回は改めて彼女に注目が集まっている。

映像の中で葉月は、驚いた顔をしている。その驚きはきっと「どうしてすぐに閉じてしまったのか」という驚きだろうと日野は思っている。今までと違う亀裂なのだ。

それは亀裂の向こう側が漆黒の闇に沈んでいることからもわかる。以前の亀裂は、向こう側がうっすらと見えていた。

さらに、葉月のそばにいる人物。

マフラーで顔の下半分を覆っているが——これは間違いない。

「ヒカリちゃんだ……」

日野は考える。

「東方四星」以外の異世界人が出現したY県藤野多町で取材をしていた日野。彼の前に現れた、「ヒカリ」と名乗る少女は流暢な日本語をしゃべっていたのだが、日野はヒカリが魔法使いだと直感した。魔法使いの髪の色は銀色だったが、日野と会ったヒカリは黒髪だった。日野は、セリカのことがあるから、ヒカリもまた「異世界に行って戻ってきた日本人」なのだと信じた。でなければあんなに流暢に日本語を話せるはずがない！　魔法を使うときだけ銀のウィッグで変装しているのだろう。

日野は藤野多町でヒカリを追ったが見つけられず、その間に東京で2度の亀裂騒ぎがあり、大急ぎで戻ってきたのだった。

「ヒカリちゃんはいつの間にか東京に来ていた……しかも異世界と日本をつなぐらしい女子高生、葉月といっしょにいた」

葉月は話題になっていたが、ヒカリの話題はまったく出ていない。ネットを検索してもそうだ。だから、葉月のそばにヒカリがいたことに気づいているのは日野だけ、ということになる。

「なんとかして連絡取れねえかなぁ……政府のガードが堅すぎるんだよなぁ」

葉月に関する報道規制はもちろんのこと、取材もすべてNGという通達が来ている。岡崎大臣は総務大臣も兼任しており、メディアに対しても強くモノを言うタイプだった。さらに悪いことには、日野の務める日都新聞のOBである土岐河が汚職をやらかしており、

「今は目立つことをするな」と社主からの指示もある。

土岐河は財務大臣の秘書として、極秘情報を利用して藤野多町の土地買収を行っていた。藤野多町は、政府が推進する大開発が内定していた場所であり、いわばインサイダー取引のようなものだった。

不正が明らかになるや財務大臣は土岐河を解雇しており、土岐河は姿を消していた。疑惑追及の手は財務大臣にまで迫っていたが、新たな異世界人、2回の亀裂騒ぎのおかげで国民の関心はそちらに移っている。

「そのスクープ元があの佐々鞍だっていうんだからわからんもんだよな……」

腕組みした日野はイスの背もたれに身体をもたせた。大学時代にラグビーで鳴らした彼の肉体は、不規則な生活と運動不足によってだいぶだらしなくなっていた。

佐々鞍綾乃。

上品でおっとりとしていた彼女は日都新聞入社後、なんの間違いか、殺人事件や火事や交通事故を追いかける社会部に配属された。いつもおろおろしていてデスクから毎日のように怒鳴られていたが、あるとき事故か病気か知らないが入院することになり、職場から姿を消した。日野はまったく佐々鞍を意識していなかったので彼女がいなくなったことに気づいたのはその1か月後だった。同期入社だというのに。

そんな綾乃が、土岐河のスクープをすっぱ抜いたのだから驚きもいいところだった。最初その情報はここのデスクに持ち込まれたのだが、デスクはそれを握りつぶしてしまい、綾乃は外国メディアにタレ込んだ。外国メディアは報道する価値があると判断し、日本の汚職事件だというのに、第一報は海外発信となってしまったのだ——。

と、日野は思っている。

綾乃の陰で動いていたヒカルやラヴィアのことはもちろん知らない。

「佐々鞍は今ごろなにしてんのかな……まあ、ウチは辞めてどこぞのメディアに転職するんだろうな」

辞めたとは聞いていないが、いくら自分のネタを握りつぶされたにしても、他社にネタを持ち込んだのだ。日都新聞に弓を引いた以上は転職する覚悟だろう。

「……あれ、そういえば、ヒカリちゃんも佐々鞍のこと聞いていたっけ」

日野はヒカリとの会話を思い出す。土岐河のことやスクープをものにした綾乃のこと、綾乃が今どこにいるか聞いてきたっけ……。

「なんでヒカリちゃんは佐々鞍のことなんて聞いてきたんだ？」

藤野多町で起きた外国人による暴力事件。そこに魔法使いのヒカリが関与したのは事実で、その暴力事件は土岐河も関わっている。

「なんでヒカリちゃんは土岐河の事件に首を突っ込んだんだ……？」

日野はパソコンに、ヒカリに話しかけられた喫茶店で撮影した写真を映し出した。黒い服しか映っていないが、それはヒカリのものだった。

その写真の隣に、亀裂が発生したときの動画を表示する——一時停止する。

「佐々鞍……佐々鞍のことを知りたい、か」

日野はパソコンを閉じると立ち上がった。

「ま、考えることは俺の性に合わないな」

そうして彼はフロアを出て行くのだった。

◇

葉月とラヴィアが行動するにしても、まずタワーマンションを脱出しなければならない。すでにメディアによって取り囲まれており、岡崎大臣が「身辺の安全を確保するため」と警官を配置しており、彼らはマンションの廊下に24時間常駐している。「安全」と言われれば耳障りはいいのだけれど、実のところは葉月と、亀裂の出現を監視するためだろう。

警官に監視されたまま佐々鞍綾乃の部屋に不法侵入なんてできるわけもないので、まずは彼らに気づかれないようにタワーマンションを出る必要がある。

「じゃ、ラヴィアちゃん。まず私から行くわ。後は手はず通りに」

「は、はい」

葉月はマンションのカードキーを持って部屋を出た。

まるでホテルの内装のような廊下は、絨毯（じゅうたん）が敷いてあるので足音が立たない。静かだ。もちろん新年早々なので、帰省や旅行で留守にしている住人も多くて人気（ひとけ）がないというのもあるだろうけれど。

葉月はデニムの帽子をかぶり、シルエットの小さいダウンジャケットを着ていた。スキニージーンズにスニーカーを合わせているので、「お忍び芸能人」のように見えなくもないが「ちょっとそこまでお買い物」というふうにも見える。実際、葉月は手ぶらだった。

「ご苦労さまです」

と葉月が声を掛けた相手は制服警官だった。廊下の隅でひとりイスに座っている。若い男性で、こういう仕事を任されているのだから職位は巡査だろうか。葉月が歩いていくと向こうも立ち上がってきまじめそうな顔をするが、つい今、欠伸（あくび）をかみ殺していたのを葉月は知っている。

「お出かけですか」

彼が怪訝（けげん）な顔をしたのも無理はない。葉月のスケジュールは把握されており——という か提出するように大臣に言われたので「ずっと家で勉強してます」と伝えてあったのだ。出かける予定があるとは彼は聞いていない。

「コンビニに行こうかなって」

「なるほど。ではお供しましょう」

「はい」

マンションの1階にはコンビニが入っており、マンションの中からアクセスできるので葉月はそこで買い物をすることがよくあった。それ以外はスーパーや飲食店の宅配サービスを利用していた。

巡査を引き連れてエレベーターで1階に下り、コンビニで適当なものを買う。そうしてまた住居のあるフロアに戻る——その間、10分程度だ。

「じゃ、家にいます」

葉月は言って部屋に戻った。

「…………」

室内にラヴィアはいない。

この10分の間に、まず彼女に出て行ってもらったのだ。ラヴィアの「隠密（おんみつ）」スキルである「知覚遮断」は3あるので、かなりのレベルではあるのだけれど、ソウルカードの「加護」で補強していない。念には念を入れて、警官を一度引き離したのだ。

（あとはラヴィアちゃんが……）

葉月は玄関で耳を澄ませる……と、5分くらいしてから、

「――誰ですか」

警官の誰何する声が聞こえた。

いいぞ、始まった。

タワーマンションの通路はロの字型になっており、警官はその一角で葉月の部屋を監視している。葉月の部屋の反対側の角から、今ごろひょっこりとラヴィアが……フードを目深にかぶり、仮面を身に着けたラヴィアが姿を現したころだろう。

「――こちらの住人の方ですか」

警官は再度たずねるが、返事はない。

「――あっ」

ラヴィアは角に姿を消したはずだ。

しばらくすると、葉月の家のチャイムが鳴る。

「はーい」

葉月が出るとモニターには警官が映り、彼の声が聞こえてくる。

『不審な人物を見かけたので、確認してきます。私が戻るまでは部屋から出ないでください』

「はい、わかりました」

葉月はモニターをつけっぱなしにし、そこに背の高い棚を持って来てインターフォンの正面にタブレットPCを置き、自分のスマートフォンと接続する。

「うまくいきますように……！」

大急ぎで靴を履いて玄関から外へと出た。

警官はいない。

打ち合わせでは、ラヴィアは非常階段を通って下に向かっているはずだ。その隙に葉月はエレベーターへと急ぐ。

（早く来い来い早く来い……！）

ボタンを押すが、エレベーターはゆっくりとしかやってこない。その間、マンションの住人にも見られたくはなかったし、もちろん警官に見られたら計画はご破算だ。

エレベーターが到着するまでの1分が、葉月には30分に感じられた。中に乗り込んで地下1階を押すと降下を始めた。

地下1階に着くと、そこは駐車場だ。無機質なコンクリートの駐車場が広がっている。

ピンポーン。

スマートフォンから音が聞こえ、ドキリとした。

見ると、接続しているタブレットPCからだ。

『あれ？　いないのか……？』

制服警官の声である。

葉月は周囲を見回し、誰もいないことを確認してからスマートフォンを口元に持って行く――警官のぼやくような声がざらついて聞こえるのは、想定以上にここの電波状況が悪いからだろう。

「はーい」

『あ、いらっしゃいましたか。……なんか声がおかしいですね？』

「そ、そうですか？　そういえばスピーカーの調子がおかしいってお母さんが言ってたかも」

『なるほど……。先ほど不審な人物を見かけたとご連絡しましたが、本官の勘違いでした。問題ありません』

「そうなんですね」

『お騒がせしました』

「はーい」

それだけ言うと警官は去っていった。

逃げるラヴィアは階段の途中で「隠密（おんみつ）」を使って姿をくらませる。警察官は「見間違いか？」と思うという寸法だ。

「ふー……」

葉月がスマートフォンとタブレットPCとの接続を切ると、

「うまくいった？」

「うわあ!?」

誰もいないと思っていた真横から話しかけられ、思わず声が出た。

ラヴィアだ。

防犯上、非常階段からは各フロアに入れないが、フロアから非常階段に出ることはできる。そして1階と地下1階だけはカギが常時開いているのだった。

ちなみに言うと、エレベーターもカードキーをかざすことで自分の家があるフロアにだけアクセスできるようになっている。

「だ、大丈夫だったよ……っていうか早いね」

「ん。こんなに歩きやすい階段だったらすぐですよ」

とは言っても葉月の部屋があるのは地上20階ほどの高さだ。いくら下りとはいえ疲れそうなものだが――。

(これが異世界で鍛えられた足……！)

妙なところで感心する葉月だったが、実はラヴィアの「ソウルボード」は「スタミナ」に1が振ってあるのでこの効果が大きかったりする。

「じゃあ、地下駐車場から外に出ようか」

ふたりは無機質で静かな駐車場を歩き出した。立体駐車場も併設されているが、平置きの地下駐車場も50台ほどが駐められるようになっている。とはいっても、年始のこの時期はほとんどカラッポだった。

葉月はちらりと、天井にある監視カメラを見やったが、この脱出を録画されていたとしても警官が確認することはないだろう——警官は葉月が部屋にいると思っているのだ。外で問題さえ、起こさなければ。

ふたりは地下1階から地上に出るスロープを上がっていく。なるべく物陰を選び、注目されないよう急ぎ足で。

「——すげえな、あのテレビカメラって全部異世界関係の撮影だろ？　正月からご苦労なもんだ」

「——あーあ、俺も異世界に行きてぇなあ」

ふたりの男の声が聞こえてぎくりとしたが、ラヴィアに背中を押されて危うく足を止めずに済んだ。ふたりはちらりとこちらを見たが、葉月はスマホを取り出してそちらに夢中なふりをして歩いていく。

視線は葉月を追っていたが、やがてふたりの男は葉月を見なくなった。

（ふー……）

悪いことをしているわけではないのに、めちゃくちゃ緊張する。

「どうやってマンションに移動します？　電車？」

ラヴィアは「隠密」を使っているので平気な顔だ。こういうときに葉月は異世界の存在を実感する。

「電車は目立つから、歩いていこうかなって」

「いいですね。久しぶりに外に出たから楽しい――ちょっと寒いけど」

葉月とそろいのダウンジャケットを着たラヴィアはにこりと微笑んだ――同じ女性の葉月でも見惚れるほどに可愛らしい笑顔だった。

吐く息は白く、刺すような寒さに葉月は今さら気がついた。

「3駅くらいあるからね、結構歩くよ」

そう言いながら葉月は、自分のほうがよほど体力がなかったことを思い出したのだった。

3駅歩くともう完全に息が上がって、真冬だというのに汗までじっとりかいている。隣を見るとラヴィアは物珍しそうに街並みを眺めながら歩いているので、この散歩も十分楽しんでいるようだった。

ふたりはやがて「東方四星」の借りているマンションまでやってきた。ここにも「東方四星」目当てでメディアや異世界フリークが押し寄せていたのだけれど、「東方四星」が姿を消した今となっては周辺は閑散としている――代わりに葉月の住んでいるマンションに来ただけかもしれない。

巡回している警察の姿もない。

マンションのカギはラヴィアが持っているのでオートロックを開けて中へと入る。一度「東方四星」の部屋に寄ろうかとも思ったが、特に用事もないのでそのまま上の階へと向かった。

「ちなみにですが、葉月さん。どうやって佐々鞍さんの部屋に入るんですか？」

佐々鞍綾乃を調べることで、ヒカルの足取りを追うという作戦だ。綾乃の部屋に入らなければ情報は当然得られない。

「？」

きょとんとした顔で葉月が立ち止まる。そこは階段の踊り場だ。

「え……っと、佐々鞍さんの部屋に入るための魔法みたいなのがあるのかなって……」

すすーっ、とラヴィアが首をかしげた。

「そういう便利な魔法はありませんよ」

「え？　な、ないの？」

「あっ、そうか。部屋にはカギが掛かっているんですよね……」

「それは……そうなの。うーん、魔法でどうにかするつもりだった……」

「……………」

「ご、ごめん、私から発案しておいて」

「………………」

顎に手を当てて考えてから、ラヴィアは、

「魔法でどうにかしましょう」

と言って階段を上りだした。

ほっ、よかった、やっぱり魔法でなんとかなるのか――と思った葉月は、ふと、

「そういえばラヴィアちゃんってどんな魔法を使えるの？」

たずねながらラヴィアとともに階段を上りきり、ラヴィアの横に並んだ。

「『火魔法』です」

「あ、動画で見たよ」

藤野多町でマフィアを相手に使った魔法だ。

「あれは『聖』属性との混合魔法（ミックス）なので、完全な『火魔法』ではないのですが、ちゃんと燃える炎を、魔法で出すことができます」

「うんうん。他には？」

「他？」

「えーっと、ほら、佐々鞍さんの部屋に入るのに魔法を使うんだよね？」

「はい！　使います！」

「元気があってよろしい。それで、どの魔法を使うの？」

「『火魔法』です」

「………？」

今度は葉月が首をかしげる番だった。

「『火魔法』って、侵入に使えそうな魔法があるの……？」

「鉄製の扉なら焼き切ることができます」

葉月は頭を抱えて座り込んだ。想像をはるかに超えるバイオレンスな解決策だった。

「あ、で、でも、葉月さん。わたし、ちゃんと出力を抑えるから、このマンションを破壊するほどじゃないですよ」

「マンションを破壊できちゃうんだ……ラヴィアちゃんの魔法……」

思わぬ情報に葉月の頬は引きつった。

「う、うーん、そういう暴力的な解決はナシにしたいかも。ここはセリカが住んでるマンションだし、妙な痕跡があったら『魔法の仕業だ』ってなるよね？　魔法が危険なものだって思われたら、今までの友好的な空気がなくなっちゃって、『異世界人は管理しろ』っていう動きになるかもしれない」

「それは確かに……でも、どうします？」

「………」

葉月は腕組みしてから、

「……ここは、日本人としての悪知恵の見せどころかな」

「悪知恵？」

「ついてきて」

先に立って歩き出す。

佐々鞍綾乃の部屋は角部屋なので通路の端にあった。閉ざされた扉の前で葉月は言った。

「ひとり暮らしで、もしカギをなくしたらどうする」

「えっ、困ります」

「そうそう、困ってしまうよね。だから、そういうときのためにカギを隠しておいたりするのよ。たとえばポストの裏側とか――」

ポストは玄関のオートロックのところにあり、ここにはカギはなかった。

「……あとは電気メーターの上とか」

電気メーターはポストの近くにあり、そこにもなかった。

「……ていうか、隠せそうな場所が全然ないわね」

4階に戻ってきたが、カギを隠せそうな場所はない。

葉月の悪知恵はあっという間に没アイディアになってしまった。

「ただの高校生が空き巣の真似事なんて無茶もいいところだったのかしら……」

せっかくがんばってタワーマンションから抜け出して、3駅も歩いてきたというのに。

「あ。カギ開いてます」

「⁉」

ラヴィアがドアノブをひねると扉はあっけなく開いた。

「え……私の苦労って……⁉」

「シッ」

愕然(がくぜん)として膝から崩れ落ちそうな葉月に、ラヴィアは人差し指を立てた。

「……中に誰かいる」

「‼」

ラヴィアの目は真剣そのもので、油断なく室内を見つめている。

中に人がいるということは、佐々鞍綾乃が帰っているということ？　であればヒカルは？　——疑問が葉月の頭に湧き上がるが、それを口にすることはできなかった。

『——…………』

ラヴィアがなにかをつぶやいている。そして彼女の周辺に見慣れぬ燐光(りんこう)がちりちりと舞っている。

魔法だ。

なにかあったときにすぐに撃てるように、魔法の詠唱準備をしているのだ。

ゆっくりと扉を開き、十分な間隔が開くとラヴィアは滑り込むように室内へと入る。あわてて葉月もそれを追う。

「！」

足元を見てぎょっとした。飾りもなにもない玄関に置かれていたのは、男物の革靴だったのだ。これで、佐々鞍綾乃が帰宅しているという線は消えた。ラヴィアは魔力を漂わせながら先へと進む——当然、靴など脱がずに。

奥の部屋はカーテンが閉じられており、部屋の明かりが点いていた。

カタカタ……カチャ……とパソコンをいじっている人物は、こちらに背を向けている。やはり男だ。スーツ姿だが、身体はがっしりしている。葉月たちには気がついていない。なにかうまくいかないのか頭をガシガシと掻いている。

「！」

ラヴィアの身体から魔力が膨れ上がる——魔力そのものではなく、光によってそれがわかった。

「あれ？」

だけど次の瞬間、光は消えた。しかもラヴィアが「あれ」だなんて言ったものだから、葉月はあわてて彼女の腕を引いた——もちろん男がそれを聞き逃すはずもない。

ヤバい――。

「ッ!? 誰だ!?」

振り返った男に、

「わ・た・し・で・す」

ラヴィアは言った。

「――ヒカリちゃん……!?」

それは日都新聞の日野だった。

日野が新聞社の総務部で佐々鞍綾乃の住所についてたずねると、住所だけでなく、まだ退職もしていないという事実も教えてもらった。さらには「自宅へ行くなら私物をどうするか確認してきてください」という。どうやら入院で長期休職中に、デスクに残っていた私物を総務で保管していたらしい。

私物を見せてもらうと、そこにポーチがあり、中にはマンションのスペアキーがあった。異世界人を追うのに必要とあればスペアキーを一時拝借するくらい、日野にとっては些細なことだった。綾乃がいればそれでいいし、いなければ家捜ししようとすら考えたのだ。

これが一般人相手ならさすがにできないが、会社の同僚なら容赦はしない。退職していないという事実は、日野にとっては明確なゴーサインですらあった。

「ヒカリちゃんが佐々鞍を捜しているんなら、佐々鞍はヒカリちゃんに関する情報(ネタ)をつかんでいる可能性が高いと思ったんだ」

佐々鞍綾乃の部屋で、改めて向かい合った3人。部屋にはほとんど家具はないので、床に座っているだけだ。ラヴィアと葉月は改めて玄関で靴を脱いできた。
・・・ヒカリってなに……？　と葉月は思ったが、察するにラヴィアの偽名だろう。その名前の由来はわかりきっているが。
「同僚の家に忍び込んで調べるつもりだったんですか……？」

一通り事情を聞いた葉月が眉をひそめると、

「それを言うならヒカリちゃんと、葉月ちゃんのふたりもそうだろ？　まさかふたりがセットでやってくるとは想像もしなかったけど」

「わたしは、佐々鞍綾乃が何者か知っているから。だから調べることにためらいはない」

ラヴィアが割とハッタリ気味に言うと、

「何者……なんだ？」

日野がポケットから手帳を取り出した。ハッタリは効いているらしい。

「あなたは知らなくていいこと」

「お、おいおい、そりゃないよヒカリちゃん！」

「──でも、あなたがカギを持っていてくれたおかげで、こちらはドアを破壊しなくて済んだ。それは感謝している」

「お、おう……そんな感謝のされ方は初めてだぜ」

「そちらが情報をくれたら、こちらも情報を出す。それでどう？」

「！」

日野は目を見開いた。

「ありがてえ、願ったり叶ったりだぜ。ちなみにふたりの写真を撮っていいか？」

「ダメに決まってる」

「ちぇっ」

舌打ちの真似なんてしたが、許可されるとはさすがの日野も思っていなかったのだろう。言ってみただけ、という感じだ。

「わたしから聞く。佐々鞍綾乃の行方は今もわからないのね？」

「ああ、さっぱりだ。佐々鞍はヒカリちゃんのなんなんだ？」

「最初の質問がそれでいいの？」

「あっ……と」

日野は少し考え込んだが、

「……それで、いい。ほんとはいっぱい聞きたいことがあるんだよ。ヒカリちゃんがいつ異世界に行ったのか、とか、どうやって戻ってきたのか、とかさ。だけどヒカリちゃんと佐々鞍の関係を聞かないと、なにを聞いても頭に入ってこなそうでな」

日野はラヴィアを「田之上芹華と同じく、異世界に渡り、戻ってきた日本人」と勘違いしている。今もラヴィアは黒髪のウィッグと黒のカラーコンタクトレンズをつけているし。

「佐々鞍綾乃は敵よ」

「て、敵……？」

まったく想像もしなかったワードだったのだろう、日野は、

「どういう意味だ？　なんで佐々鞍がヒカリちゃんの——」

「質問は1回ずつ」

「くっ……質問の仕方をミスったか」

「次はこちらが聞く番。あなたは先にこの部屋を調べていたようだったけれど、なにか面白い情報はあった？」

「佐々鞍のパソコンを調べたんだが、さっぱりだな」

「——パソコンを調べたって、どうやって？　パスワードでロックされているでしょう」

横から葉月がたずねると、日野は親指でパソコンのディスプレイを指差した。そこには付箋が貼ってあり、英数字の文字列が書かれている。

「うわぁ……パスワードの管理として絶対やっちゃいけないヤツ……」

「そうなんだよ。女子高生の葉月ちゃんですら知ってるってのに、佐々鞍はよぉ……。とはいえ、まあたいしたデータは残っていなかった」

「………」

するとラヴィアは周囲を見回した。部屋の隅に置かれていたスケッチブックに気がつき、立ち上がってそれを拾い上げる。

「あー、それは落書きみたいだったぞ」

「落書き？」

と葉月が聞くと、

「ああ、定規で書いたような線が走ってるだけ。なんの書き込みもない。佐々鞍ってそういうのを書いてストレス発散でもしてたのかね」

「……魔術式」

スケッチブックを見たラヴィアが、ぽつりと言った。

「ん？　なんだって？」

「これは魔術式。佐々鞍綾乃が使った魔術だと思う——見覚えがあるから」

ラヴィアは吸い込まれるようにその図を見つめていた。

これは「世界を渡る術」だ。細かいところはさすがに覚えていなかったけれど、何度も見た魔術だから、わかる。

つまりこれがあれば――「世界を渡る術」を再現できる……。

そんなラヴィアにはお構いなしに、

「はあ⁉　佐々鞍が魔術ってどういうことだ⁉」

「ま、魔術⁉」

「…………」

日野と葉月がやってきて左右からのぞき込むと、確かにそこには線が描かれていた。定規で引いたように正確な線だったけれど、ところどころカーブがあったり円が描かれていたりする。それらが1本の線で描かれているのを見ると、これはフリーハンドで書いたということになる。

ラヴィアはじっと考え込んでいる。

「なんでこんなものが……？」

「たぶん、だけど、記憶が薄れないうちに書き留めておこうと思ったんじゃないでしょうか」

「ちょ、ちょっと待ってくれ。佐々鞍は……魔法を使えるのか？」

「…………」

ラヴィアがじっと見つめると日野はたじろいた。

もはや、お互いに1回ずつ質問をする、というルールは崩壊していた。

「……あなたは秘密を守れる人？」

「当然だ」

即答だった。

「だが、報道する必要がある内容は記事にする。絶対に守らなければいけない秘密——誰かの命に関わるとか、法律で保護されている未成年の情報とか、そういった内容であれば必ず秘密にする」

「……『報道する必要』があるのってどんなニュース？」

「佐々鞍が魔法を使えるのか、とか……。アイツが魔法を使えるのなら納得できることもあるんだ。料亭に潜入して土岐河の密会を撮影したとか、魔法でもなきゃ説明できない」

撮影はヒカルの仕業だったし、日野は魔法についていろいろと勘違いしているようだ。

でもそれはラヴィアにとって好都合だ。

「あとは……そうだな。日本国民の最大関心事は異世界がどういうもので、日本にどう影響するかだ。もしそこがわかるのであればニュースにしないわけにはいかない。でも、政治利用しようとする連中と取引したりはしないからそこは安心してほしい」

「わたしは、知っている情報を全部明かさないし、あえてあなたをミスリードするかもしれない」

「ウソをつくということかい？」

「いいえ」

「なら、善良な情報提供者じゃないか。新聞記者にほんとのことを教えてくれる人間なんてほとんどいないさ」

「……なるほど」

ラヴィアがじっと考え込む。その隣では葉月がハラハラした顔で見守っている——自分の前にいた可愛らしいラヴィアと、今、こうして新聞記者と駆け引きをしているラヴィアとが同一人物には思えなかった。

「それなら……よさそうね」

「よさそう——つまり情報提供してくれるのか!?　マ、マジか……!!　代わりに俺はヒカリちゃんになにをすればいい!?」

日野は、ラヴィアが皆まで言う前に前のめりになった。

「まず、条件があるの——」

ラヴィアは微笑みながら言葉を続けた。

その可愛らしさに一瞬日野は見惚れたが——ふと話を聞きながら、思ったのだ。この子はほんとうは小悪魔で、俺はただ惑わされているだけなのではないか……と。

それほどにラヴィアの話は、にわかには信じがたいものだったのだ。

◇

日都新聞社の仕事始めの日──社主による全社員への談話などがストリーミングで社内配信されたが、

「取材行ってきます！」

日野だけはコートをつかんで飛び出していった。

「……おい、田丸」

「はい、デスク」

社会部のデスクがカメラマンの田丸を呼び出した。

「お前なにか聞いてないか？」

「え？　なにをです？　箱●駅伝の結果ですか？」

「いつまで正月ボケしてるんだ。違う。お前の相方の日野のことだよ」

「相方じゃないっすけど……」

日野と田丸はコンビで動くことが多く、体育会系の部活出身のふたりは行動力だけは半端なかったために、「体当たりさせるならあのふたり」とか「21世紀にまだいたのか、こういう体力バカは」なんて言われ、ふたりまとめて扱われて「日の丸コンビ」なんて呼ばれていた。

年末に藤野多町にいた日野と田丸と社会部デスクの3人は、その後東京で起きた2度の亀裂発生のときに、その場にヒカリちゃんがいたらしいということで大急ぎで戻ってきたのだった。

それから年を越してしまい、今に至る。

だが日野の様子がおかしい――ひとりで行動している。

会社員である新聞記者がその行動を逐一デスクに報告しなければいけないわけではないのだが、それでも年始早々ウキウキと取材に出かけるのはおかしい。

「田丸」

「はい」

「日野を尾けてこぃ」

「えぇっ⁉　イヤですよぉ。なにが悲しくて日野さんみたいなむさ苦しい男を追いかけなきゃいけないんですか――いでぇっ⁉」

デスクの肘打ちが、横に立った田丸の脇腹に突き刺さった。このデスクも昔はラグビーで鳴らした男なので、パワーには自信がある。現役記者だったころはラグビーで鍛えた体力で取材相手に食らいついて離れないため、「スッポン」という異名をとっていた。

「わ、わかりまし、た……」

よろよろと田丸はフロアを出て行った――。

日野が向かったのは都心から電車で1時間という距離にある街だった。すぐそこが海なので、駅に降り立つとかすかに潮の香りがする。

「やあ、お待たせ」

駅前にいた少女に話しかけると、ラヴィアはぺこりと頭を下げた。

(めちゃめちゃ可愛い女の子に「お待たせ」なんて言える日が来るなんて思いもしなかったぜ……やっぱ働くなら新聞記者に限るよな!)

よくわからない納得と感動を噛みしめながら、近くのカフェに入った。

「今日はヒカリちゃんひとり? 葉月ちゃんは?」

「警官に見張られてて抜け出すのが大変だから、今日はわたしだけ」

ラヴィアひとりなら「隠密」で簡単に出入りできる。

「見張り……それって監視か? 許せねえな。記事にしてやろうか」

「別に。『東方四星』が戻ってきたら注意はそっちに行くはずだから今は気にしなくていい。それで――なにかわかったの?」

ラヴィアがたずねると日野は、

「ああ」

うなずいた。

今日は日野がラヴィアを呼び出したのだ。

「その前にいくつか確認があるんだけどいいか？　まず、取材の過程で知り得た情報についてはヒカリちゃんと相談して、内容によっては記事にしてもいい」

こくりとラヴィアがうなずいた。

「魔法は記事にしてオーケー、ただし人名については明かさない。そうだね？」

「ええ。わたしや葉月さん、この後に知りうる異世界人などの人物についてはぼかしてほしい。『東方四星』はどう書いてくれても構わない」

「お、おお……」

なぜか「東方四星」に手厳しさを感じるが、確執でもあるのだろうか？

実のところラヴィアとしては、確執というか、自分は日本に来てから大変なことばかりなのに「東方四星」の4人は散々日本を満喫していたらしいことが腹立たしいだけだったりする。

「ちなみに佐々鞍についてはどうだ？　記事にしてもいいか？」

「構わない」

「よし。まあ、実際には取材の過程でどこまで書くべきかは君たちに相談させてもらうかもしれないけど、そのときは頼むよ」

「ええ。――それで、今日わたしが呼ばれたということは、なにかわかったということなのよね？　佐々鞍綾乃の家で会った昨日の今日だけど」

「ああ。あれからほとんど寝ずに調べた甲斐があった」

日野はバッグからタブレットPCを取り出した。

「君が魔法を使うのに必要な魔力は、不思議な石……君が言うところの『魔力結晶』からも摂取できる。そしてその魔力は、科学では解明できない怪しげな光を放っている……そうだね？」

「そのとおり」

事実は、佐々鞍綾乃は藤野多町の御土璃山にあった魔力結晶を利用していたのだが、それを伝えると堂山老人に迷惑がかかるかもしれないので秘密にしている。

「それで、怪しげな光を放つ鉱石について調べてみた」

「……わたしが言うのもなんだけど、その程度の情報だけで調べることができるの？」

「『科学で解明できない』というワードをつければ、意外といけるもんだぜ？　新聞記者は調査能力にも優れていないといけないからな」

にやりとして日野が見せたのは新聞記事ではなく、なにか書籍か、雑誌のコピーのような画面だった。

「『離島の光が火事で消える』……？」

その島には夜になるとゆらゆらと怪しげな光が見えるという伝説があった。島は古くより近隣住民が「霊界への入口」とウワサしており、そこに近づく者もいなかった。

「島の周囲は波が荒くてな、小舟で近づくと転覆することもあって、そのせいで不気味な存在になっていたようだ」

日野は説明する。

「ただ、それも昭和初期までの話。ある人間が島に上陸して住み着き、そいつの失火で島が火事になると、怪しげな光も見えなくなったというわけだ」

「火事……」

「今でもそんな光が見えていたら、インターネットにも書かれるし、なんちゃらチューバーたちがやってきて撮影しまくるだろうけど、もうそのウワサはなくなってる。今じゃ、釣り人も訪れない寂れた離島だ」

「どうして釣り人は行かないの？」

「……そう言われるとそうだな。この島について調べても『釣果(ちょうか)ゼロ』とか書かれていて、人気はないらしい。一応所有者は東京都だ」

「東京都……」

「ああ」

「でも怪しげな光は消えてしまったのよね？」

「そうだな。火災によってなにか変質したのか、あるいは灰などをかぶって埋もれてしまったのか、そのあたりはわからん。だけど調べてみる価値はあると思わないか？」

「それは……確かに」

日野はタブレットPCをしまった。

「ま、考えるより行動だ。行ってみようぜ――この島に渡る船については手配済みだ」

「！」

だからこの駅に集合だったのか、とラヴィアは合点がいった。取材は彼の本業だからさすがに手際がいい――と思いつつふとテーブルを見ると、ミルクティーはほんの2、3口飲んだだけでまだまだ温かい。

「こんなにすぐ終わる話だったら、歩きながら話すとかでもよかったんじゃない？」

「……うん。まあ、取材ってことで経費で落とすから」

日野はコーヒーを飲みながら遠い目をした。

まさか、言えるはずがない。ただ美少女とお茶したかっただけ――なんてことは。

(ゴリラみたいな田丸を連れていたら怖がられてこんな役得、絶対あり得ないもんな……)

ふっ、と外を見た日野は、通りでこちらにカメラを向けている男に気がついた。

その男はカメラを下ろすと鬼の形相（ぎょうそう）で日野をにらみつけている。

「げぇっ、田丸！」

写真を撮られたということはデスクの指示だ、とぴーんと来た日野は、その写真がデスクの手に渡ったらマズい、追いかけなければ——と腰を上げたのだが、なぜか田丸はのっしのっしとカフェの中へと入ってきた。

「日野さん……」

「お、おう、田丸」

「抜け駆けとか、サイテーっすよ……」

いや、抜け駆けじゃない、これは仕事だ——と弁明をする前に、尾行されていたことを責めるラヴィアの視線が日野を貫いたのだった。

◇

バレてしまった以上はどうしようもない。田丸にも取材に同行してもらうことにした。

「お、俺が言うのもなんだがいいのか？　ヒカリちゃん」

「いい」

「すまん……。秘密を知ってる人間は少ないほうがいいに決まってるのだが」

「大丈夫」

ラヴィアの淡々とした回答に「うわあ、怒らせちまった……」と日野は意気消沈し、得意顔で歩いている田丸の足を踏んでやって
「なにするんですか⁉」

「バカ野郎、お前のせいだ！」

「日野さんが悪いんすよ！」

なんてワーワーギャーギャー騒いでいる。

だが、ラヴィアとしては、葉月に迷惑をかけないのであればどうでもいいことだった。

(……ヒカルと再会するのが最優先だから)

もし仮に自分の正体を明かすことで向こうの世界に渡れるのならば、ラヴィアは躊躇なくそうするだろう。取材攻勢にあっても平気でいられるだろう。

今ラヴィアがやるべきは、

(「世界を渡る術」の再現。それには魔力結晶が必要)

佐々鞍綾乃は魔術式を書かずに、空間に表示してその魔術を実行した。ラヴィアにそのやり方はわからなかったが、綾乃のマンションで手に入れた魔術式があればできるはずだ。

触媒をいくつも使うのが「世界を渡る術」なのだが、佐々鞍綾乃はたった1種の魔力結晶で行った。ヒカルの「世界を渡る術」によく似ているが、ちょっと違う魔術なのだろ

う。

　スケッチブックは葉月の家に置いてあるが、ラヴィアはコピーをいくつも作った。

　向こうの世界であれば手作業で書き写しが必要だが、日本では一瞬でコピーできるから便利なことこの上ない。

「ったく……田丸、お前勝手にヒカリちゃんの写真撮るんじゃねえぞ！」

　日野が言うと田丸はにこにことうなずいた。

「お前ほんとにわかってるんだろうな!?」

　やはりにこにことうなずいている。単に可愛い女の子と行動できるのが楽しい、というふうに。

「すまない、ヒカリちゃん。こいつはバカだけど人は悪くはないから……」

「問題ないわ。ところで乗る船ってどれ？」

「おお、そうだった」

　3人は駅から移動して港へとやってきた。歩いても移動できる距離にある港を、ラヴィアはきょろきょろ見回してしまう。向こうの世界の港は、リゾート地である「南葉島(なんようとう)」に行ったときに見たきりで、それとはまったく違う雰囲気だ。コンクリートで固められた岸壁にいくつもの船が係留(けいりゅう)されている。

　これほど整然とした港をラヴィアは当然初めて見る。

（高層ビルにも驚いたけど、日本人は海まで整えてしまうのね……でも、潮の香りは同じ。それが不思議）

ラヴィアを「日本人」と勘違いしている日野も田丸も、さっさと先へと進んでしまう。

「おーい、オッサン！　船乗せてくれ〜！」

「おお。日野の坊主じゃねえか。こんな冬に船に乗るなんて冗談かと思ってたぜ」

港に面した建物には船宿がいくつかあって、そのうちのひとつ、「忠海丸（ちゅうかいまる）」と書かれた船宿の主が日野の知り合いだったようだ。日に焼けた50歳ほどの男が出てくると、日野の肩をばんばんと叩（たた）く。

「そんで、今日は釣りじゃなくて取材だって？」

「そうなんだ。白雉島（しろきじじま）へ渡りたいんだ」

「白雉島ぁ？　なんだってあんなとこに行くんだよ。冬の間はキャンプにだって誰も行かないようなところだぞ」

「第2次世界大戦時の遺構をちょっとね」

「遺構か……お前、社会部じゃなかったっけ？」

ブツブツ言いながらも船長は船へと向かった。

「ええと、乗るのはお前と、そっちのカメラマンのふたりだな？　救命胴衣つけろよー」

「え……」

ふと振り返るとそこには誰もいなかった。「ヒカリちゃ――」と日野が言いかけたとき、

「……わたしのことは言わないでいい」

「!?」

少女が空気からぬるりと現れたかのように日野には感じられた。

「わたしを知る人は少ないほうがいいから」

「あ、ああ……」

これは「隠密（おんみつ）」の効果によるものだけれど、日野は驚きを隠せない。

「――よーし、出港するぞー」

漁船が煙を吐き出すと、潮の香りに煙のニオイが混じった。

冬の海は荒れており、船が走ると飛沫（しぶき）が上がる。1月の風は肌を切るように冷たく、3人はあわてて風の当たらない船尾へと避難した。

東京湾に浮かぶ白雉島は、港からもはっきりと見えている。横幅は最大で100メートルほどで、ぐるりと1周歩いても10分程度で済む。

船で20分も揺られれば白雉島へ到着する。

砂浜はないが、開けた土地があるので夏にはキャンプができるようになっている。とはいえ火気厳禁なので、花火や焚（た）き火はできないのだけれど。

さらには接岸できる堤防は1か所で、そこは半世紀以上も昔に造られたので崩れかかっ

ていた。島に渡る定期船なんてものはもちろんないので、こうして漁船に渡島を頼まなければならないのである。

船から岸壁に飛び降りたラヴィアはじっと島を見つめた。

「そんじゃ、帰るときには呼べよー」

「ありがとうございます！　電話します！」

港からは近いため携帯電話の電波は届く。

だけれどそれ以外は、電気も通っていなければ水道もない島だった。

ごつごつした岩肌に切り込むように歩道があって、鬱蒼と茂る森に続いている。訪れる者も年間で100人いるかどうかという島だから、歩道も荒れている。

「ヒカリちゃん？　どこだい？」

船を見送った日野と田丸がきょろきょろしていると、

「——こっち」

すでにラヴィアは森の入口に立っており、歩道を進み始めていた。

（……魔力の気配は……わたしにはわからない……）

目の前に精霊魔法石があるとか、藤野多町の御土璃山のように高濃度魔力結晶が洞窟の先にあるとかだったらまだわかるが、ヒカルの「魔力探知」のようなスキルでもなければ遠くにある魔力を探知することはできない。

（でも、ここに魔力の残滓があるのなら、見つけられるはず）

　幸い、島は広くない。もし仮に魔力結晶があるのなら、かつては港のある街から「怪しい光」が見えていたのだから、地表に存在するはずだ。

「ヒカリちゃん！　場所はわかるのか？」

　追ってきた日野にたずねられ、

「わからない。島全体を一通り探すしかない」

「なるほどな。ここは第2次世界大戦時の遺構があるから、そこも調べたほうがいいかもしれん」

「遺構？　そう言えばそんなことを言ってたけど……」

「ああ、太平洋戦争時代の遺物というかな、ここも基地だったんだ」

　第2次世界大戦については、日本の歴史を学んでいるラヴィアも知っている。

　こちらの世界の歴史を感じてラヴィアは一瞬足を止めてしまう。

「俺たちがいるこの歩道を行くと、島の頂上の広場につながるんだが、そこに通信所の跡地がある。島の反対側にはトンネルがあって、その奥はコンクリートで固められていて、高射砲が設置されていたらしい」

「え……」

「ん、どうしたんだ、ヒカリちゃん」

ラヴィアはハッとして走り出した。

「お、おい、ヒカリちゃん？」

ラヴィアは、気づいたのだ。

この白雉島は山火事によって焼けたが、それは昭和初期のこと。その後、第２次世界大戦があって基地として機能していたのなら――地面を掘り返されたということだ。

もし仮に火災によって灰をかぶったりして魔力結晶が地中に隠れたのだとしても、地面を掘り返したら発見されているはずだ。

（魔力結晶は、もう、ないんじゃ……!!）

島の頂上の広場はさほど広くなく一面の草原になっていた。キャンプをするにも、いいところ５組が限界だろう。

一か所にコンクリートの土台があって、それが通信所の跡地だったようだ。

「ヒカリちゃん、どうしたんだよ!? そんなに焦って」

「……魔力結晶は、ここにはない」

「そ、そうか……」

コンクリートの土台に立つと周囲を見渡せる。木々の向こうに海が見えていて、鳥の鳴く声が聞こえた。のどかだった。

「港から『怪しげな光』が見えたのなら島の頂上か、港に面した側に魔力結晶はあるはず。だけど歩道沿いにはなかったし、この頂上にはない……」

「……それは、そうだな。かつての日本軍が破壊したのかもしれん……」

さすがに日野も、掘り返された可能性に気がついたようだ。

「ちょっと～、ふたりとも早いよ！」

汗をかきながら追ってきた田丸がようやく合流した。彼はかなりの重量の撮影道具が入ったバッグを持っているので大変そうだった。

「どうする？　高射砲の遺構くらい撮影します？」

「バカ。軍が掘ったところにめぼしいなにかが残っているわけないだろ」

「え、ええ……？　一応なんか撮影したほうがよくないっすか？　アリバイ作りっていうか」

「――行ってみる」

ふう、と息を吐いてラヴィアは言った。

「どのみち島は全部くまなく探してみるつもりだったし、遺構にも興味があるから」

「ほら」

「『ほら』じゃねーんだよ。お前に言われると腹が立つわ」

「いでっ!?　暴力反対！」

ひじ鉄を食らって田丸がうめいている。奇しくもそれはデスクに打たれた場所と同じだった。

そんなふたりに構わずラヴィアはさっさと進む。ここに至るまでの歩道で、脇に逸れる道があったのを覚えていたのでそちらに入ると、そこには荒れた歩道があった。

すぐそこで森は終わっていて、海が見える。5メートルほどの高さの崖になっているようだ。

島の外周に沿ってぐるりと歩いていく——港から見て島の反対側へと向かう。反対側へ行けば行くほど、魔力結晶がある確率が低いということはわかっているが、それでもラヴィアは目を皿にして探している。

ラヴィアの鬼気迫る集中力に、日野も田丸も無言で続いた。

「……ヒカリちゃん、あれが遺構だ」

荒れた歩道の終点は遺構だった。岩壁に掘られたトンネルがあって、暗い口を開けている。20メートルほど奥で行き止まりになっていて、射撃用の窓がトンネルの外へと向けて造られていた。

高射砲の運搬に必要だからか、横幅の広いトンネルで、足元と壁はセメントのようなもので固められていた。ぽっかりとした空間の最奥で、射撃用の窓から柔らかな光が降り注いでいる。

波の音だけが聞こえている——静かだった。

「……ハズレ、か」

改めて言うまでもない。ここにはなにもない。高射砲も撤去されているので正真正銘のカラッポだと日野は思った。

「…………」

でも、ラヴィアは違った。

「この壁」

じっと、塗り固められた壁を見つめていたのだった。

「向こう側になにかがある」

「!!」

「!?」

ぎょっとした日野と田丸だったが、

「そ、そうか。この壁は掘削した後に塗り固めたものだから、壁の向こうに空洞があったとしてもおかしくない……！　旧日本軍がここを掘り返したのなら魔力結晶はとっくになくなっているだろうと思っていたが……よくよく考えたら魔力結晶が『消失』するなんてことはない。どこかに保管するのも十分あることだ。それが同じ島内なら移動も簡単だ！」

そこまで言ったところで日野は、

「ヒカリちゃん……でも、どうしてわかったんだ？」

ラヴィアが振り返った。

「魔力の気配を感じたから――わからない？　これだけ近くに来たら、スキルがないわたしにだってわかる」

今度こそ日野は言葉を失った。

魔力結晶――その存在を聞かされたときから「実在したらスクープだぞ。いや、スクープなんて生やさしいものじゃない、この世界にも魔法があることを証明してしまうことになる」とか考えていた。そしてその実在を確かめるためにこうして行動してきた。

だけれど心のどこかで――「あるわけがない」と思っていたのかもしれない。

これだけ科学によって成り立ってきた地球において、魔力結晶なんてあるわけがないと。

もしあったとしても、謎の鉱物、蓄光しているだけの鉱物なのだろうと思っていたのではないか。ちゃんと調べれば科学が鑑定してくれる鉱物であると。

でも、それは大きな間違いだった。

日野の知らない「魔力」が今、壁一枚隔てた向こうに実在している。

「ど、どうします、日野さん。壁を壊すとなったら地権者に連絡して……いや、遺構の管理って東京都でしたっけ。国？」

「あわてるな、田丸。この島の様子を見ただろ。この遺構を見に来る人間なんて年に何人いるかってくらいだ。一度港に戻って、ツルハシを持ってこよう」

「え、ええっ⁉　壊す気ですか？」

「遺構の調査は完全に終わってるし、もし壁が壊れてても『ああ、時間が経ったから壊れたんだな』って思われるだけだ」

「でも撮影するんでしょ？」

「するわけねえだろ」

「ええ⁉」

「――下がってて」

「え？」

「え？」

ふたりは、ラヴィアの周囲にきらきらとした光が集合してくるのを見てぎょっとした。

『我が呼び声に応えよ精霊。原初の明かりたる焔も て、焼き尽くせ』

それは異世界の言語だったので日野と田丸にはわからない。

だが、なにかヤバいことが起きるのはわかった――なぜかと言えばラヴィアの目の前に魔法陣が現れ、そこからバスケットボール大の火球が出現したからだ。

「逃げろ、田丸！」

「もう逃げてます！」

ゴウッ、と風を切って火球が壁面に直撃すると、壁を破壊して火の粉が飛び散った。熱によって膨張した空気が吹き荒れ、

「うわおあああ⁉」

「ごふっ」

日野が前のめりに転がり、田丸は飛んできた石つぶてを脇腹に食らって悶えた。奇しくもそこは、先ほど日野からひじ鉄を食らった場所だった。

「ま、魔法……これが、魔法……⁉」

でんぐり返しに失敗したような、自分の股ぐらから天地逆さまに見ているような状態で日野は呆然とつぶやいた。

もうもうと砂埃が上がるが、その向こうに少女は立っていた。

そして彼女は、

「——あった」

とつぶやいた。

ラヴィアは歩き出した。

砂埃をかき分け、砂利を踏んで。

飛来した礫が手の甲を切っていたけれどそんなことまったく気にもせず。

壁の向こう——ぽっかりと開いた空洞に積み上げられていた、蛍光グリーンに光る鉱石

の山へと向かって。

これはまさに、御土璃山で見つけた結晶と同じだった。

「マジ、か……」

「…………」

でんぐり返しに失敗した日野、脇腹を押さえた田丸は呆然(ぼうぜん)としていたが、そんな彼らに
ラヴィアは振り返って言った。

「思っていたより多い……。これを持って帰るから、手伝って」

有無を言わせぬその姿に、日野と田丸はなにも言えずただうなずいたのだった。

エピローグ　はるか遠く離れていても

「今のは……！」

ヒカルとポーラは、顔を見合わせた。

「『世界を渡る術』……!!」

目の前で、ほんの短い時間だったけれど発生した亀裂は間違いなく「世界を渡る術」の痕跡だった。

それがなぜ起きたのか——決まっている。

「ラヴィアが、やったんだ。日本で！」

ソアールネイが御土璃山でやってみせたように、日本からこちらの世界とをつなげることは不可能ではない。むしろソアールネイが魔法ではなく魔術を使ったことから、誰でもできる類（たぐい）のものだ。ただ今は、世界を包み込むように展開している魔力の網によって「世界を渡る術」は成功しない。

だから亀裂が現れただけだった。

それでも、ヒカルには——十分だった。

「ラヴィア……君も、君にできることをやろうとしているんだね……」

日本ではラヴィアが、大量の魔力結晶を持ち帰り、葉月のタワーマンションで「世界を渡る術」の実験を行っていたのだが、そこまではヒカルにはわからない。

でも、遠い日本でラヴィアが行動を起こしている——それがわかっただけでヒカルは勇気づけられた。

打つ手なし、と思っていたヒカルの心は今燃え上がり、徹夜したとは思えないほどに身体は活力にあふれた。

「ポーラ。やれることを考えよう。前提条件を全部忘れて、いったん僕らが採れる手段を全部書き出すんだ」

「は、はいっ！」

とうなずきかけたポーラだったが、

「あの……ヒカル様」

「うん？」

「ヒカル様は、空に浮かぶ島に行きたいんですか？」

「そうだよ。それができれば苦労はしないんだけどね……」

シンプルな解決策が空を飛ぶこと。

だがその方法は、多くの人々が考えているが思いついていない。

「でしたら……あの、見当外れのことを言っていたら申し訳ないのですが」

「なに？　なんでも言ってみて。今は藁にもすがりたい気持ちだから」

「は、はい、では言いますね。その……ヒカル様は以前、空を飛んだことがありますよ……ね？」

「……え？」

　次の瞬間、

「ああああああああああっ！」

　ヒカルは叫んだのだった。

◇

　ふぁー、と大きな欠伸がソアールネイの口からこぼれた。

「うーん……正確なコントロールはかなり難しいけど、とりあえずはこれで動かせそう……かな。嵐とか来たらこの浮遊迷宮はどうなっちゃうんだろ。まあ、なるようになるか」

　迷宮を浮かせた巨大なエネルギー核の足元でパネルを動かしていたソアールネイだったが、浮遊が安定したのでその部屋を離れ、居住区画のベッドにばたんと倒れ込んだ。

「あー……どうしよっかな」

この「ルネイアース大迷宮」は以前ヒカルが気がついたとおり、自然が循環するようになっている――各フロアがビオトープのようになっている。

そのため、ソアールネイは食べるものに困ることはない。

理論上は何千年も生きていける。先に寿命が来るけれど。

手を伸ばして、水差しを手に取る。口をつけて直接飲むと、変なところに入って思いっきりむせてしまった。

「ごほごほっ……『咳をしてもひとり』、か」

この大迷宮にいるヒト種族はソアールネイただひとりだった。多くの生き物が棲息しているが、人語を解するのは彼女だけということである。

魔術の探求者であるサーク家一族は孤独への耐性が強かった。研究を邪魔するくらいなら親族すら近くにいないでほしいと願っていた。

そのせいで一族の人数は徐々に減り、最後のひとりがソアールネイなのだった。

「ま……別にいいけどね」

ソアールネイは自分がここで死んだあと、空飛ぶ大迷宮がどうなるのか、わからなかった。わかる必要もなかった。自分がサーク家最後のひとりになっても別に構わないと思っていた。

かつて先祖は、「研究を継続してほしい」という一心で家族を迎え、子々孫々に受け継いでいった。

孤児を連れてきて結婚相手とした者もいた。

遺伝子レベルで研究バカが刻まれているのではないかと思うほどに、サーク家の祖先は徹底しており、それについていけないと思った家族が大迷宮から抜け出していくこともあったらしい。

「まあ、生きてるうちにやれることとやっちゃわなきゃなー。えーっと、私が研究してたのは……」

指折り研究対象を数えていく。どの魔術も研究しがいのあるもので、この世界の人々が「夢物語」と思うような内容ばかりではあった。

「研究以外には……」

頭に浮かぶのは、銀の仮面を着けたあの少年である。

「……アイツに吠え面をかかせてやりたい」

この「ルネイアース大迷宮」を、おとぎ話にすら語られるサーク家の最高傑作を、事もあろうに無視して立ち去ったあの少年だ。

「許さない……！」

迷宮を浮上させたのだって仮面の少年への当てつけのようなものだった。「お前が興味を示さなかった迷宮は、これほどすばらしいものなのだ」と見せつけるために。

だけれどソアールネイの鬱憤はまだ晴れていない。

「どうしようか……人の街にいるはずだから、片っ端から街を燃やしていこうかな」

上空の迷宮から火の雨を降らせるところを想像して、ソアールネイはにやにやした。

「マンノームの里を見つけて、それを壊すってこともできる。まあ……探すのは面倒だし、見つけたらそのときでいいか」

マンノーム種族からしたら「宿敵」であるサーク家だったが、ソアールネイからすると「敵陣営のひとつ」くらいの認識だった。

というのも、マンノームは種族全体でサーク家と戦っているのに、サーク家は、多いときでも数十人、今となってはソアールネイただひとりしかいないのだ。脅威の度合いのバランスが合っていない。

「なんでもかんでも『魔術はダメ。ソウルが至高』って言ってくる連中は腹立たしいけどね……ふぁぁ」

そこでソアールネイは大きな欠伸をした。

「ちょっと寝ようかしら……しばらく寝てなかったし」

迷宮浮上以来、食事を取ったり仮眠することはあったけれど、それ以外は浮遊のコントロールに時間を費やしてきた。

浮遊する「ルネイアース大迷宮」は安定している。

ソアールネイは目をつむると、すぐに眠りに落ちたのだった。

そのころ——迷宮のエネルギー核は静かに光を放っていたが、コントロールする主がいなくなったことで少しずつ、ほんの少しずつ、変化が生まれていた。

◇

マンノームの里にある議場は、ふだんは——「ふだん」といってもこの数十年ほどは——長老と「侍錐」だけが集まって、里に関する議題を検討する場だった。

だというのに今は、「究曇」の研究所長、「肥星」の農地代表、「匠角」の親方、「轆点」の工房長、それに「遠環」たちが着席しているので、議場はすさまじく狭く感じられた。

「これだけのメンツが集まるのはクインブランド皇国が荒れたとき以来か」

頭の禿げ上がった、筋骨隆々の「肥星」農地代表が言った。

「あんときゃなぁ、『遠環』のウンケンがケリつけたんだっけよお。まあ、テメーのケツはテメーで拭いたってこったろ。もともとクインブランドがおかしくなったのも『遠環』内部での分裂が原因で、あの国をコントロールできなくなってたのが原因だ」

農地代表とは真逆で、枯れ枝のような腕を組み、頭にねじりハチマキをした「匠角」の

親方が言うと、

「も、もう、昔の話はいいでしょう。げ、現役の『遠環』たちも困るだろうし……」

このマンノームの里において珍しく太っていて、顔を手ぬぐいで拭き拭きしている「轆点」の工房長が言った——彼は、与えられる給料すべてを甘味に注ぎ込んでいるという変わり者である。

里では、食材をはじめ、あらゆる物品が里から支給されるし共有財産ではあるのだけれど、自分で自由に使える給料もわずかにあって、工房長はそれをせっせと貯めて「遠環」が持ち込む甘味と交換しているのである。

「いえ、自分たちは……」

と、「遠環」が戸惑っていると、

「議論を始めましょうか」

とそこへ、「侍錐」を連れた長老たちがやってきたのでますます議場は狭くなる。

「今日、皆に集まってもらったのは他でもありません。『遠環』がもたらした『ルネイアース大迷宮』の浮上についてです。詳しく話しなさい」

大長老が言うと、「遠環」のひとりが小さく頭を下げた。

彼はライガとともに聖都アギアポールにいた「遠環」であり、名はライクンである。

ライクンの口から、彼の目が見たものが改めて語られるとその臨場感に議場がどよめく

――「遠環」は見たものを伝えることが仕事であるから、現場の描写は得意だった。

にわかには信じられないという空気だが、それも無理はないだろう。

迷宮が浮上する――そんなことは前代未聞だった。

マンノームは山中に生活しており、地下の構造物、それこそ「迷宮」のようなものには理解が深かった。

だけれど空は別だ。空は届くことのない場所であり、「神」が住まう。マンノームに限らず多くの種族はそう考えている。

「サーク家は神になろうとしているのか……!?」

農地代表が言った一言が、場をさらにざわつかせた。

「……静粛に。我ら、里を代表する者たちが浮き足立ってどうするのです」

大長老が言うと冷静さを取り戻すのだが、

「とはいっても、空を飛ばれたらどうしようもないぜ。いつかこの里だって見つかるかもしれねえ……」

親方が苦々しそうな顔で言った。

「我らが偉大なる祖先は、こうなることを見越していたのかもしれません。……研究所長、例のものを使えるようにしてください」

「……わかりました」

髪が逆立ち、顔を赤くしている赤鬼のような「究曇（きわむるくもり）」の研究所長が言った。研究所長は、そういえばここに来てから一度も口を開いていなかった。

「例のもの？」

この場にいるほとんどの者が、大長老が指示した内容をわかっていない。研究所長は集まった視線にうなずき返した。

「これは、『究曇』でも俺を含めた3人しか知らんことだった。それ以外には長老たちだけだ。なぜなら、知る必要がないことだからだ……里の非常事態にしか利用されない情報。利用されるべきではない情報だ」

その真剣極まる語り口調にマンノームたちがごくりとつばを飲み込んだ。

「『黒楔（こくせつ）の門（もん）』、『魂魔天秤（バランサー）』といった、太古の遺物があるな？　だが、実のところ皆の知るものだけではなく、他にもあるのだ。ただしそれらは危険であるがゆえに、ほんとうに必要になるときまでは隠してきた……つまり、『大迷宮の所在地が確定したとき』に使われるべきものだった」

その「とき」は今なのだと全員がわかっていた。

大迷宮は空にあるのだ。これほど所在地がよくわかっているのはマンノームの長い歴史でも初めてのことだ。

「遺物の名は『星白（せいはく）の楔（くさび）』。そしてこの遺物は、我らマンノームにとっての決戦兵器だ」

◇

聖都アギアポールの郊外にある中央連合アインビスト軍の天幕。

明け方——茜色(あかねいろ)に染まった東の空に、紫色の雲がたなびいている。吹き抜ける風は涼やかで、湿った空気を運んでいた。

「くぁ……退屈ったらねえな」

盟主であるゲルハルトが天幕の外へと出てきたのはそんな時間帯で、彼は死にかけたがゆえに医者から絶対安静を言いつかり、さらには酒も厳禁なので寝ることしかできず、明け方に目覚めてしまったというわけだった。

「ったく、忌々(いまいま)しい迷宮だぜ」

空を見上げればそこに浮遊する島がある。

目につかないわけがない。ゲルハルトは島を見上げる位置にいて、黒々とした岩盤がそこにはあるのだが——。

「あん？」

ふと、気づく。

「……動いてねえか？」

昨日、寝る前に見たときより、北に──聖都から離れる方向に移動している気がする。

「おい、誰かいねえか！　島が動いてんぞ！　見張り！　おい！」

「ど、どうしたんすか、盟主。島はずっとあのまんまっすよ」

夜通し哨戒していたらしい獣人兵がやってきたが、彼は「動いていない」と言う。

「バカ野郎。お前はずっと見てたからちょっとした変化がわからねえんだろ」

「え、ええっ？　そんじゃ、俺に聞いてもしょうがねえんじゃ」

「──おい、ジルアーテ、起きろ！」

ゲルハルトが近くの天幕に乗り込んでいくと、

「……ふぇ？」

寝床に起き上がったジルアーテは、

「ちょ、ちょっと！　盟主⁉　勝手に入ってこないでください‼」

薄手のシャツにショートパンツという服しか着ていなかったジルアーテは顔を赤くするが、

「島が動いてんだ！　お前も見ろ！」

「──えっ」

ジルアーテはサンダルをつっかけて天幕の外へと出た。

彼女も見上げたそこには島が浮いているのだが、

「どうだ？」

「……言われてみると、動いているように感じます。距離にして１００メートルもないと思いますけど」

ジルアーテも同じように感じ取った。

「風に流されたってことか……？　わからねえが、とりあえず、聖都方面じゃなかったのはラッキーだな」

「ですが盟主、北に行くと商業都市があります。そちらでの獣人解放はまだまだ進んでいません」

「チッ、そこに落ちたら被害はとんでもねえな——いったん地図を確認するぞ！」

「はい！——って、盟主！　まだ絶対安静じゃないんですか⁉」

「うるせえ！　戦わなきゃいいんだろうが！　お前もさっさと来い！」

ふたりは作戦本部のある天幕へと向かったのだった。

夜が明けてはっきりと浮遊島の移動が確認されるや、その情報は聖都アギアポールの「塔」にいる教皇ルヴァインにも届けられた。

そうして「塔」は大騒ぎになったのだが——同じころ、聖都に駐在しているマンノームの「遠環（とおたまき）」ライガもまた、島の移動に気づいていた。彼も黒楔（こくせつ）の門（もん）を通って急いで里に戻った。

◇

アインビスト陣営も、アギアポールの「塔」も、マンノームの隠れ里も大騒ぎになっているころ——ヒカルはすでに「ルネイアース大迷宮」から遠く離れた場所にいた。

「うぅ……朝からアレはキツいわ……私、ほとんど寝てないのよ……？」

げっそりしていたのはヨシノで、彼女に肩を貸しているのがグランリュークだった。

「シルバーフェイス様も大丈夫ですか？」

「ああ、おれは大丈夫だ。ていうか……ヨシノも、グランリュークも別に来なくてもよかったんだが」

ポーラに心配されたとおり、ヒカルもまた寝ていなかったけれど、それでもしっかりとした足取りで歩いていた。

それは「やるべきこと」が見つかったおかげかもしれなかったし、遠い日本の地でラヴィアが「世界を渡る術」を使ってくれたことに勇気づけられたせいかもしれない。

「そう言わないでくれ。大体、私とヨシノがアギアポールに残っていてもやれることは少ない」

「まあ……ヨシノには感謝してるけどな」

「ルネイアース大迷宮」の最深部にあった文書を解読できたのはヨシノのおかげだ。そこで得られるものが少なかったとはいっても、ヨシノに感謝こそすれ、邪険にはできないし、「隠れ里に帰れば？」なんて言えない。

「だけどさ……おれがやろうとしてることは、結構危険だからな？」

「わかっている」

「え、ええ……私も、危険だとわかっていても、『究曇』の研究員としては興味があるわ。あの浮遊島に渡る方法があるっていうなら……」

「――この部屋だ」

今、ヒカルたち4人はポーンソニアの王都に戻っていた。寝不足の状態で黒楔の門を使うといつも以上に吐き気がとんでもなかったが、それでも、一瞬でアギアポールからポーンソニアの王都に戻れるのであれば、使わない選択肢はなかった。

黒楔の門を開くのに使う割り符は、ヨシノが持ち出したものを使った。迷宮で見つけた、炭化した割り符はまだ復旧させていないので、これが活躍するのはもう少し先だろう。

「一応、言っておくけど、汚したのはおれじゃないからな……」

「？　どういうこと……」

きょとんとしたグランリュークだったが、荒れ果てた室内を見て、「なるほど」というなずいた。

そこは「東方四星」のアパートメントだ。彼女たちは聖都アギアポールを出てこちらへ向かって移動中だが、まだ到着していないようだ。片づけが終わっていないので相変わらず散らかったままだが、それを避けて奥の部屋へと行く。

ヒカルの目当ては、自分の荷物だった。

冒険者として活動していたときの荷物のあれこれで、日本に行くのに必要ないものはすべてここの空き部屋に置いてあった。

「――あった」

ヒカルが取り出したのは、ラヴィアの杖だ。

「それは？」

詳しいことを知らされず、ついてきたグランリュークが聞いてくる。

「空を飛ぶのに必要なものさ」

ヒカルは答えた。

先ほどポーラから「以前空を飛んだことがありますよね？」と言われてヒカルは、思い出したのだ。

一度だけ――そう、たった一度だけ空を飛んだ。

巨大な生き物に乗って。

「この杖に彫られた溝がわかるか？　ここに巻き付いている細い繊維状のものは？」

「見えるが……なんだ、これは？」

「龍の毛だ、たてがみの」

「龍……？」

　グランリュークがキョトンとして、

「おとぎ話の龍？　神話に出てくる？」

　ヨシノが言葉を補ったが、疑わしそうな顔だった。

「その龍だよ。おれは以前、龍に乗った」

「!!」

「!!」

　マンノームのふたりは驚き、ポーラはうんうんとうなずいている。

　ポーラも見ているのだ、龍が飛ぶところを。それは彼女の故郷であるメンエルカ――王都からさほど遠くない村にあったダンジョン。その最深部に捕らえられていた龍が解き放たれて空へと飛んだ。

　その龍はここ王都ギィ＝ポーンソニアまで飛来して、国王の退位を迫った――そのすべてがヒカルが指図したことだと、ポーラも後になって聞いていた。

「あの龍……火龍を呼び出すんだ」

火龍がいれば、浮遊島への接近もたやすい。しかも言葉が通じる。
問題はどうやって呼び出すか、だが――。
（やってみるしかない。それがいちばん確実で、いちばん手っ取り早い方法だ）
ヒカルは杖を握りしめた。
ラヴィアが使っていた杖――その先には、ラヴィアがいると信じて。

〈『察知されない最強職 13』完〉

この作品に対するご感想、ご意見をお寄せください。

●あて先●

〒101-0052 東京都千代田区神田小川町3−3
イマジカインフォス　ヒーロー文庫編集部

「三上康明先生」係
「植田 亮先生」係

ヒーロー文庫

察知(さっち)されない最強職(ルール・ブレイカー) 13

三上康明(みかみやすあき)

2023年9月10日　第1刷発行

発行者　廣島順二

発行所　株式会社イマジカインフォス
〒101-0052 東京都千代田区神田小川町 3-3
電話／03-6273-7850（編集）

発売元　株式会社主婦の友社
〒141-0021
東京都品川区上大崎 3-1-1 目黒セントラルスクエア
電話／049-259-1236（販売）

印刷所　大日本印刷株式会社

ISBN 978-4-07-455887-2